BASTEI
LÜBBE
TASCHENBUCH

Weitere Titel der Autorin

Eine ungezogene Witwe

Titel in der Regel auch als E-Book erhältlich

Louisa Francis

AUF DEN WOGEN DER LUST

Erotischer Roman

Aus dem Englischen von
Sandra Green

BASTEI
LÜBBE
TASCHENBUCH

BASTEI LÜBBE TASCHENBUCH
Band 17 020

1. Auflage: Juni 2014

Dieser Titel ist auch als E-Book erschienen

MIX
Papier aus verantwortungsvollen Quellen
FSC® C006701

Vollständige Taschenbuchausgabe

Deutsche Erstausgabe

Titel der englischen Originalausgabe: »Desire under Capricorn«

Published by Arrangement with Virgin Books LTD.,
London, England
Dieses Werk wurde vermittelt durch die Literarische Agentur
Thomas Schlück GmbH, 30827 Garbsen

Titelillustration:
© shutterstock/kiuikson; © shutterstock/Potapov Alexander
Umschlaggestaltung: Manuela Städele
Satz: Urban SatzKonzept, Düsseldorf
Gesetzt aus der Palatino
Druck und Verarbeitung: CPI – Ebner & Spiegel, Ulm
Printed in Germany
ISBN 978-3-404-17020-3

Sie finden uns im Internet unter
www.luebbe.de
Bitte beachten Sie auch: www.lesejury.de

Erstes Kapitel

Der Halbmond spielte Verstecken hinter den treibenden Wolken. Erst warf er einen elfenbeinfarbenen Schimmer auf den Strand, dann verschwand er wieder und hinterließ eine Dunkelheit, in der das Rauschen der Wellen mächtig und drohend klang. Langsam und beinahe unmerklich frischte der Wind auf und kühlte den Sand ab, auf dem sie lagen.

Dita presste die Schenkel fest zusammen, zwischen denen sie die klebrige Substanz und einen ungewohnten Schmerz spürte. Sie war den Tränen nahe. Die Tatsache, dass sie soeben ihre Jungfräulichkeit in einem schrecklich enttäuschenden Akt verloren hatte, war nur ein Grund für ihren Kummer.

Sie spürte, wie Jonathan sich neben ihr regte, und ohne hinzuschauen, wusste sie, dass er sich aufsetzte.

»Du hättest es mir nicht erlauben sollen, Dita.« Seine Stimme klang verärgert, als hätte er unter ihrer körperlichen Vereinigung gelitten.

Dita antwortete nicht. Stattdessen rollte sie sich zur Seite von ihm weg, um ihre durchnässten Kleider einzusammeln. Der Mond war wieder hinter den Wolken hervorgekommen und beleuchtete den Mast der *Pericles* im Dunkel der stürmischen See. Ein Schluchzer drang aus Ditas Kehle. Plötzlich wurde ihr kalt, doch ihr Zittern hatte nichts mit dem Wind zu tun, sondern mit der schrecklichen Erinnerung daran, dass sie fast ertrunken wäre.

Kurz vor dem Morgengrauen hatte sich das Schicksal der *Pericles* erfüllt. Zunächst hatte Dita das Geräusch berstender Balken einem seltsamen Traum zugeschrieben, aber dann war sie von ihrem Schlafplatz geschleudert und in eine grausame Wirklichkeit katapultiert worden.

Der Schoner hatte ein Riff gerammt und sank. Dita hörte den ohrenbetäubenden Krach, in den sich die Rufe der hilflosen Matrosen und die unheilschwangeren Gebete von Miss Baxter mischten.

Dann war es nur noch schwarz um sie, eine nasse, kalte Schwärze, die sie ebenso zu verschlucken schien wie die Schreie der Ertrinkenden und das ohrenbetäubende Bersten des untergehenden Schiffes. Nach einer gefühlten Ewigkeit spürte sie wie durch ein Wunder plötzlich Sand unter den Füßen und sie sah die glitzernden Sterne über sich.

Völlig erschöpft musste sie sich wieder und wieder übergeben, so viel Meerwasser hatte sie geschluckt. Dita stolperte über den Strand, bis sie schließlich zusammenbrach. Sie grub ihre Hände in den groben Sand und fühlte eine unendliche Erleichterung. Sie lebte. Das Meer hatte sie nicht verschlungen, wie so viele andere, die die der Katastrophe zum Opfer gefallen waren.

Es kam ihr wie Stunden vor, aber in Wirklichkeit waren nur wenige Minuten vergangen, als sie hörte, wie jemand ihren Namen rief. »Dita! Gott sei Dank, du lebst!« Dann war Jonathan bei ihr und wiegte sie in seinen Armen. Gemeinsam blickten sie seewärts und sahen gerade noch, wie der Bug der zerschellten *Pericles* hoch in die Luft ragte, bevor er in den Wellen versank.

»Herr im Himmel«, flüsterte sie, während ihr langsam das Ausmaß des Unglücks bewusst wurde – und das Wunder, dass sie beide dem Tod entkommen waren. Ihr Körper wurde von einem so heftigen Schütteln erfasst, dass sie es mit der Angst zu tun bekam.

Jonathan hielt sie fest in seinen Armen und drückte sie an sich, wie um ihnen beiden Trost zu spenden. Er hatte kein Hemd mehr an, und nur ihr dünnes Nachthemd trennte ihre Körper noch voneinander.

Nun ließ eine andere Art des Zitterns Ditas Körper erbeben. Unwillkürlich presste sie sich fester an Jonathan. Zu ihrer Verwunderung ließ er sie los, statt sie weiter zu umarmen. Er schaute nach Osten, wo sich der Himmel perlgrau aufhellte.

»Bald wird es Tag. Ich wüsste gern, ob außer uns noch jemand das Ufer erreicht hat.«

Doch auch als es heller wurde, konnten sie niemanden am Strand entdecken. Sie befanden sich in einer kleinen Bucht, die auf beiden Seiten von Felsen begrenzt wurde, die bis ins Wasser hineinragten. Die näher gelegene Steinformation zu ihrer Rechten bestand aus niedrigen Felsen, während sich die andere hoch und schroff erhob. Sie wollten nicht glauben, dass sie die einzigen Überlebenden waren und kletterten über die niedrige Landspitze. Dahinter befand sich eine weitere Bucht.

Auch dieser Strand lag verlassen da, und es gab keine Fußspuren im Sand. Sie kletterten noch über weitere Felsen, sahen eine dritte Bucht, trafen aber auch dort auf niemanden.

Erst jetzt wurden sie sich bewusst, wie verzweifelt sie sich gewünscht hatten, auf weitere Überlebende zu stoßen. In betroffenem Schweigen kehrten sie zur ersten Bucht zurück.

»Was sollen wir jetzt tun?«, fragte Dita. »Was ist, wenn wir die Einzigen sind, die es geschafft haben?«

»Es *muss* noch andere geben. Die Matrosen haben versucht,

ein Boot ins Wasser zu lassen. Da drüben am Horizont scheint eine weitere Insel zu sein. Vielleicht sind die Männer dorthin getrieben worden. Oder auf die andere Seite unserer Insel.«

»Dann sollten wir uns auf den Weg machen und die Insel erforschen.«

»Und was ist, wenn es hier Eingeborene gibt?«

»Nun, dann könnten sie uns etwas zu essen geben.«

»Es könnten aber auch Kannibalen sein, wie sie noch auf einigen pazifischen Inseln zu Hause sind. Hast du das gewusst?«

Dita warf einen ängstlichen Blick auf die üppige Vegetation, die sich bis dicht an den Strand ausbreitete. »Du glaubst doch nicht …«

»Ich hoffe nicht. Für dich nicht und auch für mich nicht. Ich mag mir gar nicht vorstellen, was diese Wilden mit einer hübschen jungen Frau machen würden.«

Jonathans Worte beschworen so drastische Bilder in ihr herauf, dass Dita Schutz suchend die Arme um ihren Körper schlang und ihren Verlobten gereizt ansah. »Sag doch nicht solche Dinge. Falls du mir noch mehr Angst einjagen willst, als ich ohnehin schon habe, ist dir das jedenfalls gelungen.«

Jonathan verzog beleidigt den Mund. »Ich sehe nur der Realität ins Auge. Es wäre nicht klug, über die Insel zu ziehen. Wir bleiben hier am Strand. Wenn das Rettungsboot die andere Insel erreicht hat, werden die Seeleute früher oder später bestimmt hier nach uns suchen.«

Und so blieben sie den ganzen Tag am Strand und zogen sich vor der brennenden Sonne immer wieder in den Schatten der Palmen zurück. Zu ihrem Elend gesellte sich nun auch noch der Hunger. Zum Glück fanden sie kleine Lachen mit Regenwasser auf den Felsen, sodass sie wenigstens ihren Durst stillen konnten.

Während sich der Nachmittag entsetzlich lang hinzog, redete sich Dita ein, dass sie beide früher oder später sterben würden. Wenn nicht durch die Hand eines Eingeborenen, dann vor Hunger.

Jonathan war ihr keine große Hilfe, denn er wiederholte nur immer wieder und ohne echte Überzeugung: »Irgendjemand wird kommen und uns retten.«

»Aber was ist, wenn niemand kommt?«, gab sie zurück. »Wie lange wird es dauern, bis auf dem Festland überhaupt jemand bemerkt, dass etwas geschehen ist? Und selbst wenn – wo sollten sie anfangen, nach uns zu suchen?« »Wir leben nicht mehr im achtzehnten Jahrhundert. In weniger als zwanzig Jahren wird selbst das neunzehnte Jahrhundert hinter uns liegen. Viele Schiffe segeln heute zwischen dem australischen Festland und den Inseln hin und her, vergiss das nicht.« Doch für Dita war das noch kein Grund zur Beruhigung. »Wir könnten hier sterben, Jonathan, und dann ...« Sie atmete tief durch und fuhr hastig fort: »... und dann werde ich nie herausfinden, wie es ist.«

»Wie was ist?«

Dita kaute auf ihrer Unterlippe herum. Sie fragte sich, welche Gedanken Jonathan den ganzen Tag über durch den Kopf gegangen waren. Waren es ähnliche wie ihre, oder würde er sie für schamlos halten? Aber sie wollte es wissen. Oh ja, sie musste es wissen!

»Wie es ist, mit einem Mann zusammen zu sein.«

»Dita!« Auf Jonathans Gesicht spiegelte sich Entsetzen. Am liebsten hätte sie laut aufgelacht, aber dazu war ihre Lage zu ernst.

»In ein paar Wochen würden wir sowieso heiraten. Was hindert uns daran, jetzt schon ein Liebespaar zu werden? Du musst doch gespürt haben, dass ich bereit dazu bin und es auch vorher schon war. Bitte, Jonathan, zeig mir, wie es ist.«

»Ich … nein, Dita. Nicht unter diesen Umständen. Das wäre nicht richtig.«

»Bitte.« Sie nahm seine Hand und legte sie auf ihre Brust, und dort hielt sie sie so lange fest, bis er seinen Widerstand aufgab. Zart knetete er das weiche Fleisch. Seine Berührungen waren behutsam, fast zögerlich, doch sie riefen unbekannte Emotionen in Dita hervor.

Kein Mann hatte sie je auf diese Weise gestreichelt. Genoss Jonathan es ebenso sehr wie sie? Dita blickte in sein Gesicht, das im Schatten lag. »Möchtest du, dass ich dich auch berühre?«, fragte sie, kühn geworden durch ihr Verlangen. Sie legte eine Hand auf seinen Oberschenkel, denn mehr wagte sie nicht.

Bevor er antworten konnte, drückte sie sich fest gegen seinen Körper und küsste ihn auf den Mund. Sie öffnete ihre Lippen, so wie Melanie es ihr beschrieben hatte. Sie schien alles richtig zu machen, denn Jonathan drückte sie zurück in den Sand und glitt mit einer Hand unter den Saum ihres zerrissenen Nachthemds. Als er die Hand auf ihren Venushügel legte, stöhnte sie leise auf und ermutigte ihn so, seine Finger an ihre geheime Stelle wandern zu lassen.

Aber sie hatte kaum eine Chance, den Genuss des Augenblicks auszukosten, denn schon legte er sich auf sie, und im nächsten Moment drückte seine Männlichkeit gegen die Stelle, die seine Finger eben noch gestreichelt hatten.

Es war ganz anders, als Dita es sich vorgestellt hatte. Ein ihr unbekanntes Prickeln breitete sich von ihrer Weiblichkeit in ihren ganzen Körper aus und wurde mit jedem Stoß in ihre Pussy stärker. Aber bevor sie sich richtig darauf einlassen konnte, hörte Jonathan bereits auf und rollte sich von ihr.

Dita schloss die Augen, damit er ihre Enttäuschung nicht sehen konnte. Vielleicht hatte sie zu viel erwartet. Oder ihre Cousine Melanie hatte übertrieben, als sie von ihren amourösen Abenteuern berichtete.

Sie fragte sich, was Melanie in diesem Augenblick gerade tat, und ob sie selbst es noch einmal erleben würde, wie diese aufgeregt in ihr Schlafzimmer stürmte, die flammend roten Locken zerzaust, die grünen Augen funkelnd, und von den Fähigkeiten ihres letzten Geliebten berichtete. War es wirklich erst zwei Wochen her, seit Melanie sie zuletzt besucht hatte?

Am Abend bevor sie in See stachen, hatte es zum Abschied eine Dinnerparty gegeben. Es war nur ein kleiner Kreis, der sich dazu traf. Jonathan, seine Eltern und ein Dutzend andere Gäste. Zwei der jüngeren Männer hatten den ganzen Abend um Melanies Aufmerksamkeit gebuhlt. Dita schaute vergnügt zu, wie ihre Cousine sie scherzend gegeneinander ausspielte, ohne gegen das Gebot der Schicklichkeit zu verstoßen, auf das ihre Eltern größten Wert legten.

Mrs. Grimshaw, Jonathans Mutter, ließ sich durch Melanies einnehmendes Wesen nicht täuschen. »Ich kann dir nicht sagen, meine Liebe, wie froh ich bin, dass du vom Naturell her das genaue Gegenteil deiner flatterhaften Cousine bist.«

Dita lächelte. »Aber Sie müssen zugeben, dass Melanie eine lebhafte, spritzige Persönlichkeit ist.«

»Ach? Nun, ich nehme an, man kann ihr Benehmen auch auf diese Art beschreiben. Wir waren jedenfalls sehr froh, als wir von Jonathans Entschluss hörten, dich heiraten zu wollen, meine Liebe. Du bist die gut erzogene junge Dame, die er verdient hat.«

»Sie schmeicheln mir, und ich fühle mich geehrt«, erwiderte Dita und bemühte sich, dabei nicht zynisch zu klingen. Sie fand es eine Verschwendung ihres Atems, ihre künftige Schwiegermutter darauf hinzuweisen, dass sie die letzten sechs Jahre bei Melanies Eltern verbracht hatte.

Im Stillen fragte sie sich, wie sie einen so aufgeblasenen Drachen als Schwiegermutter ertragen sollte, ganz egal, wie sehr sie sich danach sehnte, Jonathans Ehefrau zu werden. Mrs. Grimshaw, die bei anderen nur selten mit Kritik sparte, ließ nie eine Gelegenheit aus, die gesellschaftliche Stellung ihrer Familie in der Kolonie herauszustellen.

»Ich konnte nie verstehen«, fuhr die Frau fort, »warum dein Vater ein erfolgreiches Geschäft aufgab, um sich auf irgendeiner gottverlassenen Insel niederzulassen.«

»Er war immer schon an der Gummiherstellung interessiert, und jetzt ist aus diesem Traum ein sehr erfolgreiches Unternehmen entstanden. Mutter und er sind sehr glücklich auf Paradise Island.«

»Das mag ja so sein, aber ich finde es eine Schande, dass ihr deshalb nicht in Sydney heiraten werdet. Eure Hochzeit hätte das gesellschaftliche Ereignis des Jahres werden können. Und wir hätten auch nicht das Problem gehabt, eine geeignete Begleiterin für dich finden zu müssen.«

»Aber das Problem ist ja gelöst. Miss Baxter ist meine Anstandsdame für die Reise und freut sich schon darauf, später die Kinder der Eingeborenen auf der Insel zu unterrichten.«

»Nun ja. Es ist nur verständlich, dass dein Vater dich zum Altar führen will, aber unterm Strich muss man doch festhalten, dass du erst dreizehn warst, als er und deine Mutter fortgegangen sind. Wie oft hast du die beiden seither gesehen? Oh, ich glaube schon, dass es die richtige Entscheidung war, dich hierzulassen, statt dich zu diesen Wilden ohne jede Moral mitzunehmen.«

»Woher wissen Sie, dass die Menschen auf der Insel wild und unmoralisch sind? Meine Eltern äußern sich sehr lobend über die Einheimischen und kommen gut mit ihnen aus. Die Insulaner betrachten das Leben nur einfach mit anderen Augen als wir.«

»Hach«, schnaufte Mrs. Grimshaw. »Gott hat Mann und Frau geschaffen, um den Fortbestand der menschlichen Rasse zu sichern. Doch jede Intimität zwischen Mann und Frau, die nicht der Fortpflanzung dient, ist eine unverzeihliche Sünde.«

»Eine noch größere Sünde als Mord?«, fragte Dita provozierend.

»Sei nicht albern. Aber deine Jugend und Unwissenheit entschuldigen dich.«

»Ich bin neunzehn Jahre alt, und ich weiß schon eine Menge über das Leben.«

»Also gut.« Dita stellte amüsiert fest, dass die Frau sehr aufgebracht schien. »Aber nun entschuldige, meine Liebe. Ich muss kurz mit Mrs. Hackworth sprechen. Ich sehe gerade, dass sie sich mit Miss Baxter unterhält.«

Mrs. Grimshaw rauschte mit raschelnden Seidenröcken durchs Zimmer. Zweifellos konnte sie es kaum erwarten, der armen Miss Baxter ihre Meinung über die unzivilisierten Heiden mitzuteilen und im Gegenzug die neuesten Skandale zu erfahren.

Dita konnte einen Seufzer der Erleichterung nicht unterdrücken, als sie hinter sich Melanies Lachen hörte. »Wirklich, Dita, wie kannst du auch nur daran denken, einen Mann wie Jonathan zu heiraten, wenn er eine solche Mutter hat?«

Dita drehte sich zu ihrer Cousine um. »Aber ich heirate ja nicht sie.«

»Darauf würde ich nicht wetten, süße Cousine. Oh Dita, es ist so schade um dich. Du kannst dir nicht vorstellen, wie es ist, nichts als Spaß zu haben.«

Dita, die genau wusste, welche munteren Spiele ihre lebhafte Cousine unter Spaß verstand, schüttelte lächelnd den Kopf. »Ich bin nicht wie du, Melanie.«

»Du bist mir ähnlicher, als du glaubst. Ich garantiere dir, dass der Tag kommen wird, an dem du das einsiehst. Und was wirst du tun, wenn du dann bereits mit dem langweiligen Jonathan verheiratet bist?«

Dita schaute zu ihrem Verlobten hinüber, der in ein Gespräch mit Melanies Eltern vertieft war. Wieder fiel ihr auf, wie unglaublich gut er aussah.

Er war drei Jahre älter als sie. Sein Körper war schlank und seine Haltung tadellos. Das helle Haar wellte sich, und darunter blitzten Augen, deren Farbe sich an diesem Abend im Blau seines tadellos geschnittenen Cuts wiederfand.

Wenn die feine Wölbung seiner Brauen auf einen Dünkel schließen ließ und die Weichheit seines Mundes auf eine Schwäche seines Charakters, wollte Dita nichts davon wissen. »Jonathan ist nicht langweilig. Er ist ein Gentleman.«

In gespieltem Entsetzen verdrehte Melanie die Augen. »Der Himmel bewahre mich vor Gentlemen. Lieber gebe ich mich jeden Tag einem Draufgänger hin, der weiß, wie man einem Mädchen eine schöne Zeit bereitet.« Sie schaute hinüber zu ihren beiden Verehrern, die sich gerade mit frischen Getränken versorgten. »Was meinst du? Wen von beiden sollte ich mir aussuchen?«

Über Ditas Lippen zuckte ein flüchtiges Lächeln. »Ich habe keine Ahnung, Melanie. Aber wen auch immer du erwählst –

ich bin sicher, dass du mir morgen alles über ihn erzählen wirst.«

Am nächsten Tag stürmte Melanie in Ditas Zimmer, noch bevor diese aufgestanden war. Melanie machte es sich am Fußende des Bettes gemütlich, während Dita sich aufsetzte. »Du bist aber früh auf den Beinen. Ich hätte gedacht, du würdest bis Mittag schlafen.«

»Das werde ich auch«, sagte Melanie lachend. »Aber dafür muss ich erst mal ins Bett gehen.«

»Willst du sagen, dass du die ganze Nacht nicht geschlafen hast?«

»Ja, so ist es.« Melanie lehnte sich an den Bettpfosten und seufzte in Erinnerung an eine Nacht der Ekstase. »Was für eine Nacht! Mein Körper prickelt noch immer, so wundervoll und aufregend war es.«

»Du hast dich also für den Richtigen entschieden?«

Melanie lachte wieder. »Ach, liebe Cousine, ich konnte mich nicht entscheiden, deshalb habe ich beide mitgenommen.«

»Beide!«

»Jetzt habe ich dich schockiert.«

»Ein wenig. Nein, sehr sogar. Ich weiß ja, dass du eine ganze Reihe von Liebhabern vorweisen kannst, Melanie, aber ich hätte nie gedacht, dass du in einer Nacht von einem zum anderen gehst.«

»Das habe ich auch nicht getan. Ich hatte sie beide gleichzeitig.«

»Melanie! Wie kannst du nur?«

»Oh, das war ganz einfach. Ach, Dita, ich verstehe nicht, warum du so starrsinnig bist und dich für Jonathan aufheben willst.«

»Du weißt, dass ich in ihn verliebt bin, seit ich vierzehn bin. Aber jetzt hast du das Thema gewechselt.«

»Ja, kann schon sein. Aber wer hat je von einer neunzehnjährigen Unschuld gehört? Sei mal ehrlich: Wenn ich dir von meinen Liebhabern erzähle, fühlst du dann gar nichts?«

Dita, die auch jetzt ein Kribbeln zwischen den Schenkeln spürte, gestand Melanie ihre Erregung ein, wenn sie von deren amourösen Abenteuern hörte.

»Na, bitte. Tief in dir bist du nicht anders als ich, und auch du solltest die Lust mit einem Mann erleben – oder mit vielen Männern.«

»Trotzdem kann ich mir nicht vorstellen, wie du so etwas tun kannst. Ich meine, mit zwei Männern ...«

»Eines Tages wirst du es dir vorstellen können. Wenn du gelernt hast, wie es sich anfühlt, die Rute eines Mannes tief in dir zu spüren und die Lust zu genießen, die sie dir bereitet. Sie trägt dich hinaus aus dieser Welt und in ein Reich voller Leidenschaft und Ekstase hinein.« Sie schüttelte sich wohlig bei den Erinnerungen an die zurückliegende Nacht. »Ich dachte, ich würde schon alle Arten kennen, auf die eine Frau Lust erleben kann. Oh, Cousinchen, wie habe ich mich getäuscht!«

Dita schlug die Augen auf, um die Erinnerung an damals zu vertreiben. Das Rauschen der Wellen schien sie zu verspotten: »Or-gas-mus, Or-gas-mus.« Neben ihr lag Jonathan und schlief tief und fest. »Es ist nicht fair«, wisperte sie zu den Sternen. »Ich will nicht sterben, bevor ich erfahren habe, wie es sich anfühlt.« Sie setzte sich auf und schlang die Arme um ihre angezogenen Knie, während sie hinaus auf die schwarze See starrte. »Was wird mit uns geschehen? Ich kann nicht glauben, dass wir die Einzigen sind, die überlebt haben. Ich wüsste nur zu gern, ob sich noch jemand auf unserer Insel befindet.«

Emily Baxter saß zusammengekauert neben dem kleinen Feuer aus Treibholz und warf immer wieder Blicke zu den beiden Matrosen, die ihr gegenübersaßen. Sie begann sich zu fragen, wie sicher sie sich fühlen konnte. Je dunkler es wurde, desto stärker wurde ihre Überzeugung, dass sie sich schon bald in einer Situation befinden würde, die schlimmer war als der Tod durch Ertrinken.

Den ganzen Tag über war ihr bewusst gewesen, wie die beiden sie anstarrten, und es war nicht schwierig, sich vorzustellen, was in ihren Köpfen vorging. Immer wieder wünschte sie, sie hätte sich ordentlich anziehen können, bevor sie das Schiff verlassen mussten. Aber sie trug nur ihre Nachtwäsche und fühlte sich schutzlos und verletzlich darin.

Sie wusste, dass sie von Glück sagen konnte, dass die Matrosen sie in das kleine Boot gezogen hatten. Und dann hatte sie noch einmal Glück gehabt, als es den Männern gelang, zu dieser Insel zu rudern. Fürs Erste hatten sie überlebt. Die Männer hatten Fische gefangen und Dosen mit Keksen, gesalzenem Rindfleisch und Trockenobst gefunden, die an Land gespült worden waren. Leider hatte sich auch ein Fass Rum unter dem Treibgut befunden.

Einer der Matrosen reichte ihr am Feuer vorbei einen Becher mit Rum. »Kommen Sie, Ma'am, nehmen Sie einen Schluck. Das Zeug wärmt von innen, dann geht es Ihnen gleich viel besser.«

»Nein, danke«, wehrte sie mit ihrer sprödesten Stimme ab. »Ich glaube nicht, dass ich das mag.«

Der Mann lachte glucksend. »Man kann nicht wissen, was

man mag, wenn man es noch nicht mal probiert hat«, sagte er und stieß seinen Kumpan an. »Versuchen Sie es doch einfach. Seien Sie mutig.«

Emily Baxter wurde rot bis in die mausbraunen Haarspitzen. Sie war nicht so naiv, dass sie die versteckten Anspielungen nicht verstand. Und sie wusste, dass sie *es* absolut nicht mochte, ganz und gar nicht. Freiwillig hatte sie *es* nicht ausprobiert, doch ein entfernter älterer Verwandter hatte sich an ihr vergangen, als sie noch keine zwanzig war.

Die Erfahrung war so unangenehm für sie gewesen, dass sie seitdem nichts mehr von Männern hatte wissen wollen. Statt an Heirat zu denken, hatte sie sich der Aufgabe gewidmet, Kinder aus armen Verhältnissen zu unterrichten. Auf diese Weise war sie sechsunddreißig Jahre alt geworden, ohne noch einmal von Männern belästigt worden zu sein.

Weil sie hoffte, dass der Rum ihr die Courage geben würde, das Unvermeidliche zu ertragen, nahm sie einen kräftigen Schluck. Doch als die Flüssigkeit durch ihre Kehle floss, brannte es so sehr, dass sie würgen und sich fast übergeben musste.

»Der Schluck war zu groß.« Der Mann, der ihr den Becher gereicht hatte, grinste. »Sie müssen langsam trinken, damit der Rum eine Chance hat, Ihr Innerstes zu wärmen.«

Miss Baxter nippte vorsichtig. Und stetig. Als sie den Becher geleert hatte, war ihr nicht nur warm, sie hatte auch die Furcht vor den Männern verloren. Eigentlich schienen sie ganz nett zu sein, und einige der Geschichten, die sie erzählten, mochten zwar ein wenig frivol sein, aber sie waren auch lustig.

Miss Baxter kicherte, als der eine, der Sam hieß, ihren Becher noch einmal füllte. Sie fand, dass er recht gut aussah, wenn auch zerzaust und ein wenig ungepflegt. Er war jünger als sie, hatte welliges Haar und die muskulöse Gestalt eines Seemanns. Der andere Mann hatte einen Stoppelbart und einen Ohrring sowie zahlreiche Tätowierungen, dennoch kam er ihr nicht mehr wie der Raufbold vor, auf den seine Physiognomie und der Name – Butch – schließen ließen. Sie begann, sich mit einer Hand Luft zuzufächeln.

»Der Rum hat mich ganz schön aufgewärmt. Mir ist richtig heiß geworden.«

»Sie sollten Ihren Morgenmantel ausziehen«, sagte Butch. »Stehen Sie auf, dann helfe ich Ihnen.«

Bevor sie ihm antworten konnte, hatte er sich schon hinter sie gestellt, bückte sich und schob seine Hände unter ihren Armen hindurch, um ihr auf die Füße zu helfen. Der Rum und das schnelle Aufstehen ließen sie schwindeln.

Sie schwankte ein wenig, bis Butch sie fest an seinen Körper zog. In dieser Position konnte sie seinen harten Ständer zwischen ihren Pobacken spüren.

»Oh«, stieß sie hervor und löste sich ein wenig von ihm. Butch zog sie sofort zurück.

»Da gibt es nichts, was Ihnen Sorgen machen sollte. Das ist nur mein Freund, der sich aufgerichtet hat, weil er auch sehen will, wie schön Sie sind.«

»Schön? Ich?«

»Natürlich sind Sie schön«, bekräftigte Sam und reichte ihr den Becher. »Hier haben Sie noch etwas Rum.«

»Danke«, sagte Miss Baxter, dann kicherte sie erneut. »Das muss daran liegen, dass mir so heiß ist.« Sie nahm einen kräftigen Schluck Rum, während sie mit der freien Hand am Gürtel ihres Morgenmantels zupfte. Butch verlor keine Zeit, ihr dabei zu helfen. Er knotete den Gürtel auf und ließ den Mantel über ihre Schultern gleiten. Das Nachthemd, das sie darunter trug, hatte lange Ärmel und war hochgeschlossen.

Trotz des weiten Schnitts zeichneten sich durch den Stoff volle Brüste und ausladende Hüften ab.

Butch und Sam zwinkerten sich triumphierend zu. Sie hatten den ganzen Tag darüber beratschlagt, wie sie es schaffen konnten, die spröde, keusche Schullehrerin zu vögeln. Sie hatten beschlossen, notfalls auch Gewalt anzuwenden. Aber sie betrunken zu machen, war eine viel bessere Entscheidung gewesen.

Als Butch ihr den Mantel abgestreift hatte, zog Butch sie wieder an sich und pressete seinen Schaft noch etwas fester gegen ihre Backen. Gleichzeitig umfingen seine Hände ihre Brüste und begannen, sie zu kneten.

Irgendwo tief in ihrem Inneren wusste Miss Baxter, dass sie sich wehren sollte. Stattdessen nippte sie noch einmal am Rum und fand es eigentlich ganz schön, wie Butch durch den Stoff des Nachthemds mit den Daumen über ihre Nippel strich. »Weißt du was?«, sagte er. »Ich schätze, du weißt ganz genau, wie man eine Menge Spaß haben kann. Komm schon, Emily, zieh dein Nachthemd aus.«

Miss Baxter wand sich schüchtern unter seiner Berührung und erregte ihn damit noch stärker, auch wenn ihr das nicht bewusst war. Butch musste all seine Willenskraft zusammennehmen, um sie nicht auf den Boden zu stoßen, auf alle viere, und sie auf der Stelle zu besteigen.

Es gefiel ihr, dass er sie Emily nannte. So fühlte sie sich jung und sorgenfrei. Der Rum hatte auch dafür gesorgt, dass die Aussicht, von einem der Männer genommen zu werden, ihr gar nicht mehr so furchtbar erschien. Ja, sie fand Gefallen an dem Gedanken.

Als sie sich diesmal mit der Rückseite an Butch rieb,

geschah es mit provozierender Absicht. Sie spürte seinen Schwanz und wandte sich kichernd an Sam. »Hast du auch so ein Ding?«

»Das würdest du wohl gerne wissen, was?« Grinsend rieb Sam mit der Hand über seine Beule. »Aber zuerst wollen wir sehen, was du zu bieten hast.«

Emily kicherte – sie kicherte nun fast pausenlos. Aber sie fand Sams Antwort auch zu komisch. »Nein, nein«, sagte sie und kämpfte gegen ihren Schluckauf an. »Du zuerst.«

Sam hob die Schultern. »Na, gut, wenn du darauf bestehst«, sagte er und ließ seine Hose fallen. Sein geschwollener Schwanz sprang hervor.

»Oh, Himmel«, keuchte Emily. »Ich hätte nicht gedacht, dass es so aussieht.«

»Hast du denn noch keinen gesehen?«, fragte Sam. Er legte die Finger um seinen Schaft und rieb langsam über ihn.

»Nein, noch nie.« Mit einer raschen Drehung, die beide Männer erstaunte, fuhr sie herum und sah Butch an. »Sieht deiner auch so aus?«

Butch ließ die Hose ebenso schnell fallen wie sein Kumpel Sam. Emily schaute mit weit aufgerissenen Augen von einem strammen Schwanz zum anderen. Der Anblick faszinierte sie. Die Schwänze waren sich so ähnlich und doch verschieden, und oben auf der Spitze hatte sich bei beiden eine kleine cremige Flüssigkeitsperle gebildet.

Sie spürte die Nässe zwischen ihren Schenkeln, und als die Männer ihr sagten, jetzt wäre sie an der Reihe, sich auszuziehen, konnte sie der Aufforderung gar nicht schnell genug nachkommen.

Bevor sie wusste, wie ihr geschah, lag sie auf ihren abgelegten Kleidungsstücken. Sie richtete sich in eine halb sitzende Position auf und stützte sich an Butchs Knien ab. Wieder massierte er ihre Brüste auf diese wunderbare Weise, während Sam ihre Schenkel spreizte und die Nässe dazwischen fühlte.

Die Berührung seiner Finger schickte Hitzeblitze durch ihren Körper. Sie stöhnte zustimmend und schwenkte die Hüften hin und her, um ihn zu einem noch intimeren Streicheln einzuladen.

Sam ließ sich nicht lange bitten und schob den Mittelfinger in sie hinein. Er trieb ihn mehrere Male in rascher Folge in ihre Höhle, bevor er ihn herauszog und ihre Spalte entlangstrich. Er berührte einen Punkt, der so empfindlich war, dass ihr Körper sich in köstlichem Schock aufbäumte. Emily schrie auf vor Lust. Nie hätte sie sich ein so großartiges Gefühl vorstellen können. Aber bald fand sie heraus, dass es nicht einmal ein Zehntel der Lust war, die eine Frau empfinden konnte.

Sam spreizte ihre Beine noch ein bisschen weiter, teilte ihre Lippen und tauchte mit dem Kopf hinunter, um ihre Spalte zu lecken. Die ganze Zeit über fuhr Butch fort, ihre Brüste zu kneten. Er rollte die Nippel zwischen Daumen und Zeigefinger, bis sie weiter hervorstanden. Harte, kleine Spitzen, die sich in einem dunklen Purpur gegen das weiße Fleisch abhoben.

Sams Zunge fand ihre zarte Perle, und er leckte über die Stelle, bis sie das Gefühl kaum noch ertragen konnte. Ihr Stöhnen und Keuchen ging in Schreie über, die immer lauter wurden, als sie spürte, wie die Wellen der Lust schließlich über ihr zusammenschlugen. Ihr war, als würde ihr Innerstes in tausend Teile zerplatzen.

»Oh, oooh!«, schrie sie und krümmte sich, ohne den Kontakt zu Sams Zunge zu verlieren.

Sie kehrte gerade nach dieser unglaublichen Erfahrung zurück in die Wirklichkeit, als sie so aufgerichtet wurde, dass sie auf allen vieren kniete. Butchs Rute presste gegen ihre Spalte, verharrte dort einen Moment und glitt dann in ihre glitschige Öffnung. Die Hände auf ihren Hüften, bewegte er sich vor und zurück. Erst stieß er langsam und vorsichtig in sie hinein, aber dann pumpte er schneller und kräftiger, bis er schließlich rief: »Oh, ja, ja!«

Der nächste Stoß kam mit voller Wucht. Er zog sie dicht an sich heran und verharrte für einen Moment tief in ihr drin. Dann schrie er kurz und dröhnend auf, als er sich in ihr ergoss.

Als Nächstes legte Sam sie auf den Rücken, während Butch ihre Beine hoch in die Luft hob. Kraftvoll pumpte Sam in sie hinein, zog sich zurück, um mit der Eichel über ihre Klitoris zu reiben, und als Emily zu keuchen begann, stieß auch er schneller und tiefer zu. Stöhnend erreichten sie gemeinsam ihren Höhepunkt. Emily Baxter hatte das Gefühl, jeden Moment vor Lust ohnmächtig zu werden.

Während der zweite Orgasmus langsam abebbte, fragte sie sich benommen, warum sie die letzten zwanzig Jahre so vergeudet hatte.

Es gab noch andere Passagiere, die das Unglück der *Pericles* überlebt hatten. Matt Warrender war einer von ihnen. In dieser Nacht lag auch er am Strand und schaute den treibenden Wolken zu, die abwechselnd den Blick auf den Mond und die Sterne verhüllten und dann wieder freigaben. Wären die Umstände anders gewesen, hätte er wahrscheinlich seine Freude an einer tropischen Nacht wie dieser gehabt.

Warrender sorgte sich nicht wirklich über seine Lage. Er suchte das Abenteuer und war in seinem Leben schon oft in unangenehme Situationen geraten. Mehrfach hatte er sich seinen Weg freikämpfen müssen, und die längliche Narbe auf seiner linken Wange erinnerte ihn an eine solche Auseinandersetzung. Aber er war stets davongekommen, und er zweifelte nicht daran, auch diesmal zu überleben.

Der dumpfe Druck in seinem Bauch rührte von der bangen Frage, ob seine Mitreisenden der Schiffskatastrophe entkommen waren – abgesehen von den beiden Matrosen, die sich mit ihm an das Rundholz geklammert hatten, mit dem sie ans Ufer getrieben worden waren. Er war zwar um alle besorgt, die an Bord des Schoners gewesen waren, doch da gab es eine Frau, auf deren Rettung er inbrünstig hoffte.

Seit er sie das erste Mal gesehen hatte, noch bevor sie Sydney verlassen hatten, begehrte er sie. Dass sie mit ihrem Verlobten zur Inselplantage ihrer Eltern fuhr, um dort zu heiraten, und von einer Anstandsdame namens Miss Baxter begleitet wurde, störte ihn absolut nicht.

Weil sie die einzigen vier zahlenden Passagiere waren, konnte es nicht verwundern, dass sie sich oft begegnet waren. Jedes Mal, wenn er die junge Frau ansah oder mit ihr redete, begehrte er sie ein bisschen mehr. Nachts lag er in seiner Koje und stellte sich vor, wie es sich anfühlte, wenn sie nackt neben ihm läge und er seinen Schaft in ihre pulsierende Wärme stieße. Selbst jetzt brauchte er nicht einmal die Augen zu schließen, um ihr Bild vor sich zu sehen.

Sie war die schönste Frau, die er je gesehen hatte. Ihr Haar war wie schwarze Seide, ihre Haut so makellos wie das Blütenblatt einer Magnolie, und ihre Augen – ihre Augen waren das Schönste an ihr. Sie standen ungewöhnlich schräg und waren von einem einmaligen Blau, das beinahe zu leuchten schien. Meistens strahlten sie, aber er stellte sich vor, wie sie wirkten, wenn sie sich vor Leidenschaft verdunkelten.

Diese Lust in ihre Augen zu zaubern, ihre Lippen mit seinen Küssen zu bedecken, sie zu streicheln und die zarte Vollkommenheit ihres Körpers zu besitzen, war eine Obsession für ihn geworden. Schon der klang ihres Namens schien ihm wie ein Versprechen auf wunderbar sinnliche Freuden.

»Aphrodite«, murmelte er, »meine schöne Aphrodite.« Ein verzweifeltes Stöhnen drang über seine Lippen. Er war kein religiöser Mann, aber er hörte sich beten: »Bitte, Gott, lass Dita Jones leben.«

Das Gebet hatte den ganzen Tag über in seinem Herzen geklungen, während sie nach weiteren Überlebenden gesucht hatten. Aber ihr anstrengender Marsch die Küste entlang hatte sie zwar einiges an nützlichem Strandgut finden lassen, aber sie waren weder auf Überlebende gestoßen, noch auf Leichen.

Er wandte den Kopf und sah hinauf zu der hohen, zerklüfteten Landspitze. Die drei Männer waren sich einig, dass dort oben der geeignete Platz war, um ein Leuchtfeuer zu errichten. Sobald sie ein Segel am Horizont sahen, würden sie die alten Baumstämme und die gesammelten Zweige dann anzünden.

Sie hatten keine Ahnung, was hinter der Landspitze lag, ob die hohen Klippen sich dahinzogen oder ob sich hinter ihnen ein weiterer Strand verbarg. Egal. Matt Warrender war entschlossen, die Suche am nächsten Morgen dort oben fortzusetzen. Er würde nicht ruhen, bis er Gewissheit über das Schicksal der Frau hatte, die er so sehr begehrte.

Zweites Kapitel

Der neue Tag ließ Dita keine Zeit, über ihre enttäuschende Einführung in die Welt der körperlichen Liebe nachzudenken. So bemerkte sie auch nicht, dass Jonathan es vermied, ihr direkt in die Augen zu sehen. Sie hatte Hunger, einen unglaublichen Hunger sogar. »Es muss uns irgendwie gelingen, einen Fisch zu fangen«, erklärte sie. »Selbst wenn wir ihn roh essen müssen. Hauptsache, wir bleiben am Leben.«

»Wie sollen wir einen Fisch ohne Angel fangen?« Jonathan war schlecht gelaunt. »Du scheinst Wunder von mir zu erwarten, dabei habe ich nicht mehr Ahnung als du, wie wir auf dieser Insel überleben sollen. Du bist nicht die Einzige mit einem leeren Magen.«

»Es muss hier doch irgendetwas zu essen geben«, beharrte Dita. »Wenn wir am Strand entlanggehen, finden wir vielleicht Treibgut, das an Land gespült wurde. Du weißt schon, von unserem Schiff.«

»Ja, kann sein, dass wir Glück haben«, gab er mürrisch zu. »Und die Suche wird uns wenigstens eine Zeit lang ablenken.«

»Dann lass uns diesmal in die andere Richtung gehen, auf die Landspitze zu.« Ihr Streifzug am Strand entlang blieb erfolglos, und auch auf der Landspitze fanden sie nichts, was sich aufzuheben lohnte. Jonathan hätte sich am liebsten sofort auf den Rückweg begeben, aber Dita bestand darauf, dass sie hinauf auf die Klippen stiegen.

»Wir wissen, dass in dieser Bucht nichts zu holen ist«, sagte Dita, »und auch in den Buchten hinter den Felsen ist uns nichts aufgefallen. Aber hinter der anderen Landspitze könnte es weitere Buchten geben. Lass uns hinaufsteigen und schauen, wie der Rest der Insel aussieht. Vielleicht ist sie ja bewohnt. Und wenn Gott uns gnädig ist, entdecken wir am Horizont sogar ein Schiff.«

Diese Möglichkeit, so gering sie auch sein mochte, genügte, um den zögerlichen Jonathan zu überreden.

Der Anstieg war viel beschwerlicher, als sie gedacht hatten, und sie mussten mehrere Male anhalten, um wieder zu Atem zu kommen. Keuchend, zerkratzt und mit zerzaustem Haar gelangten sie schließlich zur Spitze. Vorsichtig bewegten sie sich über die Felsbrocken.

Vor ihnen erstreckte sich der Ozean bis zum Horizont und glitzerte unter der tropischen Sonne. Die andere Insel war so weit oben deutlich zu sehen und schien gar nicht so weit entfernt zu sein. Schweigend standen sie nebeneinander. Ihre Enttäuschung war einfach zu groß. Ganz egal, wie intensiv sie auf das türkisfarbene Wasser starrten, nirgendwo war ein weißes Segel zu sehen, das die Eintönigkeit des Meeres unterbrochen hätte.

Dita war es, die schließlich den Blick abwandte. Sie schaute den Weg entlang, den sie gekommen waren, hinunter zu den kleinen Buchten und über den tropischen Dschungel, der die Insel bedeckte, und schließlich zu der großen Bucht links von ihnen. Der Abstieg auf der anderen Seite der Landspitze schien weniger steil zu sein als der Aufstieg. Immer wieder gab es einzelne Felsen, an denen sie sich festhalten konnten.

In der großen Bucht gab es einige Felsbrocken am Strand, an denen die fortschreitende Flut bereits leckte. Dita schaute dem Spiel der Wellen eine Weile zu, dann wurden ihre Augen größer und ihr stockte der Atem. Da unten ging ein Mann, der sich langsam den Felsen näherte.

»Ja, dort ist jemand!«, rief Jonathan erleichtert und aufgeregt, als er in die Richtung schaute, in die ihr Finger zeigte.

Im nächsten Moment sahen sie zwei weitere Menschen, die unter den Bäumen hervortraten, und ebenfalls auf die Landspitze zugingen. Jonathan stieß einen lauten Ruf aus, den aber die Männer offenbar nicht hörten, denn niemand hob den Kopf.

»Komm mit, Dita. Ich habe dir doch gesagt, dass wir gerettet werden.«

Dita schoss der Gedanke durch den Kopf, dass weitere Schiffbrüchige noch keine Garantie für eine Rettung waren. Aber dann siegte die Hoffnung: Es würde ihr schon genügen, nicht mehr allein mit Jonathan zu sein und weitere Gesellschaft zu haben.

Als sie den Felsen zur Hälfte hinabgestiegen waren, rief Jonathan noch einmal. Diesmal wurde er gehört. Alle drei Männer hoben den Kopf, dann schrien auch sie und begannen, am Strand entlang auf sie zuzulaufen. Noch bevor Dita den Strand erreichte, hatte sie die Männer erkannt.

Erst als sie sich gegenüberstanden, wurde der jungen Frau bewusst, dass ihre Beine und Arme nackt waren, und ihr Körper nur noch von Fetzen ihres Nachthemds bedeckt war. Der Mann, den sie zuerst erkannt hatte, starrte sie mit einem aufmerksamen, unergründlichen Ausdruck an. Auch wenn sie vollständig bekleidet gewesen wäre, hätte sie sich unter dem forschenden, kühlen Blick seiner graublauen Augen nackt gefühlt.

Ebenso war es ihr auch schon ergangen, als sie am ersten Abend an Bord der *Pericles* zum Abendessen Platz genommen hatten. Während die Tage vergingen, war Dita immer dankbarer für Miss Baxters Anwesenheit gewesen, wenn auch nur zum Schutz vor ihren eigenen Sehnsüchten und Begierden, die sie nachts quälten.

Matt Warrender war ein typischer Vertreter jener Sorte Mann, von der ihre Cousine so anschaulich erzählte. Und Dita spürte eine zunehmende Neugier herauszufinden, ob denn alles zutraf, was Melanie ihr über solche Männer berichtet hatte.

Stets war sie ausgesucht höflich zu ihm gewesen, wenn sie sich in seiner Gesellschaft befand, und hatte ihm mit nichts glauben lassen, dass ihre Gedanken sich mit einem anderen Mann außer ihrem Verlobten beschäftigten.

Als sie jetzt vor ihm stand, so spärlich bekleidet, war sie sich seiner Männlichkeit bewusst und musste unwillkürlich an den Abend zuvor denken. Hätte sie ihn mit diesem Mann verbracht und nicht mit Jonathan, hätte sie mit Sicherheit ganz andere Erfahrungen gemacht.

Alle plapperten wild durcheinander, stellten aufgeregt Fragen und schienen beinahe euphorisch. Alle redeten gleichzeitig, bis sie sich schließlich in ruhigerem Ton darüber auszutauschen begannen, wie sie sich ihren Aufenthalt auf der Insel so angenehm wie möglich gestalten könnten.

Dita sagte wenig, und man erwartete auch gar keine Vorschläge von ihr, denn es war das Vorrecht der Männer, sich um solche Dinge zu kümmern. Ohne dass es jemandem auffiel, hatte Matt Warrender die Führung übernommen. Während des Gesprächs schaute er nur selten zu Dita, aber sie war sicher, dass er sich ihrer Nähe ebenso bewusst war wie sie sich der seinen.

Als die Abenddämmerung einsetzte, hatten sie unter den Bäumen zwei notdürftige Unterstände in sicherem Abstand zur See errichtet. Es gab einen kleinen Unterstand mit halbhohen Seitenteilen, um Ditas Privatsphäre zu schützen, und dazu einen größeren Unterstand, in dem die Männer schlafen würden.

Hunger war kein Problem mehr. Weniger als eine Stunde nach dem Zusammentreffen aßen sie frischen Fisch, den sie in der von Korallenriffen umgebenen Lagune gefangen und dann über einem Feuer am Strand gegrillt hatten. Später, als Jonathan einem Mann namens Jack mit den Unterständen half, waren die beiden anderen ins Innere der Insel vorgedrungen, um dort nach Nahrung zu suchen.

Tiko, der Matt begleitete, war auf einer der Inseln geboren und hatte die Schiffbrüchigen schon am Tag zuvor mit seinen Kenntnissen beeindruckt. Diesmal war es nicht anders, und so kehrten sie beladen mit tropischem Obst und Gemüse zur Gruppe zurück.

Dita schlief allein in dieser Nacht. Sie fühlte sich sicher in ihrer kleinen Ecke und fürchtete sich nicht vor den seltsamen Geräuschen der Nacht. Das Rauschen der Wellen schien ihr eigenartig beruhigend.

Die Männer waren nur ein paar Schritte von ihr entfernt, und ihre Gegenwart war tröstlich und beunruhigend zugleich. Dachte Matt Warrender auf seinem Lager an sie, wie sie an ihn dachte? Sie wusste es nicht– weder in dieser noch in der nächsten Nacht.

Sam lag auf dem Rücken, die Hände unter den Kopf geschoben und mit einem Grinsen auf dem Gesicht, während sein Schwanz steif nach oben ragte. Der Matrose sah aus, als wäre er gestorben und im Paradies wieder aufgewacht. Selbst dort hätte es ihm nicht besser ergehen können als hier, und deshalb war ihm völlig egal, ob sie je gerettet würden.

Emily stellte sich über ihn und ließ sich vorsichtig auf seinen harten Ständer nieder. Sie stützte sich mit beiden Händen auf seinem Brustkorb ab und zuckte zusammen, als der pochende Stab langsam in sie eindrang, Zentimeter für Zentimeter. Als sie ihn in seiner ganzen Länge in sich aufgenommen hatte, erhob sie sich wieder ein Stückchen.

Sams Stöhnen entlockte ihr ein gurgelndes Lachen. Sie liebte es, ihn auf diese Weise zu necken, und auch ihre eigene gierige Spalte zu quälen, bis sie beide den Zustand erreicht hatten, in dem ihre Erregung nur durch wildes Pumpen befriedigt werden konnte.

Sie nahm das Gewicht von ihren Händen und ließ ihr Geschlecht über seiner Schwanzspitze kreisen. Dabei sah sie ihm ins Gesicht und musste lächeln, als er wieder zu stöhnen begann und die Augen schloss.

In den letzten beiden Tagen hatte sie viel über Sex gelernt, und diese Stellung war ihr die liebste. Das Gesicht ihres Partners verzerrt vor Leidenschaft zu sehen, während sie seine Rute bearbeitete und die Kontrolle über ihn besaß, gab ihr ein wunderbares Gefühl der Macht.

Diesmal war es nicht anders. Als Sam nach ihren Hüften griff, damit er tiefer in sie eindringen konnte, lachte Emily und wich seinen Händen aus. »Gefällt es dir denn nicht, wie ich mit dir spiele?«

»Ob es mir gefällt? Zur Hölle, Frau! Du treibst mich in den Wahnsinn!« Jetzt hatte er sie gepackt und drückte sie auf sich, bis sein Schaft tief in ihr versunken war. »Ah, das fühlt sich besser an.«

»Wirklich?«, fragte Emily. »Oder ist das besser?« Sie drückte sich hart gegen sein Becken und begann, wieder mit ihren Hüften zu kreisen. Diese Bewegung erregte sie nicht weniger als Sam. Leise Schreie kamen ihr über die Lippen, als sie immer schneller über ihn hinwegglitt. Die »Ohs« und »Ahs« wurden lauter, bis sie schließlich ihren Orgasmus hatte, heiß und alles verzehrend. Sie stieß kräftiger gegen Sams Schoß und erschauerte mit einem lang gezogenen Aufschrei.

Sams Befriedigung war nicht weniger intensiv. Er legte die Hände auf ihre Brüste, und seine Lust spiegelte sich in seinem dümmlichen Grinsen. Ginge es nach ihm, könnte sein Schwanz für immer so hart und groß bleiben.

»Du bist eine verdammt heiße Frau, Emily«, sagte er bewundernd.

Emilys selbstsicheres Lächeln hatte etwas Katzenhaftes an sich. »Butch findet das auch«, sagte sie und fragte sich, wann sie sich mit seinem Schaft das nächste Mal vergnügen würde.

Dita sah, wie er unter den Bäumen mit entschlossenen Schritten auf sie zukam. Sie trafen sich an einem kleinen Bach. Das Sonnenlicht, das durch das Laub der hohen Äste fiel, malte leuchtende Flecken und zitternde Muster auf das kristallklare Wasser.

Matt sprang leichtfüßig über die Trittsteine auf die Seite, wo Dita stand. Sie betrachtete das Spiel von Licht und Schatten auf seinen Muskeln und spürte, wie sie feucht wurde. Sie zweifelte nicht daran, dass er ihr mit Vorsatz gefolgt war. Und sie brauchte auch nicht zu fragen, was er wollte. Matt begehrte sie genauso, wie sie ihn begehrte.

Er betrachtete sie mit einem leicht spöttischen Lächeln, das sie schon öfter an ihm gesehen hatte. Es gehörte zu ihm wie sein tiefschwarzes Haar, die beiden steilen Linien zwischen seinen Augenbrauen, die ebenmäßigen Zähne, der schmale, manchmal fast hart aussehende Mund und die blasse Narbe, die sich über seinen dunklen Teint zog.

»Wie ich sehe, hast du mich erwartet«, sagte er nun.

»Vielleicht.« Doch diese Antwort passte so gar nicht zu ihrem herausfordernden, fast schon provozierenden Blick. Sie versank in seinen blauen Augen, die in starkem Kontrast zu seinem dunklen Haar und der gebräunten Haut standen. Sie erinnerten sie an einen zugefrorenen See, und doch wurde ihr ganz warm, wenn sie sich in ihnen verlor.

Seine Blicke glitten bewundernd über ihren Körper und verharrten für einen Moment dort, wo ihre Schenkel zusammenliefen. Dann betrachtete er mit einer solchen Intimität ihr Gesicht, dass ihr beinahe schwindelig wurde. Ihr Herz schlug so schnell, dass Dita zu zittern begann und zwischen den Beinen beinahe zerfloss.

»Zieh dein Hemd aus.« Das war ein Befehl, und sie befolgte ihn gern. Sie schob sich die zerrissenen Reste ihres Nachtgewands über den Kopf und warf sie achtlos auf den Boden.

Matts Augen funkelten. »Oh, ja. Du bist genauso bezaubernd, wie ich es mir vorgestellt habe.« Er stand da und betrachtete sie, als würde er sich jedes köstliche Detail ihres Körpers einprägen. Sein Blick ruhte auf ihren festen Brüsten, bevor er hinunter zu den dunklen Löckchen ihres Schoßes wanderte.

Ditas Lippen fühlten sich so trocken an, dass sie mit der Zunge darüberfuhr. Sie sah, wie sich der Stoff seiner Hose wölbte, ein unübersehbarer Beweis seiner Erregung. Lächelnd öffnete er seine Hose und zog sie aus.

Als er sich wieder aufrichtete, konnte Dita den Blick nicht von ihm abwenden. Es gab kein Gramm überflüssiges Fett an seinem muskulösen Körper. Seine Schultern waren breit, und er hatte einen glatten, harten Bauch. Über seine Brust zog sich schwarzes Haar, das weiter unten in einer feinen Linie vom Nabel bis zum faszinierendsten Teil seiner Anatomie auslief.

Sein gewaltiger, pulsierender Schwanz ragte aus einem Nest schwarzer Locken empor, und darunter waren seine festen Eier zu erkennen. Dita hatte die Augen weit aufgerissen. Sie hatte sich nicht vorstellen können, dass der Schwanz eines Mannes so kräftig aussehen konnte, so fordernd und verlangend. Hatte Jonathans Männlichkeit so ausgesehen, als er sie in der Dunkelheit genommen hatte? Ganz sicher nicht. Sie war davon überzeugt, dass sich der Schwanz, den sie jetzt vor sich sah, ganz anders in ihr anfühlen würde.

Matt trat dicht vor sie und legte die Hände auf ihre Schultern. Dita sah zu ihm hoch, und ihre Augen schimmerten.

»Wie habe ich von diesem Moment geträumt«, sagte er. »So wollte ich dich vor mir sehen – nackt und bereit.«

Entschlossen strich er über ihre Hüften, und mit dem Finger überzeugte er sich, dass sie ihn erwartete. Dann legte er die Hände auf ihren Po und brachte Dita in die richtige Position, damit er im Stehen in sie eindringen konnte. Mit seinem ersten nach oben gerichteten Stoß beugte sich ihm Ditas Körper entgegen. Fest klammerte sie sich an seine Schultern, während sein harter Schwanz in ihr Innerstes drang und sie auf eine Weise ausfüllte, wie sie es nicht für möglich gehalten hatte.

Ihr Körper schien in Flammen zu stehen. Ihn in sich zu spüren, war so ganz anders, als es der Akt mit Jonathan gewesen war. Als Matt kurz davor war, sich in ihr zu verströmen, hatte auch sie das Gefühl, vor dem Sprung in eine neue, aufregende Welt zu stehen.

Matt küsste sie leidenschaftlich, während er weiter in sie stieß. Tränen glitzerten in ihren Augen.

Matt hob den Kopf und sah sie an. In seinen Augen spiegelte sich eine widersprüchliche Mischung aus Befriedigung und Bedauern. »Es tut mir leid. Ich wollte dich so sehr, dass ich mich nicht zurückhalten konnte. Das nächste Mal werde ich es ruhiger angehen lassen.« Er schob sie ein kleines Stück von sich und küsste ihre Tränen weg. »Komm, lass uns im Wasserfall baden, und dann lieben wir uns noch einmal.«

Er nahm sie bei der Hand und führte sie durch die Felsschlucht. Es dauerte nicht lange, bis sie die Stelle erreichten, an der das Wasser die Klippen hinunterstürzte. Gemeinsam kletterten sie durch hohen Farn zu der länglichen Einbuchtung in der Felswand, vor der ein Vorhang aus Wasser in die Tiefe fiel.

An einer Stelle gab es eine Einbuchtung im Felsplateau, die man als natürliche Dusche benutzen konnte. Dahin führte Matt sie. Das kalte Wasser erfrischte Dita und kühlte ihren fiebrigen Körper. Matt stellte sich vor sie, schöpfte Wasser mit beiden Händen und ließ es über ihren makellosen Körper fließen. Dann fuhr er mit forschenden Fingern ihre Spalte entlang und konnte spüren, wie ihre Erregung wuchs.

Als sie zu zittern begann, hielt er kurz inne und drückte seinen Mund leicht auf ihre Lippen. »Ich will dich schmecken. Bitte lass mich dich schmecken.«

Bevor Dita darüber nachdenken konnte, was er wohl damit meinte, kniete er sich vor sie und schob ihre Schenkel auseinander, damit seine Zunge den Ort erforschen konnte, den er eben noch mit den Fingern berührt hatte.

Ein Schauer der Lust fuhr durch Ditas Körper. Sie hielt sich mit einer Hand an der Felswand fest und schob ihre Hüften vor, als wollte sie Matt einladen, weiterzumachen.

Matt hob ihren linken Fuß an und stellte ihn auf einen Felsbrocken, um sie noch weiter für ihn zu öffnen. Zärtlich fuhr er mit der Zunge über ihre Weiblichkeit und reizte die empfindlichen Nervenenden, um sie im nächsten Moment mit seinen weichen Lippen dort zu liebkosen. Trotz des kalten, sprühenden Wassers stand Ditas Körper wie in Flammen. Mit einem Mann auf diese Weise zusammen zu sein, war mehr, als sie sich in ihren kühnsten sexuellen Fantasien hätte vorstellen können. Selbst Melanies begeisterte Erzählungen wurden dem Erlebnis nicht gerecht.

Als Matt schließlich den Kopf hob, schob er den Finger in ihre feuchte Spalte und brachte sie innerhalb weniger Augenblicke an den Rand eines heftigen Orgasmus. Er schien genau zu wissen, wie es in ihr aussah, denn schon kehrte seine Zunge zurück, und im nächsten Moment schlugen die Wellen der Lust mit einer ungeheuren Kraft über ihr zusammen. Ihr war, als verlor sie sich in einem Meer der Empfindungen, und Lichtblitze zuckten hinter ihren geschlossenen Augen. Es gab nur noch ihre Lust, und nichts anderes existierte mehr.

Nach einer kleinen Ewigkeit spürte sie, wie das herabfallende Wasser noch immer auf ihre Schultern spritzte. Matts Mund neckte sie ein letztes Mal, dann drückte er einen Kuss auf ihre intimen Lippen. Er lehnte sich ein wenig zurück und sah sie mit fragenden Augen an. »Hat es dir gefallen?«

»Oh, ja, ja. Ich wusste überhaupt nicht ... ich hätte mir nie vorstellen können ...«

Seine Brauen zogen sich zusammen. »Hast du noch nie einen Höhepunkt erlebt?«

»Nie.«

»Aber es ist nicht das erste Mal, dass du mit einem Mann zusammen gewesen bist.«

»Nein, aber es war nicht zu vergleichen mit dem hier.«

»Das überrascht mich. Ich dachte, eine so schöne, bezaubernde Frau wie du würde alles über die körperliche Lust wissen.« Aufrecht stand er vor ihr und zog ihre Hüften an sich. Sein noch immer erregter Schwanz drückte gegen ihren

Schoß. Matt küsste sie wieder, und sie konnte sich auf seinen Lippen schmecken.

»Ich muss gestehen, dass ich über deinen Mangel an Erfahrung sehr froh bin. Ich freue mich schon darauf, dir all die Dinge beizubringen, die ein Mann und eine Frau gemeinsam erleben können.«

Er drehte sie von sich weg, und sie beugte den Oberkörper vor und stützte sich auf dem Felsstück ab, auf dem kurz zuvor ihr Fuß gestanden hatte. Kurz glitten seine Finger über ihre nasse Spalte. Im nächsten Moment spürte sie, wie sein Ständer von hinten gegen sie drückte, und er mit der Schwanzspitze in sie drang.

Ein Instinkt, so alt wie die Menschheit selbst, ließ sie die Hüften vor und zurück bewegen, hoch und runter, damit ihre Weiblichkeit seine harte Männlichkeit in sich aufnehmen konnte. Erneut spürte sie ein erregendes Kribbeln bis in die Haarspitzen, und schon stieß Matt in sie hinein, hielt sie mit beiden Händen an den Hüften fest, und führte sie in seinem Rhythmus zum höchsten Gipfel der Lust.

Als sie nach einer ganzen Weile zurück in die Wirklichkeit fand, dachte Dita: Das ist es also, wovon Melanie so schwärmt. Wenn Sex so gut sein konnte, wollte sie mehr davon haben, viel mehr, das wusste sie nun.

Sie war begierig, alles zu lernen, was Matt ihr beibringen konnte. Und so wurde sie erfinderisch, wenn es darum ging, Gelegenheiten zu schaffen, in denen sie in den nächsten Tagen allein sein konnten. Als sie Matt nach dem ersten Mal gebeten hatte, ihre verbotene Beziehung vor Jonathan zu verschweigen, verzog er spöttisch den Mund. »Er bedeutet dir also etwas, auch wenn er nicht in der Lage ist, dir Lust zu verschaffen. Er ist nur auf seine eigene Befriedigung aus, nicht wahr?«

Er hatte die vernichtende Wahrheit ausgesprochen, und Dita spürte, wie sie rot wurde. Matt wusste nicht, dass es nur dieses eine Mal zwischen ihr und Jonathan gegeben hatte, und Dita hatte über die enttäuschende Erfahrung nicht weiter mit ihrem Verlobten gesprochen. Sie war noch immer davon überzeugt, dass ihre Liebe zu Jonathan von einer noblen Art war, die sich nicht auf Fleischeslust beschränkte.

Eine Ehe, sagte sie sich, war mehr als das gemeinsame Bett. Eine leise innere Stimme riet ihr dennoch, mehr Erfahrungen zu sammeln, damit sie wusste, was alles zwischen Mann und Frau möglich war. Dann würde sicherlich auch der Sex mit Jonathan für sie beide befriedigender sein.

Doch bald stellte sich heraus, dass sich ihre Hoffnung nicht erfüllen würde. Jedenfalls nicht, bevor Jonathan und sie nicht Mann und Frau waren. Als sie versuchte, ihn zu verführen, hielt er sie auf Distanz. Eine prüde Entschlossenheit lag auf seinem Gesicht. »Fang erst gar nicht damit an, Dita.«

»Begehrst du mich denn nicht?«, schmollte sie.

Jonathan trat unsicher von einem Fuß auf den anderen. »Natürlich tue ich das. Aber ich will es mit Anstand, wenn wir verheiratet sind.«

»Letzte Woche waren wir auch nicht verheiratet.«

»Ich hatte einen Moment der Schwäche, Dita. Es hätte nie geschehen dürfen. Mir wäre erheblich wohler, wenn du den Vorfall vergessen könntest.«

Dita sah ihn gereizt an und trat einen Schritt zurück. »Allmählich glaube ich, dass du mich gar nicht wirklich liebst«, sagte sie.

»Natürlich liebe ich dich.« Er drückte ihre Hände und sah sie mit ernster Miene an. »Ich liebe und respektiere dich.

Das ist auch der Grund, warum ich warten will. Wir dürfen nicht vergessen, dass man uns mit moralischen Prinzipien erzogen hat. Ich hoffe, dass ich Gentleman genug bin, um dich nicht wieder auszunutzen, ganz egal, wie ungewöhnlich die Umstände sind, in denen wir uns momentan befinden.«

Das ist ja gerade das Problem, dachte Dita. Ihre Lage war nun einmal besonders. Und warum sollten sie sich auf dieser Insel mit den moralischen Ansprüchen der Zivilisation herumschlagen? Anständig konnten sie immer noch sein, wenn sie erst gerettet waren.

Verärgert und enttäuscht ließ Dita ihn stehen und begab sich auf die Suche nach Matt. Er war nirgendwo zu sehen, und da ihr Verlangen immer drängender wurde, gab sie ihre Vorsicht auf und fragte Jack und Tiko, ob sie wüssten, wohin Matt gegangen war. Die Männer fragten nicht, warum sie das wissen wollte. Doch es war ihnen anzusehen, dass sie genau wussten, um was es Dita ging, auch wenn der steife Gentleman, zu dem sie offenbar gehörte, auf diesem Auge blind war.

»Matt ist die Landspitze hinaufgegangen«, teilte Jack ihr mit. »Können wir dir stattdessen helfen?«

Dita hatte keine Zweifel an seinen Hintergedanken, erst recht nicht, als sie die Blicke zwischen ihm und Tiko auffing und sah, wie lüstern die beiden sie betrachteten. Das Ziehen zwischen Ditas Schenkeln verstärkte sich.

Sie musste an Melanie denken. Wäre ihre Cousine an ihrer Stelle gewesen, hätte sie inzwischen mit allen drei Männern Sex gehabt und es genossen.

Aber Dita sagte sich, dass sie nicht Melanie war. Bevor eine leise innere Stimme ihr zuflüstern konnte, dass sie jetzt aber nicht mehr ganz so verschieden waren, drehte sie sich um und begann, die Landspitze hinaufzusteigen. Die ganze Zeit über war ihr bewusst, dass die beiden ihr nachschauten.

Matt stand auf der Kuppe und schaute mit leicht zusammengekniffenen Augen hinaus aufs Meer. Dita stellte sich neben ihn und hielt ebenfalls nach einem weißen Segel Ausschau. »Wir sind jetzt seit über einer Woche hier, Matt. Glaubst du, wir werden jemals gerettet?«

»Ich glaube fest daran. Inzwischen werden die Behörden sich fragen, was mit der *Pericles* passiert ist, denn sie hätte längst eintreffen sollen. Andere Schiffskapitäne werden auf ihrer Route nach uns Ausschau halten. Es wird nicht lange dauern, bis die Behörden begreifen, dass ein Unglück geschehen ist, und dann geht die Suche erst richtig los.«

»Was wird nach unserer Rettung geschehen?«

Er drehte sich zu ihr herum, und ihr lief ein kalter Schauer über den Rücken, als sie in seine scheinbar gleichgültig blickenden Augen sah. »Du wirst deinen Jonathan heiraten, und ich werde« – er hob leicht die Schultern – »weiß der Teufel wohin gehen.«

»Werde ich dich je wiedersehen?«

»Nicht nach deiner Heirat.«

Sie wusste, dass er recht hatte, aber die Vorstellung, ihn für immer zu verlieren, beunruhigte sie. Noch immer glaubte sie, dass sie die Heirat mit Jonathan tatsächlich wollte. Doch der Gedanke, nie wieder Matts wunderbaren Schaft in sich zu spüren, ließ sie unruhig werden. Wer konnte schon sagen, wie schnell das rettende Schiff die Insel anlief?

»Du hast natürlich recht«, sagte sie, als sie sich ihre spärliche Bekleidung vom Leib streifte. »In diesem Fall sollten wir keine kostbare Zeit verlieren.«

Sie griff an seine Hose und öffnete sie. Sein Schwanz sprang heraus, und sie strich zärtlich mit den Fingern an ihm entlang. Mit der Daumenkuppe rieb sie leicht über die kleine Öffnung an der Spitze und lächelte Matt herausfordernd an.

Er erwiderte ihr Lächeln, als er aus der Hose stieg. »Dann zeig mir mal, was ich dir schon alles beigebracht habe«, spornte er sie an.

Dita kam der Aufforderung nur zu gern nach. Sie streichelte weiter über seinen Schaft und kniete sich dann hin, damit sie mit der Zungenspitze in die kleine Öffnung eindringen konnte. Sie umkreiste die Eichel und fing einen ersten Sehnsuchtstropfen auf, die Essenz seiner Begierde.

Sein tiefer Seufzer der Befriedigung brachte ein triumphierendes Lächeln auf ihr Gesicht, dann schob sie den Mund über seine Männlichkeit. Sie genoss das Gefühl des harten und doch so zarten Fleisches. Jedes Mal, wenn sie ihn auf diese Weise verwöhnt hatte, hatte er sie im entscheidenden Moment zu sich hochgezogen und war rasch in sie eingedrungen, um in ihr Erleichterung zu finden.

Doch an diesem Tag gab sich Dita alle Mühe, ihn die Kontrolle verlieren zu lassen. Mit Erfolg. Warm und salzig ergoss sich sein Sperma in ihren Mund und lief ihre Kehle hinunter. Dita genoss jeden einzelnen Tropfen.

Sie setzte sich auf die Fersen und sah lächelnd zu ihm hoch. In seinem Blick lag Erstaunen. »Oh Dita, ich hätte nie geglaubt, dass du das tun würdest.«

»Hat es dir nicht gefallen?«, fragte sie, plötzlich verunsichert.

»Nicht gefallen? Weißt du nicht, dass du mir gerade die höchste Lust beschert hast, die ein Mann erleben kann?«

»Und wie steht es mit meiner Lust?«, fragte sie neckend.

Schon hatte sie ihre Position geändert, stützte sich nach hinten ab und spreizte die angewinkelten Knie. Ihr Innerstes war weit geöffnet, bereit für Matts Liebkosungen. Er war nur allzu willig, Dita mit der Zunge zu verwöhnen. Er neckte sie eine Weile und spielte mit ihr, bevor ihr Körper schließlich zu zucken begann und sie zum Höhepunkt kam.

Zu diesem Zeitpunkt war er längst wieder hart geworden. Er hob Ditas Beine und drückte ihre Knie gegen ihre Schultern, sodass sich ihm ihre Pussylippen präsentierten. In dieser Position drang er tief in sie ein. Sie war erregter als jemals zuvor in ihrem Leben und konnte spüren, wie ihre Liebessäfte wieder flossen.

Sie ritt auf den Wellen ihrer Lust, und die Empfindung war so intensiv, dass es beinahe wehtat. Als Matt sich schließlich kraftvoll in ihr ergoss, kullerte eine Träne über ihre Wange und der exquisite Schmerz ihrer Vereinigung ließ sie vor Lust aufseufzen.

Butch, Sam und Emily kauerten hinter dem Gebüsch. Sie waren nackt, denn sie hatten schon vor Tagen ihre Kleidung abgelegt. Ihre Körper drängten sich dicht aneinander, aber in ihren Gedanken war kein Platz für Wollust. Vielmehr wollten sie unentdeckt in ihrem Versteck bleiben.

Am Nachmittag hatte Butch die Kanus in der Ferne gesehen, und die drei hatten voller Hoffnung, aber auch ein wenig ängstlich verfolgt, wie sie sich ihrer Insel näherten.

Es war ein halbes Dutzend langer, grell bemalter Kanus, jedes mit sechs bis acht Personen besetzt. Als die Flotte ans Ufer glitt und die Insassen über den Strand liefen, konnten die drei erkennen, dass die Männer jung und athletisch waren und die Frauen, die sie mitgebracht hatten, exotisch und aufreizend.

Die Männer sahen weder aggressiv aus, noch verhielten sie sich so. Doch die langen, mit Widerhaken versehenen Speere hielten die Schiffbrüchigen davon ab, sich den Eingeborenen zu zeigen. Flüsternd einigten sie sich darauf, in ihrem Versteck zu bleiben, bis sie mehr über die Absichten der Kanuten erfahren hatten.

Es dauerte nicht lange, bis den drei klar wurde, dass die Insulaner offenbar die Nacht unten am Strand verbringen wollten. Sie entzündeten ein Feuer, um den Fisch zu braten, den sie gefangen hatten. Aus den Kanus hatten sie mehrere Körbe mit Nahrungsmitteln geholt. In Kürbisflaschen schwappte irgendeine Flüssigkeit. Obwohl die drei Zuschauer nicht wissen konnten, was die Flaschen enthielten, schlossen sie bald aus dem ausgelassenen Lachen und den schriller klingenden Stimmen, dass es sich um Alkohol handeln musste.

Die wachsende Fröhlichkeit war nicht die einzige Wirkung des Getränks. Zuerst war es nur ein Pärchen, das sich im sexuellen Vorspiel erforschte, dann folgten ihnen gleich mehrere, während der Rest der Gruppe rüde Bemerkungen beisteuerte und sie anfeuerte.

»He, Leute, seht euch das an«, flüsterte Sam und drehte sich zu Butch und Emily um, wobei sie sahen, dass sein Schaft nicht unbeeindruckt von dem lüsternen Treiben am Strand geblieben war. Selbst Butch, der in seinem Leben in einige ausschweifende sexuelle Abenteuer verwickelt war, hatte nie zuvor so viele sich krümmende, windende und Unzucht treibende Körper auf einen Schlag gesehen.

Emily mochte ihren Augen nicht trauen. Ihr Körper reagierte so stark auf die aufreizende Szene, dass sie ihr Stöhnen nur mühsam unterdrücken konnte und ihre Hand wie von selbst zwischen ihre Schenkel glitt.

Sam und Butch wussten, was die heiseren Geräusche zu bedeuten hatte, denn seit der ersten Nacht, in der sie Emily mit Rum abgefüllt hatten, war dieses Stöhnen oft zu hören gewesen. Sie nahmen sie in ihre Mitte, und jeder griff mit einer Hand in ihren nassen Schoß, während sie mit der jeweils anderen Hand über ihre Schwänze rieben.

Emily kniete auf dem Boden und beugte sich vor, bis sie den Kopf auf ihre verschränkten Arme legen konnte und ihr Hinterteil in die Luft ragte. Sie bot den Männern nun einen freien Blick auf ihre pochende Vulva und konnte ihre geschickten Finger noch besser genießen. Bald schon hatte sie die Insulaner vergessen, schloss die Augen und gab sich ganz dem Spiel der Männer hin.

Butch und Sam waren in ihrer eigenen fiebrigen Lust derart abgelenkt, dass sie den einen Insulaner nicht bemerkten, der sich von der Gruppe gelöst hatte, um sich abseits zu erleichtern. Er hörte seltsame Geräusche in den Büschen und wollte nachsehen, was sich dort abspielte. Die Matrosen nahmen auch nicht wahr, wie der Mann seine Gruppe heranwinkte. Erst als Emily einen leisen Schrei ausstieß und sich unter den stoßenden, reibenden Fingern aufbäumte, während die Männer ihren Saft in die Luft spritzten, blickten sie hoch und sahen die vielen Zuschauer.

Lachen und Grölen drang in ihre vom Sex benebelten Sinne, und erst jetzt begriffen sie, dass ihr orgiastisches Treiben von einem Teil der Gruppe gesehen worden war. Ihnen blieb jedoch keine Zeit, sich um die Konsequenzen Gedanken zu machen, denn schon im nächsten Moment halfen ihnen dunkle Hände auf die Füße und führten sie zu den anderen Eingeborenen am Strand.

Aufgeregtes Geschnatter hatte nun die ganze Gruppe erfasst, und obwohl niemand der Schiffbrüchigen die Sprache verstand, nahmen sie an, dass nun auch die anderen informiert wurden, unter welchen Umständen man sie entdeckt hatte.

Die eingeborenen Männer umringten Emily und strichen über ihr Haar, in das die Sonne goldene Strähnen gezaubert hatte, und dann strichen sie mit den Händen über die helle Haut ihres Körpers. Das Streicheln und die aufgeregten Ausrufe, die sich offenbar auf ihre körperlichen Attribute bezogen, versetzten Emily in einen Zustand höchster Erregung.

Ein Mann schien ihr eine Frage zu stellen, was von seinen Kumpanen mit fröhlichem Gejohle begleitet wurde. Kräftige Hände packten sie unter den Achseln, und bevor sie begriff, was vor sich ging, hoben zwei Männer sie vom Boden hoch und spreizten ihre Beine, während der eine, der die Frage gestellt hatte, aufmerksam die Grotte zwischen ihren Schenkeln zu erforschen begann.

Er schien mit dem, was er fand, zufrieden zu sein, denn er richtete sich auf, trat näher an Emily heran und versenkte seinen harten Schaft tief in sie. »Oh«, stieß Emily aus, überrascht und schockiert von dem plötzlichen Angriff. »Oh, oh, oh.« Schon hatte er seine Hände um ihre Pobacken gelegt und pumpte mit gewaltiger Kraft in sie hinein.

Obwohl sie noch völlig verwirrt von dem Spektakel waren, das sich ihnen da bot, bemerkten Sam und Butch schnell, dass es noch andere Dinge gab, die ihre Aufmerksamkeit verdienten. Die Frauen waren nicht weniger neugierig als die Männer, die fremd aussehenden Sexualorgane zu erforschen, und ihre streichelnden Hände führten rasch dazu, dass Sam und Butch mehr als bereit waren, eine Demonstration ihrer Männlichkeit zu geben.

Später am Abend, als auch die letzten Paare zur Ruhe gekommen waren und sich schlafen legten, bemerkte Emily, wie erschöpft sie war, und suchte sich einen Platz neben Butch und Sam.

Am Morgen wurde Sam als Erster wach. Er setzte sich auf

und rieb sich die Augen. Als er sich umschaute, glaubte er, noch zu träumen. Emily und Butch schliefen neben ihm, aber sonst war niemand mehr zu sehen. Und am Strand lagen auch keine Kanus mehr. Die Asche der Lagerfeuer lieferte den einzigen Anhaltspunkt für die vorübergehende Anwesenheit der Insulaner.

»He, wacht auf, wacht auf!« Er rüttelte an Butchs Schulter. Jetzt schlug auch Emily die Augen auf und starrte schlaftrunken auf den verlassenen Strand.

»Sie sind weg«, stellte sie fest.

»Ich würde gern wissen, warum sie sich so heimlich davongestohlen haben«, murmelte Sam.

»Glaubst du, sie kommen wieder?«, fragte Emily mit einem freudigen Unterton in der Stimme. Sie hatte am Abend zuvor eine Menge Spaß gehabt.

»Das könnte möglich sein«, sagte Butch, »doch ich habe das ungute Gefühl, dass unsere Situation dann eine völlig andere sein könnte.«

Emily und Sam schauten ihn verdutzt an, doch Butch starrte mit einem grimmigen Gesichtsausdruck hinaus aufs Meer. Emily schüttelte sich. Weder sie noch Sam mussten fragen, was Butch meinte. Ein grauer Schleier der Angst legte sich über die drei Schiffbrüchigen.

Drittes Kapitel

Jacks Frage kam weder unerwartet, noch war sie schockierend, und doch hatte Matt Schwierigkeiten damit, eine Antwort zu finden. Er starrte die beiden Männer nur an, und sein Blick wurde kälter und seine Miene mit jeder Sekunde grimmiger. Jack ließ sich davon nicht einschüchtern. Er tauschte einen schnellen Blick mit Tiko, bevor er seinen Standpunkt darlegte.

»Sie ist die einzige Frau auf der Insel, Matt. Es ist nicht fair, dass nur du deinen Stachel in ihren Honigtopf tauchen kannst. Wir haben dieselben Bedürfnisse, und zu wissen, dass ihr beide jeden Moment nutzt, um übereinander herzufallen, hilft uns nicht weiter. Selbst jetzt kriege ich einen Steifen, allein bei der Vorstellung, was ihr alles miteinander treibt. Kein Mann sollte seine Hand gebrauchen müssen, wenn ein so köstliches Weib unter uns ist.«

Matt ballte die Hand zur Faust, so groß war der Drang, den Seemann mit einem Hieb zur Strecke zu bringen. Er zwang sich jedoch zur Selbstbeherrschung, und seine Stimme klang gleichgültig, als er sagte: »Warum sagt ihr Grimshaw nicht, dass ihr seine Verlobte vögeln wollt? Sie gehört mir nicht.«

Jack lachte. Es war ein kurzes, hartes Lachen, in dem abgrundtiefe Verachtung klang. »Wir wissen, wie die Dinge liegen. Doch dieser feige Gentleman hat keine Ahnung, was sich hinter seinem Rücken abspielt. Du brauchst dir keine Sorgen zu machen. Wir werden ihm nichts sagen. Wir sind zufrieden, wenn wir es machen können wie du. Wir nehmen sie uns, ohne dass er etwas davon mitbekommt. Ich kann mir gut vorstellen, dass sie nichts dagegen hat.«

Matt blieb scheinbar unbeteiligt. Dabei blieb ihm vor Wut buchstäblich die Stimme weg. Er hätte darauf vorbereitet sein müssen. Aber er war es nicht, weder auf die Frage noch auf ein hartnäckiges Leugnen seinerseits.

Es gab keinen Zweifel, dass die beiden Seemänner nicht auf Ditas attraktiven Körper verzichten wollten. Matt war überrascht, dass sie sich überhaupt die Mühe machten, ihn zu fragen oder ihm auch nur ihre Absichten mitzuteilen. Es bedurfte nicht der im Sonnenlicht glitzernden Klinge, die in Tikos Gürtel steckte, um ihn daran zu erinnern, dass die Männer keine Skrupel haben würden, ihn umzubringen, falls er sich ihnen in den Weg stellte. Und Grimshaw würde es nicht anders ergehen.

Der Zorn, der seine Selbstbeherrschung auf eine harte Probe stellte, rührte auch daher, dass ihn die Vorstellung quälte, Dita könnte ihre Lust mit anderen Männern ausleben. Aber das war nur ein Teil der Wahrheit. So musste er sich eingestehen, dass alles in ihm rebellierte, wenn er sie in seinen Armen hielt und daran denken musste, dass sie schon bald mit Jonathan Grimshaw verheiratet sein würde.

Er wusste um seine Schwäche, und dieses Wissen ließ ihn seine Entscheidung treffen. Er hob kurz die Schultern und trat einen Schritt von den beiden Männern zurück.

»Ihr könnt machen, was ihr wollt«, warf er ihnen hin. »Ist mir egal.«

Als er die Klippen der Landspitze erreichte, hatte sich seine Stimmung noch immer nicht gebessert. Eine lange Zeit starrte er hinaus aufs Meer und hielt Ausschau nach einem Schiff, das sie alle retten würde.

Er sah in die Bucht zu seiner Rechten, und einem Impuls folgend kletterte er hinab. Ihm war bewusst, dass er Abstand von den anderen Schiffbrüchigen suchte, aber nicht nur von ihnen, sondern auch von seinen unerwünschten Gefühlen, denen er sich ausgeliefert sah.

Die Gedanken an Dita ließen sich nicht so einfach wegschieben, und er verfluchte sich wegen seiner Charakterschwäche. Nur ein Dummkopf ließ sich von seiner Lust in eine solche Falle locken. Eine selbstzerstörerische Falle, weil ihm eine Frau am Herzen lag.

Er zwang sich dazu, sich Dita bei erniedrigendem Sex mit den anderen vorzustellen, und benutzte diese Bilder, um sich von dem Gedanken zu befreien, sie könnte eine ganz besondere Frau sein. Er wollte seine Gefühle für sie nicht überbewerten – was er für sie empfand, war sexuelles Verlangen und sonst gar nichts.

Dita Jones unterschied sich nicht von anderen Vertreterinnen des weiblichen Geschlechts. Sie dachte nur an sich selbst, an ihre eigene Lust und ihr Vergnügen. Sie hatte nicht einmal Gewissensbisse, den Mann zu betrügen, den sie heiraten wollte. Das allein hätte ihn warnen sollen. Aber er, Matt Warrender, hatte sich wegen des Pochens in seinen Lenden der Illusion hingegeben, dass sie ihm allein gehören würde.

Dreizehn Jahre waren seit dem Tag vergangen, an dem er sich geschworen hatte, nie wieder auf eine Frau hereinzufallen. Er war kaum mehr als ein unerfahrener Jüngling gewesen, gerade mal zwanzig, und mit dem süßesten Mädchen verlobt, das man sich wünschen konnte.

Anne Mattlock war zierlich und – so glaubte er zumindest – unverdorben. Ihre Stimme klang so lieblich wie das

Zwitschern eines Vogels und ihr Lachen so klar wie das Plätschern eines Gebirgsbachs. Der junge, vertrauensvolle Matt hatte den Boden angebetet, auf dem sie ging.

Sie sollten im kommenden Frühjahr heiraten, und an einem klaren Nachmittag im späten Winter war er über die Felder geritten, um eine Stunde der Zärtlichkeit mit ihr zu verbringen. Sein Besuch war nicht angekündigt, doch die unerwartete Wärme des Nachmittags war zu köstlich, um sie allein zu genießen. Unterwegs stellte er sich ihr strahlendes Gesicht vor, wenn sie ihn sah, und er freute sich schon auf den überraschten Blick ihrer schönen Augen, wenn er ihr das hübsche Armband anlegte, das er für sie gekauft hatte.

Als er das Landhaus erreichte, wurde ihm mitgeteilt, dass der Squire und Mrs. Mattlock irgendjemandem einen Besuch abstatteten und dass Miss Mattlock auf dem Gelände spazieren ging. Um keine Zeit zu verlieren, lehnte Matt die angebotene Erfrischung ab und begab sich gleich auf die Suche nach seiner Liebsten.

Das Grundstück war sehr groß, und die Rasenflächen und Ziergärten gingen in einen Wald über. Wo ein kleiner Bach den Wald teilte, stand ein abgeschieden gelegener Sommerpavillon neben den hohen Bäumen. Matt wusste, dass er Annes Lieblingsplatz war, deshalb ging er mit federnden Schritten hinunter zum Wald.

Ein sanftes Lächeln der Vorfreude legte sich auf sein Gesicht, als er ihr fröhliches Lachen hörte. Er ging noch ein wenig schneller, aber dann ließ ihn das tiefe Glucksen eines Mannes innehalten. Langsam bewegte sich Matt weiter, zutiefst verwirrt und mit gefurchter Stirn.

Matt folgte dem Pfad bis zu einer Kehre, hinter der der Pavillon und die beiden Menschen darin sichtbar wurden. Ungläubig blieb er wie angewurzelt stehen, während ihn ein

Schmerz erfasste, wie er ihn noch nie zuvor erlebt hatte. Sein Magen drehte sich um, und sein Herz schien zu zerspringen.

Seine geliebte Anne war nackt. Mit brennenden Augen sah er, wie sie die Arme hob, um ihr langes, blondes Haar zu öffnen und auszuschütteln. Ihr Körper bog sich ihrem Begleiter einladend entgegen, während sie ihn anlachte. Er war ein Riese von Mann, und trotz seines getrübten Blicks erkannte Matt den Sohn des Schmieds in ihm. Er galt als Muskelprotz ohne viel Köpfchen. Auch er war nackt, und sein kräftiger Körper war üppig behaart.

Während Matt in seinem Schmerz bewusst wurde, dass dies bestimmt nicht das erste Zusammensein der beiden war, sah er, wie der Hüne Anne in die Arme nahm und mit seiner gewaltigen Männlichkeit in sie eindrang.

Ihr Lustschrei traf ihn wie ein Messerstich mitten ins Herz. Zorn, Hass und ein tiefes Gefühl der Erniedrigung hielten ihn gefangen. Für ihn war sie rein wie ein Engel gewesen, und er hatte sich oft ausgemalt, wie er sie in der Hochzeitsnacht behutsam in die Geheimnisse der körperlichen Lust einführen würde.

Ohne sich zu erkennen zu geben, wandte er sich ab, nahm sein Pferd und ritt davon und aus ihrem Leben.

Innerhalb einer Woche hatte er England verlassen und schwor sich, nie mehr zurückzukehren und keiner Frau mehr zu erlauben, den Panzer zu knacken, der sich um sein Herz gelegt hatte. Seither hatte es kaum einen Flecken Erde gegeben, den er nicht bereist hatte, und er konnte die Frauen nicht zählen, an denen er sein Verlangen gestillt hatte. Frauen vieler Rassen, und alle waren sie außergewöhnlich schön gewesen. Trotzdem hatten sie nur seine Lust befriedigt, nicht aber sein Herz zum Klingen gebracht.

Bis jetzt.

Abseits des Strandes, auf dem die Schiffbrüchigen ihre Unterstände errichtet hatten, lag eine kleine, versteckte Bucht. Bei Flut wurde sie von den Wellen überschwemmt und war so gut wie nicht passierbar. Bei Ebbe zeigte sich ein schmaler Sandstreifen, aus dem Felsbrocken ragten. Dita und Matt hatten die Bucht schon oft aufgesucht, und auch an diesem Tag wartete die junge Frau dort ungeduldig auf ihren Geliebten.

Es war ein heißer Tag, und das klare blaue Wasser sah einladend aus. Dita zog sich das zerrissene Nachthemd über den Kopf und legte es auf einen Felsen, bevor sie ins Wasser watete. Mit beiden Händen schöpfte sie Wasser, ließ es über ihren Kopf fließen und strich sich mit einer anmutigen Bewegung über die langen, schweren Haare.

In dieser Haltung ragten ihre Brüste nach vorn. Dita spreizte leicht die Beine und genoss den Kitzel der Wellen, als diese gegen ihre Pussy rollten. Mit geschlossenen Augen gab sie sich der Sinnlichkeit des Augenblicks hin. In diesem Moment stellte sie sich vor, dass sie die Wiedergeburt ihrer Namenspatronin wäre, der Liebesgöttin Aphrodite. Inzwischen war sie ganz gewiss eine andere Person als das sexuell unerfahrene Mädchen, das vor ein paar Wochen die *Pericles* betreten hatte. Sie war nicht mehr die ehrbare Dita Jones, Tochter braver Bürger und verlobt mit dem begehrtesten Junggesellen Sydneys.

Die neue Dita war bezaubernd sinnlich und sehnte sich nach den Freuden des Fleisches, ohne auch nur einen Gedanken an die moralischen Regeln der Gesellschaft zu verschwenden.

Zurück am Strand setzte sie sich in den Sand und lehnte sich mit dem Rücken an einen Felsen, während die warme Sonne ihre Haut trocknete und gleichzeitig ihr Verlangen wach hielt. Wieder schloss Dita die Augen.

Was hatte es mit der Sonne auf sich, dass sie sich plötzlich so erregt fühlte? Sie hoffte, dass ihr Geliebter schon bald ihren sexuellen Hunger stillen würde. Ein Lächeln der Vorfreude umspielte ihre Lippen, während sie mit einer Hand zwischen ihre Schenkel glitt, um sich darauf vorzubereiten, Matts harte Männlichkeit in sich aufzunehmen.

Ein Schatten fiel auf ihren Körper und schirmte sie vor der Sonne ab. Ihr Lächeln wurde breiter, und Dita öffnete langsam die Augen, aber als sie Jack und Tiko sah, die sie mit unverfrorener Geilheit betrachteten, stockte ihr der Atem. Sie konnte nicht verhindern, dass sich ihr Geschlecht spontan zusammenzog und zu pochen begann.

Eine verräterische Atemlosigkeit drückte auf ihre Stimmbänder, als sie heiser herausbrachte: »Was wollt ihr hier? Wo ist Matt?«

»Matt kommt nicht«, sagte Jack und bückte sich rasch nach ihrem Hemd. Er hob es auf und warf es außer Reichweite. »Wir sind jetzt dran.«

»Ihr seid dran?«, wiederholte sie, und ihr Blick fiel zuerst auf das zur Seite geworfene Hemd und dann zu den Gesichtern der Männer. Ihr lustvolles Starren erfüllte sie mit Stolz und einer sinnlichen Freude, und so versuchte sie erst gar nicht, ihre Blöße mit den Händen zu bedecken. »Was meint ihr damit?«, fragte sie, obwohl sie genau verstand, um was es den Männern ging. Falls sie noch irgendwelche Zweifel an den Absichten von Jack und Tiko gehabt haben sollte, wurden diese endgültig ausgeräumt, als Jack langsam seine Hose öffnete.

»Das weißt du ganz genau, meine Schöne. Wir haben mit Matt vereinbart, dass wir auch unseren Anteil an dem haben sollen, was du Matt bisher gegeben hast. Schließlich bist du die einzige Frau auf der Insel.«

Ditas Herz stolperte für einen Moment – nicht, weil die

Aussicht, mit den beiden Sex zu haben, ihr widerstrebte, sondern weil sie fürchtete, Jonathan könnte davon erfahren. »Du sagst, dass ihr euch geeinigt habt? Wer ist *ihr*?«

»Ich, Matt und Tiko.« Er gluckste, als er sah, dass sie ihre Erleichterung nicht verbergen konnte. »Keine Sorge, wir werden deinem feinen Verlobten nichts davon sagen. Was er nicht weiß, macht ihn nicht heiß.«

Auch nach ihrer ersten Liebesbegegnung mit Matt war es ihre größte Sorge gewesen, dass Jonathan etwas davon erfuhr. Doch wenn die Männer dichthielten, fiel ihr kein weiterer Einwand ein, ihnen nicht ihren Wunsch zu erfüllen.

Außerdem hatte Jack inzwischen seine Hose ausgezogen, und ihr gefiel das eifrige Pochen seiner entblößten Rute. Seltsam nur, dass es tief in ihrem Innern eine kleine Verletzung gab, die an ihr nagte. Wenn Matt so schnell bereit war, sie mit anderen Männern zu teilen, konnte das nur bedeuten, dass sein Interesse an ihr ausschließlich sexueller Natur war. Sie nahm sich vor, diese Tatsache nicht zu vergessen.

Sie hatte schon einige Male darüber nachgedacht, wie es sein würde, Sex mit Jack und Tiko zu haben. Jetzt bot sich ihr die Chance, es herauszufinden. Matt hatte ihr beigebracht, sich ganz den Freuden der körperlichen Lust hinzugeben. Warum also sollte sie nicht weitere Gelegenheiten dazu wahrnehmen, wenn sie sich ihr boten? Wenn sie gerettet waren und wieder in die Zivilisation zurückkehrten, wäre das alles so gut wie vergessen. Sie würde Jonathan heiraten und schon bald eine von der Gesellschaft geachtete Ehefrau und Mutter sein.

Die exotischen Wochen auf der Insel und ihr unmoralisches Ich würde sie dann tief in ihrem Gedächtnis vergraben und sich daran höchstens von Zeit zu Zeit als eine wunderbare, unwiederbringliche Phase sexueller Freizügigkeit erinnern.

Aus den Augenwinkeln nahm sie wahr, dass auch Tiko seine Hose ausgezogen hatte, und der Anblick holte sie aus ihren Gedanken in die Wirklichkeit zurück. Melanies begeisterte Schilderungen fielen ihr ein und verstärkten noch den Kitzel der Erregung und ihre Lust auf einen Mann – irgendeinen Mann. Dita verbannte alle Gedanken an Matt, Jonathan und anständiges Verhalten aus ihrem Kopf. Sie brauchte Sex, und sie brauchte ihn jetzt. Sie lehnte sich wieder an den Felsen und fuhr fort, sich selbst zu streicheln, womit sie die Männer noch mehr reizte. Ihr gefiel die Rolle der Verführerin.

»Welcher von euch will der Erste sein?«, fragte sie, den Blick auf Tikos kräftiges dunkles Organ gerichtet. »Kann ich es mir aussuchen?«

»Wir haben das schon entschieden«, sagte Jack. »Und ich weiß auch, wie ich es am liebsten habe.« Er zog sie auf die Füße, drehte sie um und drückte sie dann auf Hände und Knie. Dita hatte kaum ihre Position eingenommen, als sie schon spürte, wie seine Rute in die heiße Tiefe ihres Tunnels drang.

»Ah, verdammt«, rief Jack. »Du bist so nass, und du fühlst dich so gut an!« Er zog sich ein Stück aus ihr zurück, um dann wieder tief in sie hineinzustoßen. Er ging es langsam an, und Dita genoss jeden einzelnen Stoß. Doch es wurde noch besser, als er kräftiger und schneller in sie hineinpumpte. Ihre gekeuchten Atemzüge passten sich seinem Rhythmus an. Sie drängte sich seinen Stößen entgegen und war so geil, dass sie nicht genug bekommen konnte. Sie wollte, dass er noch fester und schneller in sie hineinstieß. »Ah, ja! Ich hätte dich schon längst haben sollen. Ah, ja ...«

Dita ruckte immer noch mit den Hüften vor und zurück, denn als Jack zum finalen Stoß ansetzte, war sie dem Orgasmus noch nicht nahe. Ihr gestöhnter Protest, als Jack sich zurückzog, wich gleich darauf einem ungläubigen Staunen, als Tiko den Platz seines Kumpans einnahm.

Dies war es, was sie sich gewünscht hatte. Seine große dunkle Männlichkeit, die sie bereits bewundert hatte, streckte sie und schickte tausend Pfeile der Lust durch ihren Körper. Obwohl Tikos Schaft sie besser befriedigte als Jacks, spürte sie, dass er sich noch nicht mit ganzer Länge in ihr versenkt hatte.

Mit seinen breiten Händen hielt er sie an den Hüften, die er bei jedem Stoß an sich heranzog. Er füllte sie in einer Weise aus, wie sie es bisher noch nicht gekannt hatte. Seine unglaubliche Länge tat Dita weh, und selbst, als er reglos in ihr verharrte, spürte sie den brennenden Fluss ihrer Säfte.

Ohne seinen Schaft zu bewegen, langte Tiko um sie herum und massierte ihre Klitoris, um ihre Erregung zu steigern. Dita schrie laut auf. Plötzlich war ihr, als müsste sie auseinanderbrechen, und nur Tikos Stange würde sie davor bewahren. Er hielt sie fest an sich gepresst, bis ihre Schreie aufhörten, die Spannung aus ihrem Körper wich und ihr Kopf nach unten sackte. Erst jetzt bewegte er sich wieder in ihr.

Aber er pumpte nicht so wuchtig, wie Dita angenommen hatte. Mit beiden Händen hielt er ihre Hüften umklammert, dann ließ er ihre schmerzende Höhle um seine reglose Rute kreisen. Die Empfindungen waren zu viel für Dita. Sie kam ein zweites Mal, und ihre Säfte flossen aus ihr heraus und benetzten sie beide. Wenn es überhaupt möglich war, trug sie dieser Orgasmus in noch höhere Höhen als der erste. Tiko begann nun, tief in sie zu stoßen, um selbst zu kommen.

Ditas Stöhnen wurde lauter. Gleichzeitig fühlte sie sich herrlich erschöpft. Als er sich schließlich aus ihr zurückzog, ließ sie sich flach auf den Boden fallen. Jack zog sie hoch, bis sie auf eigenen Beinen stehen konnte.

»Du willst noch mehr?«, fragte sie ungläubig, als sie sah, dass er wieder steif geworden war.

»Wir haben viel nachzuholen«, sagte Jack. »Jetzt will ich, dass du mich reitest.«

Dita hatte keine Chance, sich zu widersetzen. Weder jetzt noch später, als Tiko sie noch einmal mit seinem gewaltigen Schwanz ausfüllte. Lange bevor die Männer befriedigt waren, war sie zur Marionette ihres eigenen Begehrens geworden. Aber sie genoss es. Und wie sie es genoss.

Es war nur verständlich, dass Dita befangen war, als sie sich das nächste Mal allein mit Matt traf. Sie fragte sich, ob er etwas sagen würde oder ob sie das Thema anschneiden sollte. Als er sie zu streicheln begann und ihren Körper zum Glühen brachte, wusste sie, dass sich zwischen ihnen nichts geändert hatte, und spürte eine immense Erleichterung.

Wie sehr sie sich doch irrte.

Die Vereinigung ihrer Körper brachte ihr nicht mehr das unverwechselbare Entzücken, das sie sonst empfunden hatte. Ihr wurde bewusst, dass er sie nicht geküsst hatte, und sie ahnte, dass er es auch in Zukunft nicht wieder tun würde. Es war, als wollte er ganz klarmachen, dass ihre Zusammenkünfte ausschließlich der fleischlichen Befriedigung dienten. Mit Liebe hatte das nichts zu tun.

Eine zweite Woche ging ins Land, in der Dita bereitwillig jedem der drei Männer zu Diensten war. Es kam nicht mehr vor, dass die gleichzeitig mit Jack und Tiko zusammenkam. Sie zog es vor, die unterschiedlichen Liebestechniken der Männer individuell zu genießen.

Mit Tiko und Jack war der Akt nur eine körperliche Betätigung, bei der man sich gegenseitig sexuelle Befriedigung verschaffte. Die Matrosen bedeuteten Dita nichts und waren nur Instrumente ihrer Lust. Mit Matt war es anfangs anders gewesen, und tief in ihrem Inneren wünschte sie sich, dass es wieder so sein würde.

An einem Tag war sie mit Tiko in der felsigen Bucht. Nachdem er sie mit der Zunge verwöhnt und auf diese Weise zu einem wunderbaren Orgasmus gebracht hatte, setzte er sich auf einen Felsen und lehnte sich weit zurück, wobei er sich auf die Ellbogen stützte. Seine gewaltige Männlichkeit ragte steil nach oben. Sie neckte ihn eine Weile, wollte aber nicht, dass er kam, bevor sie ihn tief in sich spüren konnte.

Als sie bereit war, schwang Dita ein Bein über seinen Körper und kniete sich über ihn, wobei sie ihm den Rücken zuwandte. In dieser Position konnte sie auf seinen Schwanz und seine prallen Eier blicken. Sie beugte sich leicht vor und ließ sich behutsam auf seine Kuppe nieder, dann schob sie sich langsam und schwer atmend weiter auf ihn.

Eine lange Zeit verharrte sie in dieser Stellung und genoss das Gefühl, so gedehnt und gefüllt zu werden. Die Nervenenden in ihrer Vulva pochten wie verrückt.

Langsam begann sie ihn zu reiten, und ihre Erregung wuchs, als sie beobachtete, wie sein Schaft in sie hinein- und wieder aus ihr herausglitt.

Jonathan beobachtete Dita.

Obwohl er zu weit entfernt stand, um den Ausdruck lüsternen Entzückens auf ihrem Gesicht zu sehen, war er doch nahe genug, um ihren sexuellen Aktivitäten zu folgen. Er war entsetzt, aber nicht zu sehr. Seit einiger Zeit war er bereits misstrauisch gewesen. Er hätte ein kompletter Narr sein müssen, wären ihm die Veränderungen an Dita nicht aufgefallen. Seit sie auf der Insel gestrandet waren hatte sie ihn immer wieder gebeten, Liebe mit ihr zu machen. Als Gentleman war er darauf natürlich nicht eingegangen, zumal dieser Wunsch einfach nicht zu ihrem Charakter passte.

Jedenfalls passte er nicht zum Charakter jener Dita, mit der er sich verlobt hatte. Ein Mädchen, dessen vornehme Wohlanständigkeit ihm nur ein kurzes Zucken seiner Männlichkeit entlocken konnte.

Jonathan fragte sich, wie lange sie ihn schon betrog. Er ließ sich nicht gern zum Narren halten. Als sein Misstrauen wuchs, kam ihm auch in den Sinn, dass seine herumhurende Verlobte längst keine Jungfrau mehr war, als er am Strand ihrem Flehen nachgegeben hatte.

Die Frauen, bei denen Jonathan Befriedigung fand, waren erfahren selbst in bizarren Formen sexueller Befriedigung. Er hatte noch nie ein Mädchen entjungfert. Einem Mädchen die Unschuld zu nehmen, war für ihn nicht erstrebenswert.

Aus den Gesprächen mit Freunden, für die eine Entjungferung das Höchste war, wusste er, dass ein Mann beim ersten Eindringen immer einen Widerstand spürte. Er dachte an den Abend am Strand zurück und war sich sicher, dass ihn nichts aufgehalten hatte, als seine Rute in die Höhle der Aphrodite Jones eingefahren war.

Damals war er kaum erregt gewesen, nun aber war seine Männlichkeit mehr als bereit. Sein Schwanz war so hart, dass es schmerzte, und er musste sich eigenhändig Erleichterung verschaffen. Während er Dita beobachtete, wie sie auf Tikos Rute ritt, rieb seine Hand im schneller werdenden Takt, mit dem sich Dita zum Höhepunkt trieb.

»Hure«, keuchte er, als er seinen Samen verschleuderte. »Du bist nicht besser als deine Cousine, Dita Jones, und von nun an nehme ich mir auch meinen Anteil.«

In den Tagen nach dem Verschwinden der Insulaner fühlten sich Emily, Sam und Butch unbehaglich. Obwohl sie nach wie vor zu spontanen und heftigen sexuellen Aktivitäten zusammenfanden, verbrachten sie auch viele Stunden mit ernsthaften Gesprächen. Ob sie gerettet würden, bevor die Einheimischen zurückkehrten? Sie waren jetzt von der Zwangsläufigkeit einer weiteren Begegnung mit den Wilden überzeugt, und sie glaubten auch, dass diese nicht mit friedlichen Absichten zurückkommen würden.

Ihre Angst war so groß, dass die beiden Männer nachts abwechselnd Wache hielten. Denn, so war sich Butch sicher: »Wenn wir es nicht tun, wachen wir eines Morgens auf und bemerken, dass sie uns die Köpfe abgeschnitten haben.«

Immer öfter kam es vor, dass sie zusammen hinaus aufs Meer und auf die größere Insel starrten. Ob die Insulaner von dort gekommen waren? An einigen Tagen, wenn die Sicht besonders klar war, glaubte Butch, eine dünne Rauchspirale aufsteigen zu sehen.

»Warte mal«, rief Sam bei so einer Gelegenheit plötzlich. »Mir fällt gerade wieder ein, dass ich gestern das Fernrohr des Captains am Strand gesehen habe. Ich habe es nicht aufgehoben, weil ich mir sicher war, dass es nach der ganzen Zeit im Wasser unbrauchbar geworden sein muss. Aber falls doch nicht, wäre es uns jetzt eine große Hilfe. Ich laufe mal hin und schaue, ob ich es noch finden kann.«

Es dauerte nicht lange, bis Sam mit dem Fernrohr zurückkam. Die drei kletterten auf eine kleine Anhöhe ihrer Insel.

»Und? Kann man es noch gebrauchen?«, fragte Emily, während Butch das Fernrohr auf die Stelle richtete, wo er den Rauch hatte hochsteigen sehen.

Butch schüttelte enttäuscht den Kopf. »Ich schätze, dass Wasser in das Fernrohr eingedrungen ist. Alles sieht verschwommen aus.« Er machte sich an dem Instrument zu schaffen, drehte es, schüttelte es und hob es dann wieder ans Auge. »Das ist schon ein bisschen besser, aber richtig klar kann ich immer noch nicht sehen.«

»Kannst du erkennen, woher der Rauch überhaupt kommt?«, fragte Emily eifrig.

»Irgendeinen Hinweis auf die Eingeborenen?«, fragte Sam.

»Ich kann keinen sehen. Ich schätze aber, der Rauch stammt tatsächlich von irgendeiner Kochstelle. Jedenfalls ist es kein Waldbrand, denn der hätte sich längst ausgebreitet.«

Butch drehte sich zur Seite und richtete das Fernrohr auf das Ufer. Die Sonne glitzerte auf dem Wasser vor einer kleinen Bucht. Sein Körper versteifte sich, woraus Emily und Sam schlossen, dass er etwas Bedeutsames entdeckt hatte.

»Was siehst du?«, fragte Sam drängend. »Sind da die Eingeborenen?«

Butchs Antwort klang krächzend. »Ich kann's nicht glauben.« Er reichte Sam das Fernrohr. »Schau dir das mal an. Da sind zwei Burschen am Strand. Siehst du sie? Einer könnte ein Insulaner sein, aber der andere ganz bestimmt nicht.«

Sam richtete das Fernrohr auf den Strand. Als er die beiden Männer im Fokus hatte, ließ er vor lauter Aufregung beinahe das Fernrohr fallen. »Großer Gott!«, rief er. »Ich glaube, das ist Tiko! Tiko und noch jemand.« Er ließ das Fernrohr sinken und starrte seine Begleiter an. »Wir sind nicht die einzigen Überlebenden! Wenigstens zwei von uns haben sich auf die andere Insel gerettet!«

»Es könnten auch noch mehr sein«, meinte Emily.

»Das stimmt. Lasst uns überlegen, wie wir sie auf uns aufmerksam machen können. Wir müssen sie wissen lassen, dass es uns hier gibt.«

Den ganzen Tag lang suchten sie nach einer Erfolg versprechenden Taktik. Fast unablässig starrten sie jetzt hinüber zur Insel und waren sich immer sicherer, dass es noch mehr Leute auf der Insel geben musste als nur die beiden, die sie gesehen hatten.

»Ich habe nachgedacht«, sagte Sam schließlich. »Ich glaube, wir können davon ausgehen, dass keine Eingeborenen auf der Insel dort leben, dafür aber vielleicht drei oder vier Schiffbrüchige. Und je mehr wir sind, desto weniger brauchen wir uns vor den Eingeborenen zu fürchten.«

Er legte eine Pause ein, und die beiden anderen schauten ihn erwartungsvoll an. »Was sollen wir tun?«, fragte Emily.

»Wir müssen das Rettungsboot reparieren und sehen, dass wir auf die andere Insel kommen.«

»Ja, natürlich!«, rief Emily. »Warum haben wir nicht früher daran gedacht?«

»Das wird ein hartes Rudern werden«, knurrte Butch.

»Ich würde helfen«, sagte Emily.

»Das weiß ich doch, Emily. Aber ich glaube, dass du keine Vorstellung davon hast, wie anstrengend es ist, eine solche Strecke zu rudern.«

»Und wenn wir ein Segel hätten?«

Die beiden Männer starrten sie an. »Das würde sicherlich helfen«, sagte Sam. »Vor allem, wenn der Wind in die richtige Richtung bläst. Aber wir haben nun mal kein Segel.«

»Wir könnten uns ein Segel machen. Ich bin mir sicher, dass mein Nachthemd immer noch genügend Stoff für ein Segel hergibt.«

Sam ließ ein fröhliches Glucksen hören. »Weißt du, Emily, Frauen haben doch immer die besten Ideen.« Er griff sie sich und küsste sie voller Begeisterung auf den Mund. Er schwang sie in seinen Armen herum, und es dauerte nicht lange, bis ihre Aufregung in sexuelle Lust umgeschlagen war, der sie noch an Ort und Stelle nachgaben.

Nachdem Tiko gegangen war, watete Dita ins Meer, um sich zu waschen. Sie liebte es, sich nach dem Sex in den salzigen Wellen den klebrigen Duft der Lust vom Körper zu spülen. Erfrischt kehrte sie an den Strand zurück, breitete den Rest ihres Nachthemds aus und ließ sich von der Sonne trocknen. In der Hitze wurde sie träge, und es dauerte nicht lange, bis ihr die Lider zufielen. Sie rollte sich auf den Bauch, legte den Kopf auf die Arme und schlief ein.

Eine ganze Weile lang stand Jonathan über ihr und schaute auf sie hinab. Ihre zarte Haut war inzwischen so oft von der Sonne geküsst worden, dass sie einen goldenen Schimmer angenommen hatte. Die schwarzen Haare fielen ihr offen über die Schultern. Er starrte auf die schmale Taille, die gewölbten Pobacken und auf die langen schlanken Beine. Von der Seite ließ sich die Fülle ihrer Brüste erahnen.

Es war das erste Mal, dass er sie in ihrer ganzen Schönheit wahrnahm. Ah, ihr Körper war wie geschaffen für Sex. Er musste blind gewesen sein, dass er das nicht früher erkannt hatte.

Er legte seine Hose ab und nahm seinen zuckenden Schaft in die Hand. »Was bist du doch für eine Schlampe, Dita Jones«, sagte er leise. »Was für eine wunderschöne, schmutzige Schlampe. Seit ich das weiß, bin ich heiß darauf, dich zu vögeln. Und das werde ich jetzt auch tun. Ich werde dich so hart rannehmen, dass du nicht mehr stehen kannst.«

Jonathan ließ sich auf die Knie fallen und schob eine Hand zwischen ihre Schenkel. Einen Finger stieß er in ihre Pussy. Dita rührte sich ein wenig, ohne aufzuwachen.

Als er den Finger in ihr bewegte, öffnete sie schließlich wie von selbst ihre Schenkel.

»An welchen der Kerle denkst du gerade, Dita?« Er rutschte zwischen ihren Beinen etwas höher und hob ihre Hüften an, um mit einem einzigen Stoß in sie einzudringen. »Wer ist es, Dita?«, flüsterte er weiter, zog sich ein Stück zurück und bohrte sich erneut tief in sie hinein. »Matt? Jack? Tiko? Es ist ... keiner von ihnen ... Es ist dein ... betrogener Verlobter ... der dich vögelt.«

Die Wucht seiner Stöße riss Dita aus ihrem tiefen Schlaf. »Jonathan?« Ihre Stimme klang erschrocken und überrascht zugleich.

»Wer sonst?«, erwiderte er. »Das wolltest du doch, nicht wahr, meine Liebe? Hast du mich nicht die ganze Zeit angebettelt, es mit dir zu treiben?«

»Ich ... oh, ja«, stimmte sie zu. Ihre Verwirrung wurde von ihrer wachsenden Erregung verdrängt.

Jonathan versenkte den Schaft bis zum Anschlag in sie, verweilte für dort für einen Moment und langte um ihren Körper herum, damit er ihre Brüste kneten konnte. »Gefällt dir das? Willst du, dass ich dich zum Orgasmus bringe?«

»Oh, ja, bitte, bitte«, keuchte Dita und vergaß, dass sie solche Dinge wie einen Orgasmus gar nicht kennen sollte.

»Magst du das?« Er hatte sich aus ihr zurückgezogen, hielt seinen Schwanz in der Hand und rieb die Eichel über ihre intimen Lippen, dann drang er kurz in ihre Spalte, bevor er ihre Klitoris reizte und in Flammen setzte.

»Ja, ja, jetzt!«, rief sie.

Jonathan stieß seinen Schaft wieder in sie hinein, und schon ließ sie ihrer Begierde freien Lauf, während er mit pumpenden Bewegungen fortfuhr, bis er sich in ihr verströmte.

»Wieso hast du deine Meinung geändert?«, fragte Dita, nachdem er sie auf den Rücken gerollt hatte und seinen Schwanz noch einmal in sie hineinstieß, weil er ihr bei der zweiten Runde ins Gesicht sehen wollte.

Er lächelte auf sie hinunter. »Ich bin zu der Überzeugung gekommen, dass du recht hattest. Wenn wir gerettet werden, sind es nur noch ein paar Wochen bis zu unserer Hochzeit. Und wenn wir nicht gerettet werden, haben wir uns wenigstens unsere Liebe gezeigt, bevor wir sterben.«

Er betrachtete sie mit falscher Zärtlichkeit. Dita ahnte nicht, was wirklich in ihm vorging.

Die Errichtung eines Bootsmasts und die Herstellung eines Segels aus Emilys Nachthemd nahmen den größten Teil des nächsten Tages in Anspruch. Ein weiterer Tag verging, bevor die Männer beschlossen, dass der Wind nun günstig stand.

»Ich schätze, wir brauchen nicht länger zu warten«, sagte Sam.

»In Ordnung, dann geht's los«, sagte Butch. »Bist du bereit, Emily?«

»Ich bin bereit.«

Sam schaute sie an, und ein flüchtiges Grinsen flog über sein Gesicht. »Weißt du, Emily, »wenn du angezogen bist, siehst du völlig anders aus.«

Emily zog den Gürtel ihres Morgenmantels fester und lächelte ihn mit einem frechen Zwinkern an. »Das könnte ich auch über euch beide sagen.«

Sie stieg ins Boot und machte es sich auf dem Bündel von Vorräten bequem. Die Männer schoben das Boot ins Wasser, sprangen an Bord und griffen zu den Rudern, um in tieferes Wasser zu gelangen. Dann fuhr der Wind in das provisorische

Segel und trieb das kleine Boot über die Wellen. »Es funktioniert!«, rief Emily aufgeregt.

»Ja«, murmelte Sam, der sich seine Begeisterung nicht zu sehr anmerken lassen wollte. »Wenn wir unser Boot in dieser Richtung halten können, müssten wir zum Abendessen dort sein.«

Und was für ein Abendessen sie nach ihrer Ankunft auf der anderen Insel erwartete! Als die überschäumende Freude über das Wiedersehen, die aufgeregten Fragen und ausschweifenden Erklärungen abgeklungen waren, fanden die Schiffbrüchigen, dass sie Anlass genug für ein Festmahl hatten. Sie speisten frisch gefangenen Fisch und saftige Krebse, die sie grillten, schlürften Austern und labten sich an tropischen Früchten. Sie hatten sogar noch eine Flasche Rum, die sie kreisen ließen.

Als sie müde wurden, legten sie sich zum Schlafen hin. Emily zog in Ditas Unterstand.

»Ist es nicht eigenartig«, meinte Emily, als die Frauen Seite an Seite lagen. »Ihr seid hierhin getrieben worden und wir auf die andere Insel, ohne dass einer vom anderen wusste.«

»Es ist auch erstaunlich, dass wir die einzigen Frauen an Bord waren und beide überlebt haben«, ergänzte Dita.

»Ich frage mich, ob die Dinge anders verlaufen wären, wenn wir von Anfang an zusammen an Land gespült worden wären«, murmelte Emily.

Dita hob den Kopf und sah hinüber zu Emily, die im Schatten lag. »Wie meinst du das?«

»Du warst die einzige Frau auf dieser Insel, und ich war die einzige Frau auf der anderen Insel. Ich kann mir gut vorstellen, dass wenigstens einer der Männer diese Situation ausgenutzt hat, genau wie Sam und Butch es getan haben.«

»Willst du damit sagen, dass du und die beiden …?«

»Ja, wir haben es miteinander getrieben. Bist du jetzt entsetzt?«

Dita ließ ein tiefes Lachen hören. »Nein, ich bin nicht entsetzt. Ich kann mir nur nicht vorstellen, dass sich die prüde Miss Baxter zu solchen Dingen hinreißen lässt.«

Jetzt lachte auch Emily. »Die biedere Schullehrerin gibt es nicht mehr. Dafür hat die neue Emily Baxter jede Menge Spaß. Aber erzähle mir von der keuschen Miss Jones. Hat sie auch gelernt, wie man Spaß haben kann?«

»Ja, das habe ich«, gluckste Dita. »Noch mehr als du, schätze ich. Ich hatte vier Männer, an denen ich meine Lust stillen konnte.«

»Tatsächlich? Ja, dann warst du noch besser dran als ich«, gab Emily zu, wobei sie die Nacht mit den Insulanern verschwieg. »Nun, jetzt habe ich ja die Möglichkeit, mit dir gleichzuziehen.«

Emily verschwendete keine Zeit, als es um ihr allabendliches Abenteuer ging, wie sie es nannte. Tiko war zuerst dran, aber nur, weil sie Matt nicht finden konnte. Sie war fasziniert von dem durchtrainierten Mann mit den kühlen Augen. Wenn sie nur seinen Gang beobachtete und das Spiel seiner Muskeln in den Oberschenkeln, fuhr ein Hitzeblitz durch ihren Schoß.

Während der Überfahrt auf dem Schiff war sie stets verängstigt gewesen, wenn sie ihm begegnet war. Inzwischen fragte sie sich, warum.

Die Narbe auf seiner Wange und das Gerücht, dass er schon mehr als einen Mann getötet hatte, erhöhte nur noch seine gefährliche sexuelle Anziehungskraft. Emily konnte es nicht erwarten, ihm ihren Körper darzubieten, denn sie war sicher, dass Matt sie zu höchster Lust führen konnte.

Matt revidierte ebenfalls seine Meinung über Miss Baxter.

Als sie aus dem Boot gestiegen war, musste er zweimal hinschauen, um sie wiederzuerkennen. Die korrekte Anstandsdame hatte ihre farblosen Haare am Hinterkopf zu einem strengen Knoten gebunden, was ihren Gesichtszügen Schärfe verlieh und ihr einen Ausdruck dauernden Missfallens gab.

Die Frau, die jetzt an Land kam, hatte zerzauste goldbraune Haare, die ihr auf die Schultern fielen. Sie sah sich mit neugierigen Blicken um und verzog ihren weichen Mund zu einem sinnlichen Lächeln.

Sex drang ihr aus jeder Pore. Er fragte sich, was Dita dazu sagen würde, wenn er ihre Anstandsdame vögelte, doch dann schob er den Gedanken beiseite.

Es geht sie nichts an, mit wem ich schlafe, und mir ist es ja auch gleichgültig, mit wem sie es treibt. Ein Mann ist ein Mann, und eine Frau ist eine Frau. Und ich wette, Emily hat in den letzten Wochen gelernt, was sie mit einem Mann alles anstellen kann.

Nur eine Stunde später wusste er, dass er seine Wette gewonnen hätte. Emily hockte über ihm und reizte seinen Schwanz mit ihrer nassen Spalte, wie sie es am liebsten mochte.

Sie hatte Erfahrung darin bekommen, einen harten, ungeduldigen Schaft auf diese Weise köstlich zu quälen. Matt war mehr als überrascht darüber. Immer wieder starrte der die Frau an, die ihn voller Hingabe mit dem Spiel ihrer intimen Lippen fast um den Verstand brachte.

Je mehr sie mit ihm spielte, desto härter wurde seine Rute. Gut zwei Stunden vergingen, ehe sie und Matt sich darauf einigten, dass sie sich für diesen Tag genug vergnügt hatten. Doch sie waren sich einig, dass es nicht bei dieser ersten Begegnung bleiben sollte. Warum auch nicht, dachte Matt. Schließlich konnte auch Dita tun und lassen, was sie wollte.

Dita fand währenddessen heraus, wie viel Spaß es machte, mit Sam und Butch zusammen zu sein. Sie hatte keine Ahnung, dass Jonathan sie von einer Hügelkuppe aus beobachtete. Als er später zu ihr kam und sie auf eine sehr befriedigende Art und Weise nahm, dachte sie keinen Moment daran, dass seine Lüsternheit von den voyeuristischen Freuden gespeist wurde, sie mit anderen Männern beim Sex gesehen zu haben.

Zwei Tage später tauchte das lang erwartete Segel am Horizont auf. Dita sah das Schiff als Erste. Sie war auf die höchste Stelle der Landspitze geklettert, weil sie eine Weile allein sein wollte, fort von den gierigen Blicken der Männer.

Sie dachte darüber nach, warum es sie störte, dass Matt sie nicht mehr angerührt hatte, seit Emily mit den beiden Seemännern auf die Insel gekommen war.

Es war ja keineswegs so, dass Emily sich nur für Matt aufhob. Ihre sexuelle Gunst verschenkte die Lehrerin mit einer Freigiebigkeit, die ihresgleichen suchte. Emily war sexuell viel aktiver als Dita und schenkte sich jedem, der sie haben wollte. Und oft genug wartete sie nicht, bis sie gefragt wurde, und bot sich in all ihrer Lüsternheit selbst an.

Als Dita das weiße Segel am Horizont sah, schob sie die Gedanken daran beiseite und sprang vor Freude auf und ab. Dann setzte sie sich wieder und beobachtete mit klopfendem Herzen, wie der winzige weiße Fleck ganz langsam größer wurde.

Ob sie wirklich gerettet würden? Sie sollte das Feuer anzünden und die anderen alarmieren. Doch neben der Hoffnung, die sie spürte, fühlte sie sich hin- und hergerissen, und so blieb sie einfach sitzen und schaute hinaus aufs

Meer. Wollte sie überhaupt gerettet werden? Sie wusste es nicht.

Es krachte und knackte, als die Flammen des Feuers hinter ihr aufloderten, und sie zuckte zusammen. Sie brauchte sich nicht umzudrehen, denn sie wusste, dass Matt gekommen war. Er stellte sich neben sie. Seine Stimme klang dicht an ihrem Ohr.

»Da ist unser Schiff. Ich wusste, dass es kommen würde«, sagte er voller Zuversicht.

»Ja«, antwortete sie. Ihr Herz war zu verwirrt, um Freude zu empfinden.

»Es ist vorbei, Dita. Heute Abend verlassen wir die Insel und kehren in die Zivilisation zurück. Aber ich will dich noch ein letztes Mal besitzen.«

Während er sprach, hatte er sie an sich gezogen. Mit einer Hand streichelte er ihre Brüste, mit der anderen hob er ihr Hemd an und glitt zwischen ihre Schenkel.

Hundert verschiedene Emotionen rasten durch Ditas Körper. Sie begann zu zittern. Sie stöhnte auf bei dem Gedanken, noch einmal von ihm genommen zu werden. Sie griff hinter sich und tastete nach seinem harten kräftigen Schaft und seinen prallen Eiern.

Im nächsten Augenblick drehte er sie zu sich, nahm sie in die Arme und drückte seinen Mund auf ihre weichen Lippen. Es war ein hungriger Kuss, fordernd und voller Leidenschaft. Im Hintergrund loderten die prasselnden Flammen.

Matt legte Dita ins Gras. Ihre Münder ließen nicht voneinander, während sich ihre Körper endlich vereinigten.

Viertes Kapitel

Die Verwirrung, die Dita im Moment ihrer Rettung spürte, verschwand, als sie das Deck der *Lady Jane* betrat. Das Wiedersehen mit ihren Eltern, mit dem sie nicht so schnell gerechnet hatte, war eine freudige Überraschung. »Mutter! Vater!«, rief sie, und Tränen bedeckten ihr Gesicht, als sie die Eltern umarmte.

Tränen flossen auch über Mrs. Jones' Wangen, und die Augen ihres Mannes glitzerten verdächtig. Als sie beschlossen hatten, nach Sydney zu segeln, um nach dem Schicksal der *Pericles* und dem ihrer Tochter zu forschen, hatten sie nicht ahnen können, dass ausgerechnet ihr Schiff Dita retten würde.

Als Nächstes betrat Emily das Fallreep, dann folgte Jonathan. Bevor Matt seinen Fuß auf das Deck setzte, waren Ditas Eltern bereits mit ihrer Tochter und Miss Baxter in einer Kabine verschwunden. Mr. Jones verließ diese wenig später wieder, damit sich seine Frau um die nur spärlich bekleideten Frauen kümmern konnte.

Eleanor Jones wählte aus ihrer Reisegarderobe einige Kleidungsstücke aus, die beiden Frauen mehr oder weniger passten, auch wenn Dita größer und schlanker als die etwas fülligere Emily war.

Mit den neuen Kleidern schien ein Stück Ehrbarkeit zurückzukehren. Außerdem spürte Dita einen nagenden Schmerz in ihrem Bauch, der sie schon bald wissen ließ, dass ihre Aktivitäten auf der Insel nicht zu einer Schwangerschaft geführt hatten. Sie spürte eine ungeheure Erleichterung, obwohl sie sich der Gefahr vorher überhaupt nicht bewusst gewesen war.

Ernüchtert begriff sie, wie leicht sie bei diesem Abenteuer ein Kind hätte empfangen können. Sie nahm sich vor, Melanie zu fragen, wie sie dafür sorgte, dass ihre Affären keine skandalträchtigen Folgen hatten. Nicht, dass Dita die Fortsetzung ihrer Eskapaden plante, sobald sie wieder zu Hause war. Sie war fest entschlossen, sich an den Schwur zu halten, den sie sich selbst gegeben hatte.

Am Abend saßen die Schiffbrüchigen bei Tisch und benutzten Messer und Gabel, um ein köstliches Essen von Porzellantellern zu genießen – das erste Mal seit dem Unglück. Mit allem, was sie taten und sagten, machten sie sich die Regel- und Moralwelt der Gesellschaft, in die sie zurückgekehrt waren, zu eigen. Gleichzeitig verdrängten sie den triebhaften Lebensstil auf der Insel in ihre Erinnerung.

Captain Garrett saß dem Tisch mit den Ehrengästen vor. Seine Freude am guten Essen und an den unerwartet attraktiven Damen wurde ihm verleidet durch wilde Fantasien über das, was sich in den letzten Wochen auf den Inseln abgespielt haben musste. Die gelassene, würdige Art der beiden jungen Frauen, das höfliche Verhalten Grimshaws und Warrenders sowie die Anwesenheit von Mr. und Mrs. Jones machten es ihm unmöglich, den Schiffbrüchigen das eine oder andere schlüpfrige Bekenntnis zu entlocken. Seine lüsterne Neugier blieb ungestillt.

Sechs Männer und zwei Frauen, drei Wochen lang auf einer tropischen Insel gestrandet, nur mit Fetzen bekleidet. Zu glauben, dass sie sich unter diesen Umständen stets an Zucht und Moral gehalten hatten, war ein bisschen viel verlangt.

Verstörende, geile Bilder über das, was passiert sein mochte, tauchten vor seinem inneren Auge auf und drohten, ihm den Verstand zu rauben. Der Anblick der Frauen war wie ein Angriff auf seinen Seelenfrieden.

Sobald es die Höflichkeit erlaubte, verabschiedete er sich von seinen Gästen und kehrte in seine Kabine zurück. Eine Flasche Rum half ihm dabei, seine Fantasien dort weiterzuspinnen. Während er sich mit der Hand Befriedigung verschaffte, war er davon überzeugt, dass es zuerst die wunderschöne Miss Jones war, die ihn gerade verwöhnte, und gleich darauf die lüsterne Miss Baxter.

Dita hatte sich geirrt, als sie annahm, sie könnte wie von selbst in ihre frühere, relativ unauffällige Position in der Gesellschaft zurück. Die Rückkehr der Schiffbrüchigen nach Sydney wurde von einem großen Interesse der Bevölkerung begleitet, und ihr Überleben auf der Insel und ihre Rettung wurden als Wunder aufgebauscht.

Der *Sydney Morning Herald* berichtete ausführlich über die Rückkehr der Verschollenen. Der Tumult und die rasch kursierenden Gerüchte veranlassten Dita und Emily, die Öffentlichkeit zu meiden.

Doch dann erregten andere Ereignisse die Gemüter der Menschen, und das Schicksal der Schiffbrüchigen war nicht länger Zentrum der allgemeinen Aufmerksamkeit. Natürlich ahnte niemand, was sich wirklich auf den Inseln zugetragen hatte, obwohl es viele Spekulationen gab und die Menschen hinter vorgehaltener Hand tuschelten. Doch es schien einen stillschweigenden Pakt zwischen den Männern zu geben, kein Wort über ihre erotischen Eskapaden preiszugeben.

Zum Glück war das Haus der Griffiths so groß, dass nicht

nur Dita und ihre Eltern dort untergebracht werden konnten, sondern auch Emily. Sie nahm die angebotene Gastfreundschaft dankend an, bis sie sich entschieden hatte, was sie in Zukunft machen wollte. Als sie dann ging, war Dita überrascht, wie erleichtert sie sich beim Abschied fühlte. Seit sie ein Geheimnis teilten, war sie nur noch ungern in der Gesellschaft ihrer früheren Anstandsdame gewesen.

Melanie freute sich unbändig, dass ihre geliebte Cousine gerettet worden war. Sie war der einzige Mensch, dem Dita ihre Erlebnisse auf der Insel anvertraute. Allerdings war ihr Melanie zuvor so lange auf die Nerven gegangen, dass Dita gar keine andere Wahl gehabt hatte. Am ersten Morgen nach Ditas Rückkehr war sie in das Zimmer ihrer Cousine gestürmt und hatte sich auf den Rand des Bettes gesetzt, als wäre alles wie immer.

»Wie in alten Zeiten, was?«, fragte Melanie lachend. »Aber ich werde dir meine Neuigkeiten nicht erzählen, bevor du mir nicht alles gestanden hast.«

Die Betonung lag auf *alles*, und das ließ keinen Zweifel daran, was Melanie hören wollte. Dita lächelte unschuldig. »Was meinst du damit?«, fragte sie, doch ihre Augen zwinkerten verschmitzt.

»Ich wusste es!«, rief Melanie und klatschte vergnügt in die Hände. »Ich habe es gewusst, nachdem ich nur einen Blick auf dich geworfen habe. Habe ich dir nicht gesagt, wie sehr du es genießen würdest, wenn ein Mann dich verwöhnt?«

»Ja, ich glaube, das hast du.« Ditas Lächeln wurde breiter und ging dann in ein ausgelassenes Lachen über.

»Wer war es? Nicht Jonathan, der ist viel zu korrekt. Es muss dieser faszinierende Mr. Warrender gewesen sein.«

Dita spürte einen Kloß im Hals, was ihr selbst albern

erschien, und ihre Mundwinkel bogen sich leicht nach unten. Aber dann lachte sie wieder übers ganze Gesicht und hob die Augenbrauen. »Glaubst du, ich hätte es bei einem belassen?«

Melanie stieß einen solchen Schrei aus, dass sich Dita einen Finger auf die Lippen legte.

»Oh, Dita«, murmelte Melanie, schüttelte den Kopf und versuchte, ihr Lachen zu unterdrücken, was ihr allerdings nicht gelang. »Siehst du, liebe Cousine, ich hatte die ganze Zeit über recht. Wie ich dich beneide! Aber sage mir jetzt, wie es weitergehen soll. Willst du Jonathan immer noch heiraten?«

»Natürlich.« Die Antwort kam schnell und klang ein wenig zu entschlossen.

Melanie warf ihrer Cousine einen fragenden Blick zu, als sie deren ernsten Ausdruck sah. »Hast du mit Jonathan geschlafen?«

»Er war der Erste«, antwortete Dita. Nein, schrie ihr Körper, Matt war der Erste. Er hat mir beigebracht, wie wunderbar die körperliche Liebe sein kann.

»Weiß Jonathan von den anderen?«

»Nein, er ahnt nichts, und ich habe auch nicht vor, es ihm zu erzählen.«

»Kluges Mädchen.«

»Habe ich mich falsch verhalten, Melanie? Alles war so anders auf der Insel, und es schien ganz natürlich zu sein, mich mit jedem zu vergnügen, der wollte. Schließlich wussten wir nicht, ob wir jemals gerettet würden. Aber jetzt, da wir zurück sind, habe ich entsetzliche Schuldgefühle.«

»Du darfst niemals Schuldgefühle haben, weil du dich amüsiert hast, liebe Cousine. Warum sollten nur Männer alles dürfen? Obwohl ich mir nur schwer vorstellen kann, dass Jonathan den anderen wirklich über den Weg getraut hat.«

»Vielleicht hat er sich wegen unserer Verlobung in Sicherheit gewähnt.«

»Oder er ist einfach ein bisschen dumm. Wirklich, Dita, ich habe nie begreifen können, warum du ihn heiraten wolltest, und jetzt verstehe ich dich erst recht nicht.«

»Ich habe ihn damals geliebt, und ich liebe ihn jetzt.« Nein, das tust du nicht, sagte eine innere Stimme, die Dita aber ignorierte. »Außerdem muss ich ihn heiraten, wenn ich meine Ehrbarkeit behalten möchte. Wenn ich ihn jetzt zurückweise, wird meine Reputation leiden. Du kannst dir doch vorstellen, wie schnell dann Gerüchte die Runde machen werden.«

»Mmh. Ich gebe es zwar nur ungern zu, aber wahrscheinlich hast du recht, liebe Cousine. Jetzt erzähle mir von unserer puritanischen Miss Baxter. Wenn ich jemals eine Frau gesehen habe, der die fleischliche Lust aus allen Poren drängt, dann ist sie es. Ich finde den Wandel, den sie durchlaufen hat, unglaublich, und ich möchte gern wissen, wie es dazu gekommen ist. Wie hat sie so plötzlich ihre Leidenschaft entdeckt? Was ist passiert?«

Doch Dita wollte nicht über Emily Baxter sprechen. Sie konnte nicht vergessen, dass Matt kaum noch zu ihr gekommen war, seit das Trio von der anderen Insel ihre Unterstände gefunden hatte. Nur einmal war Matt noch bei ihr gewesen, doch da hatte die brennende wilde Leidenschaft gefehlt, mit der sie sich sonst geliebt hatten. »Du musst Emily bitten, dir ihre Geschichte selbst zu erzählen – wenn sie dazu bereit ist. Aber jetzt, glaube ich, bist du an der Reihe, mir deine neuesten Abenteuer zu berichten.«

Melanie ließ ein falsches scheues Kichern hören, bevor sie

mit ihrer Neuigkeit herausplatzte. »Ich bin verlobt und werde heiraten«, sagte sie mit einem frechen Glitzern in den Augen.

Dita stand der Mund offen, so überrascht war sie. »Das glaube ich nicht. Meine unmoralische Cousine, die das Abenteuer liebt, will sich an einen einzigen Mann binden? Wer ist der Glückliche, für den du alle deine Liebhaber aufgeben willst?«

Melanie schürzte die Lippen und schüttelte leicht den Kopf. Ihre Augen funkelten. »Ich bin mit Mr. Wilberforce verlobt.«

»Jeremiah Wilberforce?« Dita war entsetzt, was ihr auch anzuhören war. Sie atmete einige Male kräftig durch, dann hatte sie sich wieder gefangen. »Das kann nicht dein Ernst sein, Melanie. Er ist so alt, dass er dein Großvater sein könnte, wenn nicht sogar dein Urgroßvater.«

»Sein Alter, meine Liebe, ist nebensächlich. Dafür besitzt sein Geld eine ungeheure Anziehungskraft.«

»Ah! Dann heiratest du diesen liebenswerten, unschuldigen alten Mann nur seines Geldes wegen? Oh, Melanie, du bist wirklich unverbesserlich!«

»Bin ich das? Ich dachte, ich hätte eine kluge Entscheidung getroffen. Der arme Kerl ist völlig berauscht von mir. Sobald wir verheiratet sind, fährt er mit mir nach England, um mich seinen steifen Verwandten vorzustellen, die wahrscheinlich entsetzt sein werden. Nachdem wir sie in ihren düsteren Landhäusern durcheinandergebracht haben, brechen wir dann zu einer großen Reise quer über den Kontinent auf.« Sie schlang sich die Arme um den Körper, und man sah ihr die Vorfreude an. »Stell dir doch nur all die leidenschaftlichen Franzosen und Italiener vor, die ich kennenlernen werde.«

Dita schüttelte nachsichtig den Kopf. »Offenbar hast du nicht vor, deinem Gatten treu zu sein?«

»Dummes Mädchen. Ich denke gar nicht daran. Wobei er natürlich niemals von meinen Affären erfahren wird. Ich werde ihm zu Willen sein, ganz egal, welche körperlichen Ansprüche er an mich stellt. Das ist ein kleiner Preis für das, was ich im Gegenzug von ihm erhalte. Der liebe Mr. Wilberforce wird keinen Grund haben, nicht stolz auf seine liebende, pflichtbewusste Ehefrau zu sein.«

Sie plauderten noch eine Weile, und nachdem Melanie gegangen war, stieg Dita aus dem Bett und tappte barfuß zum Fenster hinüber. Sie zog die Vorhänge zurück, um sich die goldene Morgenlandschaft anzusehen. Wie viele der angesehenen Bürger der Kolonie bewohnten auch die Griffiths ein großes Haus direkt am Hafen von Sydney. Bevor Dita zur Überfahrt aufgebrochen war, hatte sie diesen Ausblick immer genossen, die bewaldete Landzunge, die stillen Buchten und die vielen Schiffe, die vor Anker lagen.

An diesem Morgen brachte das Bild jedoch Erinnerungen zurück, die sie schmerzten. Nie wieder würde sie ein Schiff ansehen können, ohne an die Katastrophe denken zu müssen und an die wilden, leidenschaftlichen Erlebnisse, die ihr gefolgt waren. Vor allem an die Stunden mit Matt. Aber sie würde auch immer daran denken müssen, dass er nach ihrem letzten Beisammensein kaum mehr als ein Dutzend Worte mit ihr gewechselt hatte.

Mit einer zornigen Bewegung wandte sich Dita vom Fenster ab. Wer war denn dieser Matt Warrender? Doch auch nur ein Mann mit einem geilen Schwanz! Ihr Ärger wich einem frustrierenden Gefühl der Leere. Sie streifte sich das Nachthemd über den Kopf, um ihren Körper besser fühlen zu können.

Sie starrte auf ihre nackte Reflektion im hohen Drehspiegel und betrachtete sich von den leicht zerzausten schwarzen

Haaren bis hinunter zu den zierlichen Zehen. Dita war vertraut mit dem Anblick ihres Körpers. Sie hatte sich viele Male so betrachtet und versucht herauszufinden, warum Männer sie begehrenswert fanden und warum sie selbst jetzt ein warmes Ziehen zwischen den Schenkeln spürte.

Dita strich mit den Händen über ihre vollen Brüste, fuhr sich über den flachen Bauch, über ihre kurvigen Hüften, die festen Pobacken und zurück zu dem kleinen Dreieck aus schwarzen Löckchen. Sie glitt mit dem Mittelfinger zwischen ihre Schenkel, und ihr gefiel, was sie sah und fühlte.

Mit der Absicht, sich selbst zu erregen, rief sie sich in Erinnerung, auf welche unterschiedliche Weisen die Männer sie glücklich gemacht hatten: Jack, Tiko, Sam, Butch und sogar Jonathan. An Matt wollte sie nicht denken.

Würde sie sich nach ihrer Hochzeit mit dem zufriedengeben können, was Jonathan allein ihr zu bieten hatte? Konnte er ihr geben, was sie brauchte? Dita war entschlossen, ihrem Verlobten ab sofort treu zu sein, schließlich befanden sie sich nicht mehr in der Wildnis. Doch leider litt ihr Körper jetzt schon unter dem Entzug der ständigen sexuellen Stimulierung.

Der sanfte Druck ihrer Finger gegen ihre Vulva sowie die erotischen Bilder in ihrem Kopf schickten einen Schmerz durch ihren Körper, den sie zunächst nicht lindern konnte. Deshalb begann sie, sich noch intimer zu streicheln.

Schnell wusste Dita, dass sie sich selbst zum Höhepunkt bringen musste, sonst würde sie den ganzen Tag lang Qualen leiden. Sie spreizte ihre Beine ein bisschen mehr, strich mit der ganzen Hand über ihre Feige und drückte die andere Hand auf ihre Brüste. Während die eine Hand streichelte und die andere knetete, ließ sie die Hüften kreisen, um ihre Lust zu erhöhen. Ein leises Stöhnen drang über ihre Lippen.

Wie wunderbar es sich anfühlte, sich auf diese Weise Befriedigung zu verschaffen! Durch halb geschlossene Augen beobachtete sie sich im Spiegel und spürte, wie der Anblick sie noch mehr erregte.

Das war fast so gut, wie einen Mann zu haben, der sie an den intimen Stellen berührte. Ihre Nippel waren gespannt und hart, und ihre Spalte war feucht und prickelte. Sie sah, dass ihre Augen dunkel vor Lust wurden, und ihre Lippen wirkten voll und sinnlich.

Ein plötzlicher Einfall ließ sie einen Stuhl heranziehen. Sie setzte sich auf ihn, öffnete die Beine weit und konnte nun alle Geheimnisse ihrer Weiblichkeit sehen. Ihre Finger forschten, rieben, streichelten, reizten, und als sie die rosa Perle der Lust fanden, entdeckte Dita schnell, wie sie sie liebkosen musste, um das Feuer der Begierde zum Lodern zu bringen. Dita schloss die Augen und warf den Kopf in den Nacken. Sie benutzte ihre Finger, um mit ihnen das Eindringen eines Schwanzes zu simulieren. Sie spannte die Pomuskeln an, zögerte es noch einen Moment heraus und brachte sich dann zum Höhepunkt.

Ganz in ihr Tun versunken, hatte Dita vergessen, dass die Vorhänge zurückgezogen waren. Ein junger Gärtner, der draußen stand und zufällig den Kopf hob, glaubte seinen Augen nicht zu trauen.

Doch er sah tatsächlich, was er im ersten Moment für eine Täuschung hielt. Ohne den Blick vom erotischen Spiel am Fenster zu wenden, verschwand er eilig hinter einem Gebüsch, knöpfte sich die Hose auf und legte die Hand um seine Männlichkeit. Als er schon dachte, er könnte es nicht länger ertragen und müsste seine Saat vergießen, hörte er Schritte.

Er drehte sich um und sah, wie sich eines der kesseren Dienstmädchen seinem Versteck näherte. Er hatte sie schon einige Male genommen und wusste, dass ihr lüsterner Appetit dem seinen kaum nachstand. Er griff nach ihr, hielt ihr die Hand vor den Mund, um ihren erschrockenen Aufschrei zu dämpfen, drückte sie auf den Boden und besorgte es ihr mit einer Leidenschaft, die sie mit Wollust hinnahm.

Emily war weniger an ihrer Rückkehr zur Ehrbarkeit interessiert als Dita. Ihrem Körper Sex vorzuenthalten, war so, als würde man ihr das Atmen verbieten. Sex war für sie zu einer Notwendigkeit und einem Lebenselixier geworden. Sie war sicher, dass es Möglichkeiten gab, sich auch weiterhin heimlich ihre lüsternen Sehnsüchte zu erfüllen. Ihr äußeres Erscheinungsbild hatte sich wieder dem der spröden Schullehrerin angenähert, die einst an Bord der *Pericles* gegangen war.

Doch in ihrem Inneren war sie die aufregende, unmoralische Emily geblieben, die sich nun in einer Art Doppelleben einrichtete. Entschlossen setzte sie alles daran zu bekommen, wonach sie gierte. Sex gehörte dazu. Aber sie hatte auch das Ziel, für immer im Luxus des Hauses Griffith zu leben. Ihren Gastgebern gegenüber verhielt sie sich beinahe devot, bei ihren Liebhabern hingegen war sie wild und entfesselt.

Die vier Seemänner von der Insel heuerten schnell nach ihrer Rettung auf einem anderen Schiff an. Emily erfuhr davon, und am Nachmittag, bevor sie in See stachen, verbrachte sie einige Stunden mit ihnen in einem heruntergekommenen Hafenhotel und frischte ihre Inselerlebnisse auf. Es war der erste Sex nach ihrer Rettung, und sie schien unersättlich zu sein und brauchte alle vier Männer, um ihre Lust zu stillen.

Butch teilte sich eine Rumflasche mit Sam und schaute Emily zu, die bereits zum zweiten Mal auf Tikos harter Rute auf und ab hüpfte. Verdutzt schüttelte er den Kopf. Sein eigener Schwanz fühlte sich wund an, und er glaubte nicht, dass er sich an diesem Tag noch einmal erholen würde.

»Erinnerst du dich noch an die erste Nacht?«, fragte er seinen Freund. »Wer hätte gedacht, dass sie sich so entwickeln würde. Man kann sie vögeln, bis ihr die Titten abfallen, und trotzdem will sie immer noch mehr.« Seine Einschätzung mochte in der derben Wortwahl bedenklich sein, aber von der Sache her lag er richtig. Emily konnte nicht genug bekommen. Sex war für sie zu einer unkontrollierbaren Obsession geworden.

Nur eine Straße von dem baufälligen, schmuddeligen Hotel entfernt befand sich ein anderes Etablissement der gehobenen Klasse, das Zimmer sehr diskret vermietete. Es überraschte Emily nicht, dass Matt eine solche Lokalität kannte. Die genaue Lage hatte er ihr verraten, bevor sie die *Lady Jane* verlassen hatten. Matt und sie waren mehr als bereit, ihre Liaison fortzusetzen.

Zwischen ihren Treffen mit Matt nutzte Emily dieses Etablissement auch für ihre Begegnungen mit gewissen Leuten, die eine willige, gepflegte Partnerin in seriöser Umgebung zu schätzen wussten. Es dauerte nicht lange, und Emily hatte sich auf diese Weise eine stattliche Summe zusammengespart. Zu ihren Bewunderern gehörten inzwischen sowohl männliche als auch weibliche Kunden.

Was Emily mehr als alles andere an Matt interessierte, war seine Erfahrung. Stets fiel ihm etwas Neues ein, um sie sexuell zu befriedigen. Da keine Gefühle im Spiel waren, war sie auch nur wenig enttäuscht, als er ihr bereits zwei Wochen nach ihrer Rückkehr eröffnete, dass er weiterziehen würde.

»Ich werde dich vermissen«, war alles, was sie sagte.

»Mir geht es ebenso«, erwiderte Matt. »Du weißt wirklich, wie man die Bedürfnisse eines Mannes befriedigt.«

»In Bezug auf weibliche Wünsche gebe ich das Kompliment gern zurück.« Sie legte die Hand auf seinen entspannten Schwanz, der ihr gerade erst gezeigt hatte, was in ihm steckte. »Das genügt mir nicht«, sagte sie schmollend und rieb leicht über den Schaft. »Ich will, dass du es mir noch einmal besorgst, bevor du gehst.«

Matt grinste, machte es sich auf den Bett bequem und schob sich die Arme unter den Kopf. »Nun, Frau, du weißt, was du zu tun hast.«

Emily wollte ihn necken. »Weiß ich das?«, fragte sie, hob eine Hand und beschrieb mit den Fingern zarte Kreise um seine Brustwarzen. »Hilft das dem Kleinen auf die Sprünge?«

Matt lachte leise auf. Ihm gefiel dieses Spiel. »Ich weiß es nicht. Schau doch mal nach.«

Emily riskierte einen Blick. »Nein. Das vielleicht?« Sie beugte sich über ihn und fuhr mit der Zunge die Spur ihrer Finger nach. »Noch immer nicht?«, fragte sie und griff mit einer Hand an seinen wieder erwachenden Schwanz, um ihn zu massieren. Ihre Zunge wischte über seine empfindlichen Nippel, die sich aufrichteten, und seine Rute in ihrer Hand reagierte mit einem vielversprechenden Zucken.

»Vielleicht will der Kleine auch einen Kuss, damit es ihm wieder besser geht. Soll ich?« Ohne eine Antwort abzuwarten, ließ sie ihre Zunge bis zu seinem Nabel wandern.

»Hör auf, mich zu reizen.« Matt stöhnte. »Saug mich hart, dann werde ich in dir kommen, bis du nicht mehr kannst.«

Sie gehorchte, und er machte sein Versprechen wahr. Als sie fertig waren, verabschiedeten sie sich in aller Freundschaft voneinander.

Als sich Emily am Abend an den Tisch der Griffiths setzte, kam sie zu dem Schluss, dass ihr derzeitiges Leben völlig zufriedenstellend war. Sie lächelte über eine Bemerkung Melanies, an deren Freundschaft ihr viel lag. Sie teilte mit ihr die lüsternen Einzelheiten ihres neuen Lebens, und durch Melanie versuchte sie, sich auf Dauer im Haus der Griffiths zu halten. Vielleicht konnte sie eine Gesellschafterin für die launische Hausherrin sein. Sie hielt es auch für möglich, Dita in die Flitterwochen zu begleiten. Alles schien gut zu laufen für Emily. Doch in der Einschätzung einer Person hatte sie sich gehörig getäuscht, und das war ein Fehler.

Als vertrocknete Jungfer hatte sich die spröde Miss Baxter früher kaum um die lebenslustige Melanie gekümmert, und wenn, dann hatte sie sie mit tadelnden Blicken bedacht. Aber nach ihrer Rückkehr stellte Emily fest, dass sie in Melanie eine Seelenverwandte gefunden hatte, die sich ebenfalls ungehemmt ihrer Lust hingab.

Emily war fasziniert von Melanie, und aus dieser Faszination entwickelte sich allmählich mehr. Nie zuvor hatte sie eine Frau kennengelernt, die so lebenslustig war. Melanies gute Laune war ansteckend, ihre Schönheit außergewöhnlich. Mit ihren wehenden roten Locken, den grünen Augen, der makellosen Haut und ihrem biegsamen, fein gerundeten Körper war sie für Emily der Inbegriff von Weiblichkeit.

Emily wusste, dass ihr eigener Körper alles andere als perfekt war, und sie begann sich vorzustellen, wie Melanie unbekleidet aussah, wie seidig sich ihre Haut anfühlen würde, und wie es wäre, ihren lachenden, sinnlichen Mund zu küssen.

Manchmal berührte sie Melanies Hand oder strich ihr über die Haare, und Melanies gutmütige Reaktionen auf diese Zärtlichkeitsbekundungen ermunterten sie noch. Emily hatte sich angewöhnt, abends in Melanies Zimmer zu gehen, um ihr beim Frisieren zu helfen, und so nahm sie listig die Position einer Kammerzofe ein.

Sie liebte es, die roten Locken zu berühren, und als sie Melanie an einem Abend nur mit Hemdchen und Pantalons bekleidet vorfand, lechzte sie danach, die jüngere Frau in den Armen zu halten und ihren wunderbaren Körper zu streicheln. Dass Melanie sich nicht sträubte, wenn es beim An- und Auskleiden zu intimeren Berührungen kam, ließ Emily glauben, dass das Mädchen ihre Sehnsüchte teilte.

Emily konnte ihre sexuelle Erregung kaum noch unter Kontrolle halten, und jede Begegnung mit Melanie stellte sie auf eine harte Probe. Obwohl sie den Nachmittag damit verbracht hatte, gleich mit drei Liebhabern das Bett zu teilen, war ihre Gier ungebrochen und kaum zu unterdrücken. Aber sie hielt sich trotzdem zurück. Sie überstand das Abendessen und die Begegnung im Salon und wartete, bis sich alle in ihre Betten zurückzogen.

In ihrem eigenen gemütlichen Zimmer zog sich Emily dann einen Bademantel über ihren nackten Körper und schlich den Flur entlang zu Melanies Zimmer. Die Türklinke ließ sich leicht herunterdrücken, und die Tür schwang nach innen auf. Melanies leiser, ebenmäßiger Atem verriet ihr, dass die junge Frau schon eingeschlafen war. Emilys Enttäuschung hielt nicht lange an.

Ein katzenhaftes Lächeln spielte um ihre Mundwinkel, während sie überlegte, wie sie das Mädchen wecken könnte. Sie legte den Mantel ab und schlüpfte zu Melanie ins Bett. Sie zitterte vor Erregung und Lust. Sie schmiegte sich an Melanies Rücken, legte die Arme um sie und streichelte seitlich über ihre vollen Brüste. Melanies Haut duftete frisch und süß und leicht nach Rosen.

Emily wollte Melanie schmecken, alles von ihr. Das Mädchen murmelte im Schlaf, eine unterbewusste Reaktion auf das Streicheln und Kosen. Emily richtete sich vorsichtig auf, rollte Melanie auf den Rücken und küsste sie auf die Lippen.

Mit einem Schlag war Melanie wach. Ihre Überraschung ließ sie nur für wenige Sekunden erstarren, bevor sie sich heftig wehrte. Mit beiden Händen stieß sie Emily so entschlossen von sich, dass die liebestolle Frau auf den Boden fiel, während sie selbst auf die andere Seite des Betts rutschte und sich schützend die Arme um den zitternden Körper schlang.

»Wie kannst du es wagen?«, rief Melanie.

Emily kam langsam auf die Füße, ein entschlossenes Lächeln auf dem Gesicht. Sie fuhr mit einer Hand zu ihrem Schoß. Mit verführerisch heiserer Stimme sagte sie: »Ich habe es gewagt, Melanie, weil ich dich kenne. Du tust nur so, als wärst du schockiert. Du lebst für den Sex, genau wie ich, und du weißt wie ich, dass es viele verschiedene Arten gibt, die Lust zu erleben. Eine Frau kann sich selbst befriedigen oder von einem heißen, harten Schwanz befriedigt werden. Aber kennst du auch schon die wunderbare Weichheit einer Frau? Du und ich, wir könnten sie gemeinsam bis zur Ekstase erleben.«

Die sanften, sinnlichen Worte erregten Melanie, und die Art, wie Emily über ihren eigenen Körper strich, hatte etwas Faszinierendes an sich. Melanies Mund war trocken, aber ihre Spalte glänzte feucht. Sie fuhr sich mit der Zunge über die Lippen und konnte nicht verbergen, dass sie am ganzen Körper bebte. Emilys Stimme klang hypnotisierend verführerisch.

»Du hast schon geschlafen, als ich zu dir kam«, fuhr Emily fort, »aber dein Körper wurde von meinem Streicheln erregt. Und jetzt bist du nass, nicht wahr? Genau wie ich. Deine Geilheit muss ebenso befriedigt werden wie meine. Ich weiß, dass du dich schon oft selbst gestreichelt hast – Frauen wie wir tun das, wann immer wir es brauchen. Es wird so ähnlich, aber noch viel besser sein, wenn wir uns gegenseitig genießen.«

Sie war um das Bett herumgegangen, während sie sprach, und Melanie blieb reglos liegen. Sie war neugierig und fühlte sich gleichzeitig wie gelähmt.

Emily legte die Hände auf Melanies Schultern und gab ihr einen Kuss auf den Mund, bevor sie eine Hand nach unten gleiten ließ und sich durch das Nachthemd in die Feuchte zwischen Melanies Schenkeln vorwagte.

»Ich will das nicht«, murmelte die junge Frau, aber sie hatte keine Kraft, sich zu wehren.

Bald lagen sie beide nackt auf dem Bett und streichelten sich gegenseitig bis zur höchsten Erregung. Aber obwohl Melanie zuließ, dass Emily ihre Weiblichkeit mit der Zunge verwöhnte, war sie nicht bereit, sich zu revanchieren. Sie hielt die Augen geschlossen und verdrängte den Gedanken, dass es eine Frau war, die sie zum Höhepunkt brachte.

»Jetzt bin ich an der Reihe«, erklärte Emily, als ihre versteckten Anspielungen nicht fruchteten. Doch Melanie schien nicht bereit zu sein, ihr einen Orgasmus zu verschaffen. Emily drehte ihren dürstenden Körper, schob ihre Beine zwischen Melanies und rieb mit ihrer pochenden Muschi über die glitschige Nässe der jüngeren Frau.

Das Gefühl von Spalte auf Spalte schickte eine Welle der Lust durch Emily. Sie rieb immer fester über Melanies Pussy und spürte, wie auch Melanie unbewusst auf den Druck reagierte und dagegenhielt, bis zur gleichen Zeit ihre Säfte flossen und das Laken befleckten.

Emily drückte wieder einen Kuss auf Melanies innere Lippen. Erst jetzt, als die Lust sich verflüchtigt hatte und ihr Verstand wieder einsetzte, rebellierte Melanie. Am nächsten Tag verließ Emily das Haus der Griffiths.

Dita wusste nichts von diesen Dingen, denn Melanie war viel zu wütend auf sich und schämte sich zu sehr, dass sie sich auf diese plumpe Art hatte manipulieren lassen, um darüber zu sprechen. Die einzige Andeutung, dass etwas geschehen war, kam ihr später am Tag über die Lippen, als sie Dita vor Emily Baxter warnte.

»Der Frau ist nicht zu trauen, und ich glaube, dass sie uns beiden großen Schaden zufügen kann, wenn sie eine Gelegenheit dazu erhält«, sagte Melanie.

»Warum sollte sie das tun?«

»Sie ist eine Frau, die vom Sex besessen ist. Oh, ich weiß, wir beide haben auch nichts dagegen einzuwenden. Doch für sie scheint es sonst nichts im Leben zu geben. Sie lässt sich vom Sex steuern. Sie ist eifersüchtig auf uns beide. Neidisch, weil wir jünger sind als sie und auch attraktiver und weil wir die Annehmlichkeiten des Lebens genießen können, die uns das Geld unserer Eltern ermöglicht. Und sie weiß genau, was auf der Insel geschehen ist.«

Doch die Angst, dass Emily Baxter Dinge enthüllen könnte, die besser geheim blieben, wurde bald von einem wichtigeren Thema verdrängt: Ditas bevorstehende Hochzeit. Mrs. Grimshaw, hocherfreut, dass ihr geliebter Sohn und seine Verlobte gerettet waren, schmiedete immer fantastischere Pläne für die Hochzeit, zumal sich auch Ditas Eltern vorübergehend in Sydney aufhielten. Die Hochzeit sollte ein gesellschaftlicher Höhepunkt für die Stadt Sydney werden.

Mrs. Grimshaw konnte der Versuchung nicht widerstehen, vor ihren Freundinnen mit ihren hochtrabenden Plänen zu prahlen. Dita und ihre Eltern wurden täglich mit neuen Instruktionen bombardiert, wie alles arrangiert werden müsste.

»Großer Gott«, sagte Eleanor Jones eines Tages, nachdem sie bereits einige Stunden lang die Gesellschaft der aufdringlichen Dame ertragen hatte. »Mrs. Grimshaw scheint zu vergessen, dass dein Vater und ich deine Hochzeit ausrichten sollten. Sie lässt ihre Pläne ins Kraut schießen, dabei habt ihr noch gar kein Datum festgelegt.«

Sie sah in das ernste Gesicht ihrer Tochter und wünschte sich einmal mehr, sie würde den Grund für das Unbehagen kennen, das sich so oft in Ditas violetten Augen zeigte. Ihre Stimme wurde weich vor Liebe, als sie sagte: »Du weißt, dass du nichts tun musst, was du nicht willst, mein Schatz. Wenn du und Jonathan eine stille Hochzeit haben wollt, dann wird es so sein, egal, was Jonathans Mutter möchte. Aber ich denke, dass ihr euch langsam auf ein Datum festlegen solltet.«

Dita schenkte ihrer Mutter ein flüchtiges Lächeln, und mit einem Nicken bestätigte sie, dass sie Verständnis für Eleanor hatte. »Ich treffe mich am Nachmittag mit Jonathan. Ich glaube, er hat dafür gesorgt, dass wir allein sind, wenn wir unsere Situation besprechen. Es wird das erste Mal sein, dass wir seit unserer Rückkehr ganz für uns sind. Aber ich weiß, dass er seiner Mutter keinen Gefallen abschlagen kann.«

»Du sagst das, als wenn es nicht dein Wunsch wäre.«

»Hätten wir auf Paradise Island geheiratet, wie ursprünglich geplant, wäre das alles keine Frage. Aber nach allem, was geschehen ist, würde ich eine stille Hochzeit vorziehen, und ich möchte gern verheiratet sein, bevor du und Vater abreist.«

»Dann legt den Tag bald fest, mein Schatz. Mir gefällt die kurze Unterbrechung in Sydney. Ich gehe hier gerne einkaufen und ins Theater, aber ich vermisse auch die Insel. Wie findest du Mr. McGrady?«, fragte sie, als wollte sie rasch das Thema wechseln. Sie sprach über einen Gast vom Abendessen am Tag zuvor.

»Ein Mann wie ein Baum. Stark und entschlossen. Sein Charakter scheint seinem Körperbau zu entsprechen.«

»Ein solider Mann?«

»Ja, ich glaube, das kann man sagen.« Sie sah das Bild des Mannes vor sich. Jas McGrady war über einen Meter achtzig groß und hatte breite Schultern. Seine Gesichtsfarbe war dunkel, und dazu passten seine schwarzen Haare, die buschigen Brauen und die wachsamen dunklen Augen.

Er sah nicht wirklich gut aus, aber hässlich war er auch nicht. Er strahlte Macht aus, Selbstvertrauen und die unbedingte Entschlossenheit, in allem, was er unternahm, erfolgreich zu sein. Die dünne Linie seines Mundes verriet eine gewisse Kaltblütigkeit. Er war ganz sicher kein Mann, mit dem man sich ungestraft anlegen konnte. Und auch für unnütze Tändeleien hatte er gewiss nichts übrig.

Ein amüsiertes Lächeln umspielte Ditas Lippen. »Ich habe bemerkt, dass Melanies Versuche, mit ihm zu flirten, völlig von ihm ignoriert wurden.«

Eleanor lachte leise auf. »Man kann diesem Mädchen einfach nicht böse sein, ganz egal, wie unverfroren es sich benimmt. Melanie ist so voller Leben, und sie kennt keine Gemeinheiten. Aber ich frage mich schon, wie der arme Mr. Wilberforce sie zähmen soll. Ich muss gestehen, es hat mich sehr überrascht, wie liebevoll sie mit ihm umgeht und wie sehr sie ihn offenbar schätzt.«

»Ja«, stimmte Dita zu, fühlte sich dann aber wohler, ihre Mutter von Melanies Hochzeitsplänen abzulenken, denn sie fürchtete, dass sie so schnell wieder auf ihre eigene Hochzeit zu sprechen kämen. »Was hat Mr. McGrady von Vater gewollt?«

»Er ist daran interessiert, mehr über unsere Kautschuk-Plantage zu lernen. Wie du weißt, gehört ihm beträchtliches Weideland in Queensland. Ich glaube, er hat eine Menge Geld und ist daran interessiert, auch in andere profitable Unternehmen zu investieren.«

»Ich verstehe. Kein Wunder, dass Vater so herzlich zu ihm war.«

»Ja.« Eleanor lächelte vergnügt, was ihr Gesicht jugendlich erscheinen ließ. Für einen Moment hätte man sie und Dita für Schwestern halten können. »Dein Vater hat zwei Leidenschaften im Leben – mich und Gummi. Manchmal bin ich mir nicht sicher, in welcher Reihenfolge. Ich muss hart arbeiten, um meine Stellung zu behaupten.«

Leichtes Entsetzen spiegelte sich auf Ditas Gesicht, was ihre Mutter zu einem fröhlichen Lachen veranlasste. »Ach, mein Schatz, du kennst dich doch mit den Fakten des Lebens aus. Seit meiner Hochzeitsnacht genieße ich es, eine Ehefrau zu sein. Ich weiß, wenn du erst einmal verheiratet bist, wirst auch du herausfinden, was für ein befriedigender Status das ist.«

Während sie sprach, sah sie Dita fragend an, die rasch die Lider senkte. Würde sie es tatsächlich *befriedigend* finden, Jonathans Frau zu sein? Oder würde sie sich weiterhin nach etwas verzehren, was er ihr nicht bieten konnte?

»Ich glaube, du könntest recht haben«, sagte sie dann. »Ich habe vor, Jonathan zu fragen, ob wir nicht so schnell wie möglich heiraten können.«

Als Eleanor Jones kurze Zeit später die Treppe emporstieg, ging ihr noch einmal die Unterhaltung mit der Tochter durch den Kopf. Sie konnte das Gefühl nicht abschütteln, dass irgendwas nicht stimmte zwischen Dita und Jonathan Grimshaw. Obwohl Dita behauptete, möglichst bald heiraten zu wollen, war Eleanor nicht davon überzeugt, dass das der Wahrheit entsprach.

Sie brauchte nicht lange nach dem Grund für ihre Zweifel zu suchen. Irgendetwas musste geschehen sein, als Dita und die anderen auf der Insel gestrandet waren. Eleanor war eine gestandene Frau, und wenige Hinweise reichten ihr, um zu ahnen, was sich dort abgespielt hatte. Eine so schöne Frau wie ihre Tochter würde in jedem Mann ein heftiges Verlangen auslösen.

Ohne Zweifel stand Dita noch immer unter dem Einfluss der Ereignisse auf der Insel, und das beunruhigte Eleanor. Sie traute sich nicht, Dita offen danach zu fragen. Wenn Dita ihr etwas anvertrauen wollte, würde sie gern zuhören. Wenn nicht, musste sie das Recht ihrer Tochter auf Privatsphäre respektieren.

In ihrem Schlafzimmer setzte sich Eleanor an den Toilettentisch und frisierte sich die Haare. Obwohl sie und Dita vieles gemeinsam hatten, war ihr Haar dunkelbraun und nicht schwarz, und in der Sonne strahlten ein paar rostbraune Strähnen darin. Ditas Locken waren weich wie Seide, während sich Eleanors Wellen gegen die Haarnadeln zu wehren schienen. Ihre Haare flossen ihr üppig über die Schultern, und sie stellte einen Ellbogen auf den Toilettentisch, stützte das Kinn mit der Hand und betrachtete ihr Spiegelbild, als stünde dort, was ihre Tochter so zu besorgen schien.

Sie träumte auf diese Weise vor sich hin, als ihr Mann ins Zimmer trat. Sie griff rasch zur Bürste und zog sie durch ihr widerspenstiges Haar. Charles stellte sich hinter sie, nahm ihr die Bürste aus der Hand und begann, sie zu kämmen. Seine Bürstenstriche hatten etwas wunderbar Sinnliches, und eine Zeitlang schwiegen sie beide, um den Moment der Intimität auszukosten.

»Du warst sehr nachdenklich, als ich hereinkam«, bemerkte Charles schließlich. »Ich gebe dir einen Penny für deine Gedanken.«

»Nicht nötig. Ich habe über unsere Tochter nachgedacht und darüber, wie ähnlich wir uns in vielen Dingen sind. Ich bin mir nicht sicher, ob sie überhaupt in Jonathan verliebt ist. Dabei wünsche ich mir, dass sie einmal so glücklich verheiratet sein wird, wie ich es bin.«

»Bist du denn so glücklich, meine Liebe?« Ihre Blicke trafen sich im Spiegel.

»Das weißt du doch.«

»Ah, aber ich höre es gern.« Er legte die Bürste hin und massierte ihre Schultern. Doch aus der Massage wurden schnell verführerische Liebkosungen, bis er ihr schließlich den Morgenmantel öffnete. »Und ich sehe gern, wenn du es mir zeigst.«

Eleanor lächelte ihn im Spiegel an. »Hast du vergessen, dass wir Mr. McGrady zum Mittagessen treffen?«

»Bis dahin haben wir noch eine Menge Zeit, und sonst müsste der gute Mann eben warten.«

Er zog sie zu sich hoch, drehte sie zu sich um und küsste sie mit einer Leidenschaft, die auch nach zwanzig Jahren Ehe nicht nachgelassen hatte. Seine Hände streichelten über ihre Kurven, verloren sich aber dann in den Schichten ihrer Kleidung. »Zieh diese unbequemen Sachen aus«, knurrte er. »Mir sind die leichten Kleider, die du zu Hause trägst, viel lieber.«

»Mir auch«, stimmte Eleanor zu, während sie sich langsam auszog. »Aber ich fürchte, die Gesellschaft von Sydney wäre mehr als ein wenig schockiert, wenn ich sie in der Öffentlichkeit trüge. Vor allem«, fügte sie mit einem schelmischen Blick auf ihren Mann hinzu, »wenn sie erführe, dass ich nicht nur der Hitze wegen so wenig anziehe.«

»Du bist eine Sirene, Frau.« Er nahm sie wieder in die Arme und küsste sie. »Ich kann von deinem schönen Körper einfach nicht genug bekommen.«

»Und ich nicht von dir«, gab sie zurück. »Warum ziehst du dich nicht aus?«

»Du brauchst länger als ich. Außerdem genieße ich es, dir zuzusehen, wie du eine Schicht nach der anderen ablegst. Wie beim Auspacken eines besonders wertvollen Weihnachtsgeschenks.«

Er setzte sich auf den Stuhl, auf dem sie bis eben gesessen hatte, schlug ein Bein über das andere und war bereit für ihre neckend verführerische Darbietung. Es dauerte nicht lange, und er musste die Beine nebeneinanderstellen, damit jenes Körperteil, das sie so sehr verehrte, angesichts ihrer erotischen Reize genügend Platz hatte.

Als Eleanor bis auf Pantalons und Hemdchen entkleidet war, hatte sich seine Begierde dermaßen gesteigert, dass er nicht mehr länger warten konnte. Er riss seine Hose auf und entblößte seine pochende Männlichkeit. »Komm her, Frau«, befahl er mit heiserer Stimme.

Eleanor zeigte ihm ein kokettes Lächeln. Eine solche Szene spielte sich oft zwischen ihnen ab. Seine Lust auf sie wurde dann so heftig, dass es ihm nie schnell genug gehen konnte, bis sie beide nackt waren.

Ihn in einem solchen Zustand zu sehen, wie er da auf dem Stuhl saß, noch voll bekleidet, aber sein wunderbarer Schaft im Freien, schuf ein tiefes Verlangen in ihrem feuchten Schoß. Sie ging zum Stuhl, grätschte über seine Beine, hielt den Saum ihrer Pantalons auseinander und ließ sich langsam auf ihren Mann sinken, um sich mit ihm zu vereinigen.

Dass sie beide nicht ganz nackt waren, steigerte ihre Erregung noch, die nie ganz gelöscht werden konnte.

Eleanor legte die Hände auf die Schultern ihres Mannes und schüttelte den Kopf, bis ihre Haare nach vorn fielen und ihr Gesicht bedeckten. Sie nahm die Rolle einer Hure ein, ließ ihren nassen Schlitz um den einzigen Schwanz kreisen, den sie je in sich gespürt hatte, und brachte sie beide zu einem herrlichen Höhepunkt.

Fünftes Kapitel

Im Vergleich zu den weißen Rosen, die wunderbar arrangiert in einer Silberschale auf dem Tisch standen, schien Ditas Gesicht seltsam bleich. Sie starrte auf Jonathans Rücken und fragte sich, ob sie ihn missverstanden hatte.

»Was hast du gesagt?«, fragte sie mit zitternder Stimme, die so gar nicht nach ihrer eigenen klang.

Jonathan drehte sich um, weg von dem Garten und dem Mann, der versteckt da unten zwischen den Büschen stand. Das Lächeln auf Jonathans Gesicht passte nicht zur Grausamkeit seiner Worte.

»Ich sagte, dass ich dich nicht heiraten kann, meine Liebe.«

»Aber warum?«, fragte sie, obwohl sie plötzlich glaubte, den Grund zu kennen. »Ich verstehe das nicht.«

»Ach, hör doch auf, Dita. Spiel nicht die Unschuldige. So naiv bist du nicht. Und ich bin es auch nicht. Glaubst du wirklich, ich wüsste nicht, was auf der Insel passiert ist?«

Dita holte tief Luft. Sie betrachtete das gut geschnittene Gesicht ihres Verlobten und fragte sich, wie es hinter der gelassenen, lächelnden Fassade wirklich aussah. Seine klaren blauen Augen zeigten keine Emotionen. Sie konnte nicht so tun, als wüsste sie nichts von den Dingen, auf die er anspielte. »Warum hast du nicht vorher mit mir darüber geredet?«

»Weil ich sehen wollte, wie weit du gehen würdest. Wenn du es nur mit einem getrieben hättest oder wenn dich jemand gegen deinen Willen genommen hätte, wäre ich vielleicht bereit gewesen, dir zu verzeihen. Aber du hast es nicht bei einem Mann belassen, und niemand hat dich zwingen müssen. Es hat dir Spaß gemacht, mit allen zu vögeln.«

»Ich habe es auch mit dir gemacht«, erinnerte sie ihn.

»Ja, du hast mich darum gebeten, nicht wahr? Hat dir dein Gewissen keine Ruhe gelassen? Aber ich will nicht leugnen, dass es mir gefallen hat, dich wie die Hure zu nehmen, die du in Wirklichkeit bist.«

Ditas nagte an ihrer Unterlippe. Obwohl Jonathans Worte sie schmerzten, konnte sie nicht viel tun, um sie zu entkräften. Wenn sie sich in Erinnerung rief, was sie auf der Insel alles angestellt hatte, musste sie zugeben, dass sie sich wie eine Hure verhalten hatte.

Sie hätte sich nie in dieser Weise aufgeführt, wenn es dieses Schiffsunglück nicht gegeben hätte. Davor hatte sie nicht einmal geahnt, auf wie mannigfache Art man Lust genießen konnte, und nie zuvor hatte sie wahre Leidenschaft kennengelernt.

Dita wollte Matt aus ihren Gedanken verbannen, nachdem er aus ihrem Leben verschwunden war. Sie hatte gehofft, dass durch ihre Ehe die Erinnerung an ihn verblassen würde. Mit bittenden Augen sah sie Jonathan an.

»Wir wussten nicht, ob wir jemals gerettet werden würden, ob wir leben oder sterben würden. Seit wir zurück in Sydney sind, habe ich hinter mir gelassen, was auf der Insel geschehen ist. Ich kann dir versprechen, dass so etwas nie wieder geschehen wird. Ich habe diese Wochen längst aus meiner Erinnerung gestrichen. Kannst du das nicht auch?«

»Nein, meine Liebe, das kann ich nicht. Aber das ist auch nicht der einzige Grund, warum ich dich nicht heiraten werde.«

»Was für einen Grund gibt es denn noch? Willst du etwa eine andere Frau heiraten?«

»Nein, das nicht. Aber du hast mich von Anfang an betrogen, Dita. Du hattest deine Unschuld schon vor dem Schiffsunglück verloren. Wann war dein erstes Mal, und wie viele Liebhaber hast du seitdem gehabt? Hast du dich auch nach unserer Verlobung und vor der Insel mit anderen Männern eingelassen?«

»Nein!« Der Ausruf kam prompt und verriet Ditas Entsetzen. »Niemals! Es gab keinen vor dir. Du warst der Erste, Jonathan. In jener Nacht am Strand.«

»Lügnerin«, behauptete er ohne Verbitterung. »Wenn du eine Jungfrau gewesen wärst, hättest du dich gegen mein Eindringen gewehrt und Schmerzen verspüren müssen. Aber beides war nicht der Fall.«

»Aber ich …« Aufgebracht wollte sie alles abstreiten, dennoch kam kein Laut über Ditas Lippen. Ihr fielen die Warnungen ihrer Mutter ein, als sie nicht hatte aufhören wollen, im Herrensitz auf einem Pferd zu galoppieren. Hilflos hob sie die Schultern und ließ sie dann wieder fallen. »Du irrst dich, Jonathan, aber ich sehe, dass du mir nicht glauben willst.«

Als er darauf nicht reagierte, fuhr sie fort: »Nachdem du mich auf der Insel ebenso genommen hast wie die anderen, hast du entschieden, dass ich als deine Ehefrau nicht mehr akzeptabel bin. Deshalb redest du dir jetzt ein, dass ich schon keine Jungfrau mehr war, als wir uns verlobten. Die Auflösung unserer Verlobung wird die Gerüchte wieder hochkochen lassen. Und was ist mit den wunderbaren Plänen deiner Mutter, was die Hochzeit angeht?«

Jonathan zuckte mit den Schultern. »Sie wird über die Enttäuschung hinwegkommen.«

»Wirst du ihr den Grund für unsere Trennung nennen?«, fragte sie verbittert.

»Nein, das ist nicht nötig. Ich will dir nicht schaden. Ich habe nichts dagegen, wenn die Leute glauben, dass du es bist, die ihre Ansichten geändert hat.«

»Wie großherzig von dir, Jonathan.« Sie klang spöttisch, dabei war sie zutiefst verletzt. »Und aus welchem Grund sollte ich dich nicht mehr als meinen Ehemann haben wollen?«

»Was immer dir einfällt. Es ist mir egal.«

Dita erhob sich hastig. Sie war den Tränen nahe und ihr schwirrte der Kopf, aber sie würde sich vor Jonathan zusammenreißen. »Dann werde ich jetzt gehen, denn es gibt nichts mehr zu sagen.« Sie wandte sich ab, doch es war zu spät, und die ersten glitzernden Tränen liefen ihr über die Wangen.

Jonathan griff nach ihrem Arm und zog sie rasch an sich. »Weine nicht«, bat er und legte ihren Kopf an seine Schulter. Sie spürte, wie seine Lippen ihre Haare berührten. Seine Zärtlichkeit war zu viel für Dita, und sie schluchzte laut auf.

»Nicht doch, meine Liebe«, murmelte er. »Es wird alles gut. Ich habe nicht geglaubt, dass du es so schwernehmen würdest. Wir werden uns etwas einfallen lassen.«

Jonathans Hände strichen sanft über ihren Rücken. Seine Worte und die zärtliche und liebevolle Weise, wie er sie an sich drückte, ließen neue Hoffnung in ihr aufkeimen. Vielleicht gab es ja doch einen Weg, um Jonathans Meinung zu ändern. Dita unterdrückte ihre Tränen und hob ihr nasses Gesicht. »Machst du Liebe mit mir? Bitte sag Ja.«

Jonathan nahm ihr Gesicht in beide Hände und strich mit den Daumen ihre Tränen weg. Langsam senkte er den Kopf, bis seine Lippen auf ihren lagen. Zuerst war die Berührung zart, dann forscher, als er ihren Mund mit einem leidenschaftlichen Kuss eroberte.

Dita presste ihren Körper gegen Jonathans, und ein Stöhnen kam tief aus ihrer Kehle, als er ihre Pobacken drückte und fester an sich zog. Seine Zunge duellierte sich jetzt förmlich mit ihrer. Dita begriff, dass noch nicht alles verloren war, denn seine Erregung stand ihrer in nichts nach. Der harte Druck seines Schwanzes gegen ihren Schoß ließ ihre Hoffnung wachsen. Wenn Jonathan sie noch begehrte, konnte sie ihn vielleicht über diesen Weg dazu bringen, sie doch zu heiraten.

»Können wir auf dein Zimmer gehen?«, fragte sie. »Ich will nicht, dass wir hetzen müssen. Ich will, dass du richtig Liebe mit mir machst.«

Jonathan fingerte an den Knöpfen ihres Mieders und öffnete sie umständlich. »Wir können es auch hier richtig machen. Vor dem Kamin ist es schön warm.«

»Was ist, wenn jemand kommt?«

»Niemand wird uns stören, das habe ich schon geklärt.«

Er hatte den letzten Knopf geöffnet und schob das Mieder über ihre Brüste. Er warf es auf den Boden, und ihre Hände halfen ihm, ihren Rock und die Unterröcke abzustreifen. Die Kleidungsstücke landeten ebenfalls auf dem Boden. Dann fielen die Korsettstangen, und Jonathan schob ihr Hemdchen nach unten und konnte endlich ihre prächtigen Brüste in all ihrer Schönheit sehen.

Seine Hände kneteten das zarte Fleisch, und seine Zähne knabberten an den aufgerichteten Spitzen. Als er den Kopf hob, bemerkte er zu seiner Zufriedenheit, wie ihre Lippen zitterten. Ihre Augen waren dunkel vor Lust geworden. Das Lächeln, das seinen Mund umspielte, lenkte vom hinterhältigen Glitzern in seinen Augen ab.

Eine Hand fand die Öffnung ihrer Pantalons, und sie schlüpfte hinein. Ditas Muschi war so nass und so warm, wie er erwartet hatte. Himmel, was für eine Schlampe sie doch war! Man konnte sie so leicht durchschauen und herausbekommen, wie und worauf sie reagierte. Er konnte seine lüsterne Erregung nicht länger unterdrücken. »Das gefällt dir, was?«, fragte er, während er einen Finger in ihre glitschige Spalte schob.

»Das weißt du doch.« Ein lustvoller Seufzer begleitete ihre Worte. Kein Mann hatte sie berührt, seit sie die Insel verlassen hatten, und als Jonathans Finger sie jetzt so geschickt stimulierten, stand sie in Flammen.

»Siehst du, meine Liebe, du brauchst dich nicht so aufzuregen. Ich habe nie gesagt, dass ich dich aus meinem Leben streichen oder deinen Körper nicht mehr genießen will.«

Seine Lippen drückten sich auf ihre. Dita erwiderte seinen Kuss, während sie sich gegen seine forschenden Finger drängte. Hatte Jonathan sie nur necken wollen? Wollte er ihr vielleicht eine Lektion erteilen? »Werden wir trotzdem heiraten, auch wenn du eben diese schrecklichen Dinge gesagt hast?«

Statt einer direkten Antwort legte Jonathan sie mit dem Rücken aufs Sofa und öffnete das Band ihrer Pantalons, damit er sie ihr über die Beine streifen konnte. Als das Hemdchen auch noch fiel, war Dita splitternackt.

Er beugte sich über sie und saugte an ihren Brüsten, während seine Finger zu ihrer pochenden Höhle zurückkehrten. Erst als sie zu stöhnen begann und die Augen schloss, um sich ganz ihren Empfindungen hinzugeben, antwortete er.

»Ich werde dich nicht heiraten, aber du bist eine so herrlich lüsterne Frau, dass ich bereit bin, dich als meine Mätresse zu behalten.«

Dita wollte sich von ihm befreien und aufsetzen, aber er drückte sie zurück aufs Sofa und führte seine erotische Massage mit den Fingern fort. Die Pfeile der Lust, die durch ihren Körper schossen, siegten über ihren Verstand.

»Du bist ein Bastard, Jonathan«, keuchte sie.

»Du kannst mich beschimpfen, wie du willst, aber du kannst nicht leugnen, dass du das hier genießt. Du liebst es, wie ich dich streichle, wie ich meine Finger in dir bewege und dich weite. Du bist heiß auf mehr, aber das wäre auch bei jedem anderen Mann so. Du bist für die körperliche Liebe gemacht, Dita, du lechzt nach allem, was Sex bedeutet. Als meine Ehefrau müsstest du mir treu sein. Als meine Mätresse kannst du dir so viele Liebhaber zulegen, wie du willst. Mich würde das nicht stören. Ich würde dich dazu ermutigen.«

Dita unternahm noch einen weiteren schwachen Versuch, ihn von sich zu schieben. In Wahrheit wollte sie das gar nicht. Sie hörte die Worte kaum, die er sprach, denn ihre Nervenenden schrien nach körperlicher Befriedigung.

Jonathan rieb sie geschickt dem Orgasmus entgegen, und sie hob ihm ihre Hüften entgegen, damit seine Finger noch tiefer in sie eindringen konnten.

Jonathan beobachtete ihre Bewegungen mit wachsender Erregung. »Was für eine wunderbare, gierige Schlampe du bist«, sagte er anerkennend und zog im nächsten Moment seine Hand zurück.

Dita öffnete die Augen und stöhnte. »Warum hast du aufgehört?«, fragte sie verstört.

»Ich will noch nicht, dass du kommst, dafür habe ich viel zu viel Freude an dir. Weißt du, was mich wirklich scharf macht? Mich daran zu erinnern, wie du es auf der Insel getrieben hast. Du hast nicht gewusst, dass ich dich beim Sex mit den anderen beobachtet habe, nicht wahr?«

»Du hast mich beobachtet? Oooh …« Seine Finger kehrten zu ihrer Möse zurück, als wollte er Dita von seinem verblüffenden Geständnis ablenken.

»Ja. Ich habe dich viele Male beobachtet. Es hat mich aufgegeilt, dich nackt zu sehen und wie du mit den anderen gevögelt hast.«

Die groben Bewegungen seiner Finger passten zu seinen vulgären Worten.

»Oder haben sie dich gevögelt? Manchmal konnte man das nicht unterscheiden. Beim ersten Mal habe ich gesehen, wie du auf Tiko geritten bist. Der Anblick seines dunklen Schafts zwischen deinen weißen Schenkeln war unglaublich, meine Liebe. Und dann hätte es mich fast in den Wahnsinn getrieben, als ich dich zusammen mit Butch und Sam gesehen habe. Erinnerst du dich daran? Die beiden Männer waren gleichzeitig mit dir zugange, und man hörte und sah, wie du jeden Moment genossen hast.«

Dita wälzte sich auf dem Sofa herum. Seine Worte trafen sie wie Schläge, doch gleichzeitig stieg ihre Erregung dem Höhepunkt entgegen. »Erzähl nichts mehr davon«, bettelte sie. »Hör auf. Bitte.«

Jonathan zog wieder seine Hand zurück, und Dita erschauderte.

»Jetzt musst du dich aber entscheiden, meine Liebe. Willst du mir sagen, dass du keinen Sex mit mir willst, oder bettelst du mich an, es dir zu besorgen?«

Dita schloss die Augen, denn sie konnte seinen spöttischen Blick nicht ertragen. Er wusste genau, wie nahe sie dem Höhepunkt war und dass seine weggezogene Hand eine schmerzliche Lücke hinterlassen hatte. »Hör auf, von der Insel zu erzählen. Bitte.«

Er lachte kurz und trocken auf. »Du bist genauso geil

geworden wie ich, seit ich davon erzähle. Sag mir, dass du meinen Schwanz ganz tief in dir spüren willst.« Er strich mit den Fingerspitzen über ihre nassen Pussylippen.

»Du bist ein Bastard, Jonathan.« Zwei Finger stießen hart in sie hinein. Dita stöhnte laut auf.

»Sag es mir«, befahl er.

»Verdammt, ja, ich will dich!«, rief sie.

»Dann nehme ich dich von hinten.« Er richtete sich auf und knöpfte sich das Hemd auf. »Knie dich auf den Boden, Dita. So ist es mir am liebsten.«

Dita rollte sich vom Sofa und positionierte sich auf allen vieren auf dem Teppich, bereit für Jonathan. Sie hörte, wie er sich auszog, und nach einer kurzen Weile fühlte sie seine Finger in ihrer Nässe. Er wollte wohl überprüfen, ob sie erregt genug war. Mit geschlossenen Augen bewegte sich Dita auf seinen Fingern vor und zurück. Sie verdrängte die Worte, die er gesagt hatte, um sich ganz auf ihre sexuelle Befriedigung konzentrieren zu können.

Als sie die Härte seiner Männlichkeit spürte, die gegen ihre Öffnung drängte und dann sanft in sie hineinglitt, ließ pures Entzücken sie erbeben. Das Zittern erfasste ihren ganzen Körper. »Oh ja«, keuchte sie, »ja, ja!« Himmel, es fühlte sich wunderbar an. Wie hatte sie diese Wochen ohne Sex überlebt?

In diesem Moment war es ihr völlig egal, ob sie Jonathans Ehefrau oder Mätresse wurde. Wenn er diese Gefühle in ihr auslösen konnte, sollte er sie nehmen, wann und wo immer er wollte. Dita presste ihren Po gegen die pumpende Rute und begann, ihre Hüften kreisen zu lassen, während sie lustvoll stöhnte.

»Gefällt es dir, meine Liebe?«

Dita riss die Augen auf. Jonathan stand vor ihr, die Finger um seinen kraftstrotzenden Schwanz gelegt. Seine Lippen verzogen sich zu einem Lächeln, das pure Bosheit verriet, und plötzlich begriff Dita.

Sie warf einen kurzen Blick über ihre Schulter und sah den Besitzer des Schafts, der so wuchtig in sie hineinstieß. Der Mann war so dunkel wie Tiko, aber es war ein Fremder.

Ihr wütender Protest ging in ein Stöhnen des Entzückens über, als der Mann um ihre Hüften griff und mit dem Finger über ihre Klitoris strich. Gleichzeitig erhöhte er die Geschwindigkeit und die Wucht, mit denen er seinen Schwanz in ihr versenkte.

Wer immer der Mann auch sein mochte, so verstand er es doch ausgezeichnet, ihr unbändige Lust zu verschaffen.

»Ich konnte Tiko nicht finden«, erklärte Jonathan. »Aber Rufus hier war willens, mich zu unterstützen, als ich ihm deine Schönheit und deine Talente beschrieb. Aber einen kleinen Obolus hat er trotzdem verlangt.«

»Du – oh … du hast ihn … oh … bezahlt?«

»Kommst du, Dita?« Jonathan wurde ganz aufgeregt, und seine Hand rieb schneller über seinen geschwollenen Schwanz. »Ich will auch kommen.« Er kniete sich rasch vor sie hin. »Aber in deinem Mund.«

Auch wenn sie vielleicht noch die Chance gehabt hätte, sich zu wehren, so wollte sie es gar nicht. Sie schob alle Vernunft zur Seite und gab sich ganz dem Augenblick und ihrer Fantasie hin.

Vor ihrem inneren Auge wichen die Wände des kleinen Salons in den Hintergrund und wurden von hohen, schlanken Palmen und einem tropischen Himmel ersetzt. Der raue Teppich wurde zum Sand unter ihren Händen und Knien, und die Wärme des offenen Kamins zur strahlenden Sonne.

Dita gab sich ganz ihrer Leidenschaft hin. Es existierte nichts anderes mehr als die köstliche Lust, die ihren Körper versengte. Da waren der harte Schwanz, der tief in sie stieß, und die Rute, die Dita mit ihrem Mund verwöhnte.

Erst später, viel, viel später, kehrte ihr Verstand zurück. Dita saß in der Badewanne und schrubbte wütend ihren Körper, als wollte sie sich nicht nur die klebrigen Überreste der körperlichen Vereinigung abwaschen, sondern das ganze Geschehen.

Jonathan hatte sie hereingelegt, hatte ihre Lust gegen sie ausgespielt. Es spielte keine Rolle, dass sie dabei mehrere unglaubliche Orgasmen erlebt hatte. Zu schmerzlich war die Erkenntnis, dass er sie auf eine gemeine Weise erniedrigt hatte, indem er einen Mann dafür bezahlte, dass er mit ihr seine eigene hässliche Befriedigung fand. Sie empfand nichts als kalte Verachtung für ihn.

Sechstes Kapitel

Eleanor Jones war zunächst wie vor den Kopf geschlagen, als ihre Tochter verkündete, dass es keine Hochzeit geben würde. Aber gleich darauf musste sie zugeben, dass sie nicht wirklich überrascht war. Sie war seit zwanzig Jahren immer noch leidenschaftlich verliebt in ihren Mann, und es war nur natürlich, dass sie sich dieses Glück auch für ihre Tochter wünschte, die ihr einziges Kind war. Doch ihr Eindruck von dem jungen Paar während der letzten Wochen hatte sie zu der Überzeugung kommen lassen, dass die Gefühle der jungen Leute füreinander nicht von Dauer sein würden.

Dita konnte ihrer Mutter nicht den wahren Grund für die Auflösung der Verlobung nennen, und Eleanor fragte auch nicht danach. Sie ahnte, dass es sich um etwas handelte, was sie lieber nicht hören wollte.

So passte es ganz gut, dass allgemein angenommen wurde, dass letztlich die traumatischen Ereignisse des Schiffsunglücks für den Bruch zwischen Dita und Jonathan verantwortlich waren.

»Die Leute werden reden, und alle möglichen Gerüchte werden die Runde machen«, sagte Eleanor zu Dita. »Aber bald wird irgendetwas anderes passieren, was den Klatschmäulern neues Futter gibt und sie deine geplatzte Verlobung vergessen lässt. Wenn dir das Gerede zu viel wird und du es nicht mehr ertragen kannst, kommst du einfach mit uns nach Paradise Island.«

Dita sah ihre Mutter mit einem strahlenden Lächeln an. »Ich werde darüber nachdenken«, versprach sie.

Auch Melanie nahm die Neuigkeit mit Interesse zur Kenntnis. Als sie den wahren Grund für das Zerwürfnis erfuhr, war sie außer sich, aber auch damit hatte Dita gerechnet. Sie hatte sich eigentlich vorgenommen, die Einzelheiten jenes Nachmittags in Sydney für sich zu behalten, aber gleichzeitig brauchte sie jemanden, dem sie sich anvertrauen konnte, um sich von dem bitteren Gefühl der Erniedrigung zu befreien.

Melanie sah ihre Cousine an, und ihre Wangen waren gerötet, während die Wut in ihren Augen blitzte. »Du wirst Jonathan doch nicht damit davonkommen lassen, dass er dich so schamlos behandelt hat? Meine liebe Cousine, das schreit nach Rache.«

Dita stieß einen tiefen Seufzer aus. »Glaube mir, Melanie, wenn es eine Möglichkeit gäbe, Jonathan dafür büßen zu lassen, dann würde ich sie wahrnehmen. Aber was auch immer ich sage, wird mich wie ein Bumerang selbst treffen. Ich habe mich nicht allzu sehr gesträubt an diesem Nachmittag. Ich glaube sogar, dass ich mich überhaupt nicht gewehrt habe. Er kennt mich eben gut.«

»Das entschuldigt sein Verhalten nicht. Ich habe dir immer gesagt, du sollst ihn nicht heiraten. In meinen Augen ist er einfach nicht der richtige Mann für dich. Aber ich hätte nie vermutet, dass er so ein verdorbener Halunke ist.«

»Das hätte ich ihm auch nicht zugetraut. Nun ja, du hast mich vor ihm gewarnt, und viele Dinge, die du gesagt hast, haben sich als richtig erwiesen. Ich wünschte, du könntest mir jetzt sagen, was ich mit dem Rest meines Lebens anfangen soll.«

»Ich bin keine Wahrsagerin«, antwortete Melanie. »Es ist

nur so, dass ich dich manchmal vielleicht besser verstehe, als du dich selbst.«

»Das ist nicht so schwierig. Es gibt Momente, da bin ich mir selbst fremd. Die Insel hat mich verändert, Melanie, und nicht nur, weil ich gelernt habe, wie ich meine Lust mit einem Mann ausleben und die Freuden der Sinnlichkeit genießen kann. Ich will etwas, aber ich weiß nicht genau, was ich suche. Ich bin unruhig und verstört, und ich weiß nicht, was ich dagegen tun kann.«

Melanie hörte den aufgewühlten Worten zu und fragte sich, warum Dita ihr Leben dadurch verkomplizierte, dass sie ihre wahre Natur leugnete. »Was du jetzt brauchst, liebe Cousine«, sagte sie mit vollem Ernst, »ist ein Liebhaber. Soll ich dir einen besorgen?«

Ditas Lächeln kam unerwartet. Melanie war wirklich unverbesserlich. Liebevoll sah Dita die Cousine an. »Wahrscheinlich hast du recht, wie gewöhnlich. Aber es wird wohl besser sein, wenn ich meine Eltern nach Paradise Island begleite.«

»Dass du als Schiffsbrüchige auf einer Insel gestrandet bist, hat dich nicht verändert«, sagte Melanie, nachdem sie Ditas besorgtes Gesicht eine Weile lang betrachtet hatte. »Doch da gibt es noch etwas, was du mir nicht gesagt hast. Etwas, was du für dich behältst. Das spüre ich. So lange du dich dieser Sache nicht stellst, was immer es ist, wirst du nicht zufrieden sein.«

Die Gerüchte und Spekulationen, die der Bekanntgabe ihrer aufgelösten Verlobung folgten, waren nicht so schlimm, wie Dita befürchtet hatte. Vielleicht hielt sich der Klatsch auch deshalb in Grenzen, weil sich Mrs. Grimshaw das erste Mal in ihrem Leben in Schweigen hüllte.

Dann traf die Einladung zu einem Ball im Government House ein, und Dita teilte ihren Eltern mit, dass sie hingehen würde und sich auf die Abwechslung freute.

Als eine der attraktivsten jungen Frauen in der Kolonie war Dita auf allen Veranstaltungen dieser Art eine gesuchte Tanzpartnerin. Am Abend des Balles hätte sie ihre Tanzkarte ein Dutzend Male mit den Namen junger wie älterer Männer füllen können.

»Du bist sehr gefragt heute Abend«, kommentierte Melanie in einer der wenigen Pausen zwischen den Tänzen.

Dita zeigte ein zynisches Lächeln. »Wundert dich das? Die Tatsache, dass die Leute nicht offen über mich reden, bedeutet nicht, dass sie nicht über mich klatschen, wenn sie unter sich sind. Jeder Mann, der mich ansieht, träumt davon, unter meine Unterröcke zu schlüpfen, um festzustellen, ob ich noch Jungfrau bin.«

»Gibt es denn niemanden hier, dessen Neugier du stillen möchtest?«

Dita schüttelte nur den Kopf. »Wenn ich einen Mann an mich heranlasse, weiß es morgen ganz Sydney. Die Geschichte würde sich wie ein Waldbrand ausbreiten und völlig außer Kontrolle geraten. In welcher Position würde ich mich dann befinden?«

»Ich glaube, du wirst dieses Risiko irgendwann eingehen müssen, wenn du keine völlig frustrierte Frau werden willst. Du brauchst ganz dringend einen Liebhaber. Was ist mit dem da drüben?« Melanies Stimme hatte sich gesenkt. »Ich wette, er ist kein Mann, der mit seinen Eroberungen protzt.«

Dita folgte Melanies Blick. Ihre Augen weiteten sich vor Entsetzen, und ein Knoten schnürte ihr die Kehle zu. Groß, dunkel, makellos gekleidet und genauso gefährlich wie damals, als sie ihn das erste Mal gesehen hatte, schritt Matt Warrender durch den Saal und direkt auf die beiden Cousinen zu.

Matt wusste selbst nicht genau, warum er die Einladung zum Ball angenommen hatte. Gesellschaftliche Zusammenkünfte dieser Art waren ihm verhasst. Viel lieber ritt er über das freie, offene Land oder kämpfte sich durch dichte Urwälder, als sich an bedeutungslosen Plaudereien zu beteiligen oder irgendeiner spröden Miss auf einen viel zu vollen Tanzboden zu folgen.

Er wusste auch nicht, warum er überhaupt nach Sydney zurückgekehrt war. Das war nicht sein Plan gewesen, als er einige Wochen zuvor in den Westen aufgebrochen war. Er befand sich nicht länger als zwanzig Minuten auf dem Ball, als er sich eingestehen musste, dass er gehofft hatte, Dita wiederzusehen. Dabei hatte er nicht die Absicht, ihr zu nahe zu kommen.

Er redete sich ein, dass er sie endlich aus dem Kopf bekommen würde, wenn er sie noch einmal sah. Vielleicht würden ihm dann verschiedene Mängel an ihr auffallen, die das Bild der Vollkommenheit – blasse Haut, schwarzes Haar und ein wunderbar geschmeidiger Körper – trübten.

Als er sie dann auf dem Tanzboden erblickte, suchte er sofort den Saal nach Grimshaw ab. Als er erkannte, dass Ditas Verlobter nirgendwo zu sehen war, war seine Neugier größer als alle Vorsicht. Er hatte schon auf der Insel gewusst, dass es besser für seinen Seelenfrieden wäre, möglichst wenig von Dita Jones zu sehen und zu hören. Ärgerlich nur, dass sie ihm einfach nicht aus dem Sinn gehen wollte – und auch sein Körper sie nicht vergessen konnte. Bevor er wusste, was er tat, beugte er sich über ihre Hand und wurde der kecken rothaarigen Begleiterin vorgestellt.

Matt nahm Melanie kaum zur Kenntnis. Als er Ditas Finger

berührte, waren die Erinnerungen mit einem Schlag wieder da. Als er sie ansah, sah er nicht die schöne, kunstvoll frisierte Frau in einem exquisiten Abendkleid aus malvenfarbener Seide, die Amethyste an Hals und Ohrläppchen trug. Er sah eine exotische Sirene mit goldschimmernder Haut und seidigen schwarzen Haaren, die auf einer Seite von einer scharlachroten Blume hinter dem Ohr gehalten wurden. Er sah Ditas nackten Körper, feucht vom sprühenden Wasserfall.

Ihr wunderbar weiblicher Duft lockte verführerisch seine Sinne. Eine Welle der Lust durchfuhr ihn und war so intensiv, dass er Dita auf der Stelle hätte nehmen wollen. Tatsächlich musste er seine ganze Willenskraft aufbieten, um sein Verlangen zu unterdrücken. Es half auch nicht, dass ihre Augen nun so dunkel waren, als ob ihre Gedanken eins mit seinen geworden wären.

Die Begierde, von der Dita erfasst wurde, war so groß, dass sie glaubte, jeder Ballbesucher müsste es bemerkt haben. Das war also die Angelegenheit, von der Melanie gesprochen hatte und der sie sich stellen musste. In diesem Moment hätte sie alles dafür gegeben, wieder mit Matt auf der Insel zu sein.

Nur mit Matt.

Melanie, deren neugierige Blicke zwischen ihrer Cousine und dem faszinierenden Fremden hin und her wanderten, dachte sich ihren Teil und schürzte die Lippen zu einem kleinen, wissenden Lächeln. Dies war ein Mann, der die sexuellen Fantasien jeder Frau ins Kraut schießen ließ.

Unter anderen Umständen hätte Melanie ihren ganzen Charme aufgeboten, um sich selbst ein Bild von seiner wahren Männlichkeit zu machen. Aber es sah so aus, als ob Dita ältere Rechte hätte, deshalb hielt sie sich zurück. Sie murmelte eine vage Entschuldigung und ließ die beiden allein, damit ihre liebe Cousine und ihr Geliebter endlich wieder vereint waren.

»Ich habe dich nicht mehr gesehen, seit wir zurück sind«, sagte Dita, weil sie das Schweigen und die sexuelle Spannung, die in der Luft lag, brechen wollte.

Matts Brauen hoben sich leicht und auf die kühle geringschätzige Art, an die sie sich so gut erinnern konnte. Der Blick seiner eisgrauen Augen ließ das Blut in ihren Adern pochen – wie immer, wenn er sie ansah. Seine Stimme klang spöttisch und entbehrte jeden Hauch von Empfindsamkeit.

»Hast du das denn erwartet?«, fragte er. »Ich habe dir gesagt, dass wir uns nach unserer Rettung nicht wiedersehen würden.«

»Aber jetzt bist du hier«, sagte Dita.

»Ja, das bin ich.« Matt musterte sie abschätzend.

»Du magst keine gesellschaftlichen Treffen, nicht wahr?« Dita machte Konversation, doch eigentlich sehnte sie sich danach, von Matt in die Arme genommen zu werden. Sie wollte, dass er Liebe mit ihr machte. Er sollte die Lust in ihr entfachen und dann das Feuer in ihr mit seiner Leidenschaft löschen. Sie bemerkte, dass Matt auf ihre Frage noch nicht geantwortet hatte und dass sein Ausdruck härter und abweisender geworden war. Er starrte auf ihre Hände, die sie in den Schoß gelegt hatte.

»Ich kann Grimshaw nirgendwo sehen«, sagte er unvermittelt. »Ich hätte gedacht, dass er stets in deiner Nähe ist. Seid ihr schon verheiratet?«

»Nein.« Ihre Kehle war plötzlich wie zugeschnürt.

»Oh? Wann wird denn der glückliche Tag sein?«

»Es wird keine Hochzeit geben.« Eine heiße Röte stieg in Ditas Wangen. Sie wusste, dass Matt den fehlenden Ring an ihrem Finger bemerkt hatte. Er quälte sie jetzt ganz bewusst mit seinen Fragen, und hatte nicht die Absicht, so schnell damit aufzuhören.

»Hast du ihm den Laufpass gegeben oder er dir?«

»Das geht dich nichts an. Und es ist auch kein Thema, über das ich reden möchte.«

»Ah, ich verstehe.«

»Das glaube ich kaum«, gab Dita zurück. »Du bist ein Mann, der seinen eigenen Weg geht. Du scheinst immun gegen Gerüchte zu sein und dich nicht dafür zu interessieren, was die Leute denken und reden.«

»Es war zu erwarten, dass es nach unserer Rettung eine Menge Spekulationen geben würde.« Matt nickte. »Wenn Grimshaw so ein Leichtgewicht ist, dass ihn solches Gerede stört, dann ist er ein noch größerer Narr, als ich gedacht habe.« Er bemerkte, dass sie mit den Zähnen auf der Unterlippe kaute. »Ah, ich verstehe«, sagte er ein zweites Mal. »Keine Sorge. Eine Frau mit deiner Schönheit und deinen Talenten wird keine Schwierigkeiten haben, sich den richtigen Ehemann zu reservieren.«

»Du sagst das so, als wäre ein Ehemann für eine Frau das Allerwichtigste.«

»Das stimmt doch auch, oder etwa nicht?«

»Wenn du meinst.« Sie sah ärgerlich zu ihm hoch. »Ohne Zweifel ist es in erster Linie deine Schuld, dass ich mich in meiner jetzigen Situation befinde. Aber wenn du meine Schönheit und meine ›Talente‹ so hoch schätzt, bist du ja vielleicht bereit, mich zu heiraten?«

Ihr funkelnder Blick forderte ihn heraus, und für einen gefährlichen Moment der Schwäche erlaubte er sich vorzustellen, wie es wäre, diese schöne, leidenschaftliche Frau Tag und Nacht bei sich zu haben, dass sie ihm gehörte und keinem anderen, dass sie seine Frau wäre und die Mutter seiner Kinder.

Der kurze Augenblick, den er dieses Bild vor Augen hatte, hätte fast gereicht, um sich darin zu verlieren. Matt riss sich zusammen, und der Zynismus, mit dem er sein Herz seit den schmerzlichen Erlebnissen in seiner Jugend schützte, trat wieder vor.

»Ah, nein. So ein Narr bin ich dann doch nicht. Wenn ich es nicht gewesen wäre, hättest du dir einen anderen ausgesucht. Du warst reif und bereit für die Erfahrung, und jungfräulich war nur dein Wissen über die wahren Freuden der körperlichen Lust.«

»Willst du mir sagen, dass auch du nur deshalb Liebe mit mir gemacht hast, weil ich die einzige Frau war, die zur Verfügung stand?«

»Ich habe dich genommen, weil ich es wollte.«

Bitterkeit stieg in ihr auf. »Und da du mich nun besessen hast, bin ich keine Herausforderung mehr für dich – du bist nicht mehr an mir interessiert.«

»Dir scheint es doch nur um die Hochzeit zu gehen. Wenn ein Ring der Preis ist, für den du nun deinen Körper hergibst, kann ich auch ohne dich gut leben. Ich habe nicht die Absicht, mich an eine Frau zu binden. Und du kannst versichert sein, meine Schöne, falls ich jemals heiraten sollte, dann will ich eine Frau haben, der ich vertraue, dass sie nur in meinem Bett schläft. Wie Grimshaw würde auch ich die Finger von einer Frau lassen, von der ich weiß, dass sie es mit vielen Männern treibt.«

Seine Worte verletzten sie mehr, als es ein Schlag ins Gesicht getan hätte. Bevor sie den Kloß in ihrem Hals hinunterschlucken konnte, verabschiedete er sich mit einer knappen Verbeugung und schritt davon. Dita schaute sich um und bemerkte, dass verschiedene Leute sie mit unverhohlenem Interesse anstarrten. Die Spießigkeit der anderen machte ihr nichts aus, dennoch fühlte sie Zorn in sich aufsteigen, und der half ihr, mit Matts schroffer Zurückweisung besser umzugehen.

Am liebsten wäre sie mitten auf die Tanzfläche gegangen und hätte dort für einen echten Skandal gesorgt, damit die Klatschmäuler ihre Zungen wetzen konnten. Stattdessen schenkte sie Jas McGrady ihr bezauberndstes Lächeln, als er sich ihr näherte, um mit ihr zu tanzen. Sie lachte und flirtete bis in die frühen Morgenstunden und ließ alle Zuschauer glauben, dass es ihr großartig ging und sie sich köstlich amüsierte.

Verstörende Träume weckten Dita immer wieder auf, und so war es schon früher Nachmittag, bevor sie endlich ausgeschlafen hatte. Eine seltsame Unruhe hatte sich ihrer bemächtigt, und es schmerzte sie, an die Begegnung mit Matt zu denken.

Sie fragte sich, warum ihr so viel an der Meinung eines Mannes lag, der keinen Zweifel daran ließ, dass sie ihm egal war. Aber was war so falsch an ihr, dass ihr Jonathan und Matt mit solcher Geringschätzigkeit begegneten? Sie konnte nicht glauben, dass ihr ausschweifendes Liebesleben auf der Insel der alleinige Grund dafür war.

Frische Luft würde ihr helfen, einen klaren Kopf zu bekommen, deshalb schlüpfte Dita aus dem Haus und folgte einem Pfad durch die Gärten, der zum Hafen führte. Am Ende einer Böschung, wo das Wasser gegen das felsige Ufer klatschte, stand ein kleines Bootshaus. Früher war es der Lieblingsplatz von Melanie und Dita gewesen. Hierhin hatten sie sich davongestohlen und über ihre geheimen Erlebnisse und Wünsche gesprochen.

Dita ging um das Bootshaus herum und suchte einen Platz, an dem sie in der Sonne sitzen konnte. Von dort aus war das Haus nicht mehr zu sehen, und die Bewohner konnten sie nicht sehen.

Die wärmende Sonne und der Blick auf die Gischt an den Felsen ließen sie von einer tropischen Insel träumen. In ihrer Fantasie wurde ihr Körper nicht länger durch Kleider eingezwängt. Sie war frei und fühlte sich sinnlich und lebendig. Aus einem plötzlichen Impuls heraus stand sie auf und zog sich ihre Kleider aus. Nackt sprang sie in das kalte Wasser des Hafens.

Sie lachte laut auf über ihre köstliche Ungezogenheit und stand da, wie sie es auf der Insel oft getan hatte: Mit erhobenen Armen strich sie sich über die nassen Haare, und ihre Beine waren leicht gespreizt, damit das Wasser an ihren intimen Lippen lecken konnte. Sofort spürte sie, wie die Erregung wuchs.

»Ah, ja«, rief sie ausgelassen, als das Verlangen wie Feuer durch ihre Glieder schoss. »Ich brauche einen Liebhaber, und ich brauche ihn jetzt!«

»Ich wäre Ihnen gern zu Diensten.«

Erschrocken wirbelte Dita herum, als sie die Männerstimme hörte. Im nächsten Moment hatte sie das Gleichgewicht verloren, taumelte und fiel ins Wasser. Der Mann war sofort an ihrer Seite. Ohne zu zögern nahm er sie auf den Arm und ging mit ihr zurück ans Ufer.

Auf den ersten Blick hatte sie in ihm den jungen Gärtner erkannt. Jetzt betrachtete sie sein Gesicht und fand, dass er ein recht gut aussehender junger Mann war. Er hatte hellbraunes Haar und Augen so blau wie das Hafenwasser. Er hatte starke Muskeln von der Arbeit im Freien und trug sie so mühelos, als hätte sie nicht mehr Gewicht als Distelwolle.

Die Überlegung, wie tüchtig er sonst noch sein mochte, führte bei Dita zu einer sofortigen Reaktion, und sie fürchtete, der junge Mann könnte die Feuchtigkeit zwischen ihren Schenkeln spüren, denn während ein Arm ihren Rücken stützte, hielt er sie mit der anderen Hand unter den Beinen.

Er sagte nichts mehr, und in dem Moment, in dem er sie am Ufer absetzte, beugte er den Kopf und küsste sie hart und lang, als wollte er eventuelle Zweifel an der Ernsthaftigkeit seines Angebots ausräumen.

»Bist du mir gefolgt?«, fragte Dita, als er schließlich ihre Lippen freigab.

»Natürlich bin ich Ihnen gefolgt. Ich habe auf eine Gelegenheit wie diese gewartet, seit ich Sie einmal vom Garten aus durch das Fenster gesehen habe.«

Verdutzt hob Dita die Brauen. Der junge Mann lächelte und zeigte ihr dabei seine weißen, ebenmäßigen Zähne. »Gibt es keinen Mann, der Ihnen Lust verschaffen kann? Müssen Sie deshalb mit sich allein spielen?«

Dita erinnerte sich. Wenn sie nicht schon sexuell erregt gewesen wäre, hätte das Wissen, dass dieser junge Mann sie dabei beobachtet hatte, wie sie sich einen Orgasmus verschaffte, ganz sicher ihre Lust entfacht.

Sie lächelte ihn an und nickte ihm provozierend zu. »Bist du Mann genug, um mir Lust zu verschaffen?«

»Sie brauchen nur zu sagen, wo und wann. Ich werde Sie verwöhnen und die Leidenschaft in Ihnen wecken, bis Sie für Tage satt und befriedigt sind.«

»Was für ein wunderschönes Versprechen«, flüsterte sie. »Zu verlockend, um es zu ignorieren. Ich will, dass du mich jetzt nimmst, denn mein Körper braucht dringend die ganze Härte eines Mannes.«

»Hier?« Für einen Moment schien er aus der Fassung gebracht.

»Warum nicht? Niemand kann uns sehen.«

Eine solche Kühnheit feuerte die Libido des jungen Mannes an. Seine Rute war schon kräftig gewachsen, und jetzt erhob sie sich in seiner nassen Hose. Kein Wunder, denn Dita stand nackt und lüstern vor ihm.

Ihr Wunsch, dass er sie hier nehmen sollte, am helllichten Tag und in aller Öffentlichkeit, ließ seinen Schaft pochen und zu einer Dimension anschwellen, die der junge Gärtner bisher selten erlebt hatte. Er bettete Dita auf ihre abgelegten Kleider, dann zog er hastig seine Stiefel aus und streifte Hemd und Hose ab.

Der Anblick, wie sie dalag, nackt unter ihm, die Knie leicht angezogen und die Schenkel ein wenig gespreizt – verführerischer konnte eine Einladung nicht sein –, ließ ihn alle Selbstbeherrschung über Bord werfen. Schon lag er auf ihr und wäre sofort in sie eingedrungen, wenn sie nicht beide Hände gegen seinen Oberkörper gestemmt hätte.

»Noch nicht«, sagte sie mit Bestimmtheit. »Du hast gesagt, du wolltest mich verwöhnen und mir die Lust verschaffen, die ich brauche.«

Der Gärtner stöhnte und schien einen Augenblick lang zu überlegen, ob er nicht trotzdem sofort in sie eindringen sollte. Dita verstärkte den Druck ihrer Hände gegen seinen Brustkorb. Dann leckte sie sich auffordernd über die leicht geschürzten Lippen. In ihren Augen funkelte das Verlangen. »Du hast es mir versprochen«, erinnerte sie ihn noch einmal. »Wenn du mich verwöhnst, werde ich dich auch verwöhnen.«

Noch einen Moment länger hielt er seine Schwanzspitze gegen ihre intimen Lippen gepresst, und allein diese Berührung schickte eine lodernde Flamme durch Ditas Unterleib. Dann zog er sich zurück und kniete sich zwischen ihre Schenkel.

Er setzte jeden Kniff ein, den er kannte, um ihre Geilheit in fiebrige Höhen zu treiben. Seine Hände streichelten ihren Körper, strichen über die weißen Brüste, hielten ab und zu inne, um mit Daumen und Zeigefinger ihre rosigen Nippel zu zwicken und in die Länge zu ziehen, und schienen erst zufrieden, als sich die Knospen hart und aufrecht erhoben hatten.

Dann fuhr er mit beiden Händen über ihren flachen Bauch. Als die Daumen ihr dunkles Dreieck erreichten, glitten sie nach unten der Spalte entgegen, während seine Finger leicht über ihren Venusberg streichelten. Die winzigen Kreise, die die Daumen beschrieben, trieben Dita in die Ekstase. Sie hob dem jungen Mann ihre Hüften entgegen, damit er sie tiefer berührte.

Er schob die Hände unter ihre Pobacken und hob sie noch ein wenig höher, sodass er ihre intimen Lippen dicht vor seinem Mund sah. Beim ersten Kontakt mit seiner Zunge begann Ditas Körper zu zucken.

Ihr war, als würde ein flammendes Schwert tief durch ihren Körper schneiden. Unermüdlich leckte er ihr Spalte entlang, und Dita stöhnte ihre Lust heraus, während sich ihr Unterleib unkontrolliert bewegte.

»Habe ich dich zufriedenstellend verwöhnt?«, fragte er, nachdem sich ihr orgastisches Zucken gelegt und er ihre Säfte aufgeleckt hatte.

»Oh, ja, ja.«

»Dann bist du jetzt an der Reihe, mich zu verwöhnen.«

Dita schaute an sich entlang und sah, wie seine steife Rute ungeduldig zuckte. »Warte«, keuchte sie. »Ich brauche dich in mir. Oh ja, ich muss dich jetzt in mir spüren – jetzt sofort!«

Dita erwartete, dass er seinen Körper wieder auf ihren senken würde. Stattdessen packte er ihre Hüften und hob sie so weit hoch, dass er mit seinem Schwanz in sie dringen konnte. Er war so hart wie ein Stück Stahl und glitt ohne Widerstand in ihre feuchte Höhle. Er trieb sich so tief in sie, dass Dita einen leichten Schmerz spürte und kurz zusammenzuckte. Wieder und wieder pflügte er ihre Furche, und Dita keuchte und stöhnte vor Lust.

In ihrer Position konnte Dita die Hüften nicht bewegen, um seinen Rhythmus aufzunehmen. Deshalb verlagerte sie ihr Gewicht auf die Schultern und fuhr mit der Hand hinunter zum Venushügel. Mit einem Finger strich sie behutsam über ihre Liebesperle.

Diese Berührung ließ nicht nur sie ein zweites Mal kommen, sondern trieb auch ihren Partner zu einem genussvollen Finale. Er war so erregt und sein Schaft so hart, dass er sich mit einer solchen sexuellen Kraft in sie ergoss, wie er es noch nicht erlebt hatte.

Dita fühlte sich tief befriedigt und köstlich wund, als er die letzten Tropfen in sie pumpte.

Ihr Versprechen, ihn ebenfalls zu verwöhnen, hob sie sich für ihr nächstes Treffen auf. Wenn dieser Nachmittag beispielhaft für die sexuelle Expertise des jungen Gärtners war, würde Dita noch viele Male in den Genuss seines Könnens kommen wollen. Sie hatte einen neuen Liebhaber gefunden. Zu seinen Vorzügen gehörte auch, dass sich die Klatschmäuler für ihn nicht interessieren würden.

Erst als sie zurück auf den Pfad trat, blieb sie kurz stehen und blickte zu ihm zurück. »Wie heißt du eigentlich?«, rief sie ihm zu. »Ich weiß nicht einmal deinen Namen.«

Auch wenn Dita ihre Unzufriedenheit nicht ganz ablegen konnte, trug der neue Liebhaber dazu bei, dass die einzelnen Tage erträglicher wurden. Joe war erfahren in der Liebeskunst, er war ein sehr ausdauernder Liebhaber, und er war gefühlsmäßig ebenso wenig involviert wie Dita. Sie schenkten sich gegenseitig ihre Körper, um die fleischlichen Freuden zu genießen, die ein Mann und eine Frau teilen konnten, und mehr auch nicht.

Eleanor sah, dass ihre Tochter nach ihrem kurzen Ausflug in besserer Stimmung war, aber sie fragte nicht nach der Ursache. Melanie hingegen erriet den Grund sofort.

»Du hast einen Liebhaber, nicht wahr?«, fragte sie eines Nachmittags, als sie mit der Cousine allein war.

»Ja, das habe ich«, gab Dita zu. »Freut es dich, dass ich deinen Rat befolgt habe?«

»Mehr, als du dir vorstellen kannst.« Doch über den genauen Grund für ihre Freude wollte Melanie sich nicht äußern. Und das aus gutem Grund. Denn während Dita sich mit dem Gärtner traf, hatte Melanie die letzten drei Wochen vor ihrer Hochzeit eine heimliche Affäre mit dem ebenso faszinierenden wie gefährlichen Matt Warrender.

Die leidenschaftliche Romanze hatte schon am Abend des Balles begonnen. Melanie, die ein Gespür für Menschen und ihre Beziehungen zueinander hatte, war davon überzeugt, dass es zwischen ihrer Cousine und dem Mann mit den kühlen Augen knisterte. Deshalb hatte es sie überrascht, dass Dita schließlich an Jas McGradys Seite durch den Saal tanzte. Und sie war noch mehr überrascht, als Matt Warrender ihre Nähe suchte und zu erkennen gab, dass er sie gern ein wenig intimer kennenlernen würde.

Zum ersten Mal in ihrem Leben zögerte Melanie in einer solchen Situation. Der Ausdruck in Matts Augen, als er ihr sagte, wie versessen er darauf wäre, mit ihr Liebe zu machen, ließ ihre Knie zittern, und zwischen ihren Schenkeln begannen die Säfte zu fließen. Melanie wollte unbedingt von diesem Mann genommen werden. Sie begehrte ihn mehr als alle anderen Männer seit langer Zeit.

Sex war nichts als ein Spaß für sie. Und mit diesem zynischen Fremden versprach der Sex wild und wunderbar zu werden. Dennoch wurde Melanie das Gefühl nicht los, dass Matt und Dita starke Gefühle verbanden. Sie mochte durchtrieben und unmoralisch sein, aber sie war nicht so selbstsüchtig, dass sie wissentlich ihrer geliebten Cousine Schmerz zufügen wollte.

Einige hintergründige Fragen waren notwendig, um Melanie halbwegs davon zu überzeugen, dass Dita den gut aussehenden Abenteurer nicht für sich beanspruchte. Als Melanie schließlich unter ihm lag, und sein mächtiger Schwanz ihr mit jedem Stoß höchste Wonnen verschaffte, war sie ausgesprochen erfreut darüber, dass sie auf Ditas Gefühle keine Rücksicht zu nehmen brauchte.

Matt kannte alle Varianten, eine Frau glücklich zu machen, und Melanie, die durch und durch Frau war, hatte die Absicht, das Vergnügen, das er ihr bereiten konnte, in vollen Zügen zu genießen. Trotzdem wollte sie nicht, dass ihre Affäre bekannt wurde.

Doch ein paar Tage nach der Unterhaltung mit Dita geschah etwas, was ihre Meinung änderte.

Ein Schleier verbarg ihr Gesicht und das glänzende Haar, als Melanie sich bei Matt unterhakte und auf das diskrete Etablissement zuging, das nur wenige Straßen vom Kai entfernt lag. Rasch betraten sie das Gebäude. Matt sprach kurz mit dem Portier, dann stiegen sie die enge Treppe hinauf.

Als sie über den Flur schritten, drang eine Frauenstimme aus einem der Zimmer. Melanie hätte kaum darauf geachtet, wenn es nicht eine sehr vertraute Stimme gewesen wäre, und sie erkannte auch die Stimme des Mannes, der antwortete. Es kam ihr wie ein böser Traum vor, und sie vergaß beinahe, dass sie ihren Liebhaber dabeihatte, den es einige Mühe kostete, sie wieder auf andere Gedanken zu bringen.

Aber die Erinnerung kehrte zurück, als Matt und sie, befriedigt für den Nachmittag, das Zimmer verließen. Das andere Paar war auch gerade aus dem Zimmer getreten, und Melanie konnte für einen kurzen Moment in die Gesichter sehen, als die beiden die Treppe hinuntergingen. Jetzt wusste Melanie, dass sie sich nicht geirrt hatte. Aber sie brauchte noch vierundzwanzig Stunden, um sich darüber klar zu werden, ob sie Dita von ihrer Entdeckung berichten sollte.

»Ich habe lange überlegt, ob ich es dir erzählen soll«, begann sie. »Schließlich bin ich zu der Meinung gelangt, dass ich es tun muss. Aber bitte, liebe Cousine, sei nicht böse auf mich.«

»Ich glaube nicht, dass ich dir je böse sein könnte, Melanie. Aber warum bist du so ernst?«

»Du bist doch nicht immer noch in Jonathan verliebt, oder?«

Die Frage überraschte Dita. »Nein, bin ich nicht«, antwortete sie wahrheitsgemäß. »Inzwischen bin ich sogar davon überzeugt, dass ich ihn nie geliebt habe.«

»Und was ist mit Matt Warrender?«

»Matt?« Schon schien ein kleiner dummer Schmetterling in ihrem Bauch herumzuflattern. »Warum fragst du?«

»Weil ich ihn mir genommen habe, nachdem ich den Eindruck hatte, dass du ihn nicht willst, liebe Cousine.«

»Du und Matt?« Dita wusste, dass sie nicht wirklich überrascht sein sollte. Und noch weniger sollte sie Eifersucht fühlen.

Melanie fuhr fort: »Als wir uns auf dem Ball getroffen haben, war ich davon überzeugt, dass ihr ein Paar seid.« Sie warf einen fragenden Seitenblick auf Ditas angespanntes Gesicht. »In solchen Dingen irre ich mich gewöhnlich nicht.«

Dita hob die Schultern, als wäre ihr das Thema nicht sonderlich wichtig. »Matt war auf der Insel. Unsere sexuelle Beziehung endete mit der Rettung. Ist es das, was du mir sagen wolltest? Dass er jetzt dein Liebhaber ist?«

Melanie sah ihrer Cousine ins Gesicht. Ihr fielen die mehr als glänzenden Augen auf und der harte Zug um das eigentlich recht zierliche Kinn. »Nein, das ist es nicht, was ich dir berichten wollte«, sagte sie, während sie dachte: Aber du, liebe Cousine, hast mir viel mehr verraten, als dir bewusst ist.

»Es gibt da ein Haus«, fuhr sie fort, »nur ein paar Straßen vom Kai entfernt, das sich als Etablissement für diskrete Paare einen Namen gemacht hat, die dort ihre sexuellen Beziehungen ausleben können. Ich bin mit Matt dagewesen. Und ich habe auch Jonathan dort gesehen.«

»Glaubst du, es interessiert mich, mit wem er eine Affäre unterhält?«

»Unter normalen Umständen nicht. Aber ich kenne dich gut und weiß, dass du Jonathan liebend gern heimzahlen würdest, wie er mit dir umgesprungen ist. Das war einfach verabscheuungswürdig. Deshalb wird es dich sicher interessieren zu hören, dass er das Haus mit Bettina Hackworth verlassen hat.«

»Was?« Ditas Aufschrei klang ganz und gar nicht damenhaft. »Du musst dich irren, Melanie.«

»Ich irre mich nicht, und ich war genauso überrascht wie du. Jonathan hat sich mit der besten Freundin seiner Mutter in einem Haus getroffen, das Männer und Frauen nur aus einem einzigen Grund aufsuchen.«

Dita schüttelte irritiert den Kopf. »Das kann ich nur schwer glauben.«

»Aber es stimmt, liebe Cousine. Ich dachte, du könntest aus dieser Information vielleicht Nutzen ziehen.«

Dita dachte eine Zeit lang über die verblüffende Enthüllung ihrer Cousine nach, und nach ein paar Tagen kam sie zu dem Entschluss, selbst zu dem besagten Haus zu gehen, dessen Adresse Melanie ihr gegeben hatte.

Siebtes Kapitel

Dita machte sich nicht die Mühe, ihre Identität zu verbergen, allerdings kleidete sie sich betont schlicht, um ihre Schönheit nicht noch zu unterstreichen. Als sie sich im Kleid aus dunkelblauer Merinowolle mit einem schwarzen Band betrachtete, wusste sie, dass sie damit nicht mehr Interesse hervorrufen würde als jede andere Frau auf der Straße.

Sie wies den Kutscher an, am unteren Ende der Straße anzuhalten, von dort ging sie zu Fuß weiter. Sie erreichte ihr Ziel just in dem Augenblick, als Melanie und Matt aus dem Haus kamen und eine wartende Kutsche bestiegen. Dita schritt weiter, als die Kutsche vorbeiratterte.

Ein unangenehmes Gefühl der Übelkeit machte sich in ihrer Magengegend bemerkbar, und sie schrieb es ihrer Nervosität zu. Keinesfalls wollte sie sich eingestehen, ihr körperliches Unwohlsein könne etwas damit zu tun haben, dass sie ihre Cousine mit dem Mann gesehen hatte, der ihre Gedanken immer noch mehr beherrschte, als ihr lieb war.

Sie fürchtete, irgendwann aufzufallen, wie sie da auf der Straße hin- und herging, und es hätte nicht viel gefehlt, und sie hätte ihr Vorhaben als albern und nutzlos aufgegeben. Aber dann bog wieder eine Kutsche um die Straßenecke und hielt vor dem Haus, das Dita – hätte sie es nicht besser gewusst – für ein ganz normales Stadthaus gehalten hätte. Nichts an der Steinfassade, an der braunen Holztür und den

Gardinen vor den Fenstern ließ erkennen, dass dies keine anständige Adresse war.

Sie war nicht schockiert und noch nicht einmal überrascht, als sie Jonathan aus der Kutsche steigen sah. Ihre Aufmerksamkeit war vielmehr auf die verschleierte Frau gerichtet, die ihm aus der Kutsche folgte. Sie war mittelgroß, hatte eine üppige Figur und einen so ausladenden Busen, dass er nicht zu ihrem übrigen Körper passen wollte. Dita kannte nur eine Frau mit so auffälligen Proportionen.

Melanie hatte sich nicht geirrt. So unwahrscheinlich es sich anhören mochte, aber Jonathan unterhielt eine verbotene Affäre mit Bettina Hackworth, Ehefrau eines der führenden Geschäftsmänner der Stadt, Vertraute von Mrs. Grimshaw und mindestens zwanzig Jahre älter als Jonathan.

Die Gelegenheiten, bei denen sich Dita in ihrem Leben entsetzlich geärgert hatte, ließen sich an den Fingern einer Hand abzählen. Dies war eine von ihnen. All ihre Gefühle der Frustration und Erniedrigung schienen sich plötzlich in wilden Rachegelüsten Luft machen zu wollen.

Wie konnte Jonathan es wagen, sie so widerwärtig zu behandeln, und dann auch noch zu behaupten, sie wäre als seine Ehefrau inakzeptabel, wenn sein eigenes Verhalten so unglaublich skandalös war? Wie hatte sie so einfältig sein können, ihn für den perfekten Gentleman zu halten, wenn er in Wirklichkeit den übelsten sexuellen Lüsten frönte?

Von Bettina Hackworth hatte man immer wieder gehört, dass sie Mrs. Grimshaws engstirnige moralische Ansichten teilte. Ihre Doppelzüngigkeit fachte Ditas Zorn zusätzlich an. Wie konnte eine Frau der Gesellschaft sich so selbstgerecht geben, während sie es heimlich mit dem Sohn ihrer besten Freundin trieb? Das Geschäftshaus ihres Ehemanns lag nicht weiter als einen Block entfernt.

Ditas Wut setzte sich über jeden vernünftigen Gedanken hinweg, und so folgte sie einem Impuls, als ihr ein junger Mann auf der Straße entgegenkam. Mit knappen Worten trug sie ihm auf, eine Nachricht zu überbringen. Sie ließ ihn den Inhalt der Nachricht wiederholen, dann gab sie ihm eine Münze und schickte ihn davon.

Sie wartete noch einen Augenblick, bis sie sich überzeugt hatte, dass der Junge auch in die richtige Richtung lief, dann überquerte sie die Straße, stieß die braun lackierte Eingangstür auf und betrat das Haus. Ihr Anblick schreckte den Portier auf, der sie verdutzt ansah.

Die Frauen, die das Haus besuchten, kamen selten allein, und fast ausnahmslos trugen sie einen Schleier. Er mochte seine Arbeit, die nicht nur gut bezahlt wurde, sondern ihm auch ab und zu einen heimlichen, voyeuristischen Blick bescherte, und so wusste er, wann er den Mund halten musste und dass ihm nichts daran liegen durfte, die Identität der Paare herauszufinden, die sich in den freundlich eingerichteten Zimmern vergnügten.

Er war so erstaunt über den Besuch einer Frau, die so jung und schön war und es nicht für nötig hielt, ihr Gesicht zu verbergen, dass er zunächst gar nicht bemerkte, wie zornig sie war.

»Ein Mann und eine Frau sind gerade hereingekommen«, sagte Dita ohne lange Vorrede. »Wo sind sie?«

Der Portier entdeckte das Funkeln in ihren Augen, sah ihre geröteten Wangen und hörte ihr an, wie aufgewühlt sie war. Er betrachtete sie argwöhnisch. Seine schwarzen kleinen Augen unter den buschigen Brauen wurden noch kleiner. »Kann Ihnen nichts sagen, Ma'am. Sie sind nicht zufällig seine Frau?«

»Würde es einen Unterschied machen, wenn ich sagte, ich wäre es?«

Der Mann hob die Schultern. »Wir wollen keinen Ärger hier. Ich muss Sie bitten zu gehen, aber leise.« Er musterte sie mit einem Ausdruck, der keinen Zweifel daran ließ, dass er sie notfalls auch mit Gewalt vor die Tür setzen würde.

Dita wechselte ihre Taktik. Sie ignorierte die winzigen Augen, die Hängebacken und die pockennarbige Haut, die ihn zu einem der hässlichsten Männer machte, die sie je gesehen hatte, und trat näher zu ihm hin. Nur ihr unbändiger Zorn hielt sie davon ab, die Nase zu rümpfen, als sie den ungewaschenen Geruch seines übergewichtigen Körpers einatmete. Sie schaffte es, den Mann ebenso provozierend wie verheißungsvoll anzuschauen.

»Es muss sehr schwer für Sie sein, hier unten zu sitzen und die Tür zu hüten, wenn Sie genau wissen, was oben in den Räumen geschieht. Wünschen Sie sich nicht manchmal, einen Blick in die Zimmer zu werfen oder selbst an den Vergnügungen teilzunehmen?«

Die unverhohlene Gier, die nun auf seinem Gesicht lag und ihn noch abstoßender aussehen ließ, bestätigte ihr, dass ihm solche Wünsche nicht fremd waren. Fast sofort vergrößerte sich die Wölbung in seiner Hose. Dita starrte absichtlich auf die Stelle, wo sich der Stoff bewegt hatte.

»Das ist ein schönes Paket, das Sie da haben«, murmelte sie. »Ich kann erkennen, dass Ihre Rute sich nicht zu verstecken braucht. Sagen Sie mir, in welchem Zimmer das Pärchen ist, dann verspreche ich Ihnen eine Belohnung.«

Der Mann zog Dita bereits mit seinen Blicken aus. Sein abstoßendes Äußeres beschränkte seine sexuellen Begegnungen auf Gin-Huren, mit denen er sich in kleinen, verwanzten Räumen traf. Seinen Schwanz zwischen die Schenkel einer richtigen Dame zu schieben – und dann auch noch einer so schönen Dame –, wäre die Erfüllung seiner sehnlichsten Fantasien.

»Ich schätze, ich sollte einen kleinen Vorschuss bekommen. Die beiden, die eben hereingekommen sind, bleiben meistens ziemlich lange.«

Einen flüchtigen Augenblick lang fürchtete Dita, dass sie sich verrechnet hatte. Wenn der Mann die sofortige Einlösung ihres Versprechens verlangte, wäre ihr Plan gescheitert. »Später«, sagte sie. »Ich könnte von Ihrem gewaltigen Schaft so fasziniert sein, dass ich den wahren Grund für meinen Besuch vergesse.« Sie trat einen Schritt zurück und wandte sich der Treppe zu. »Sie haben Schlüssel für alle Zimmer?«

Ihr Herz schlug vor nervöser Anspannung viel zu schnell, als sie die Treppenstufen hinaufging. Aber es war zu spät, um sich die möglichen Folgen ihres Racheplans auszumalen. Sie blieben vor einer Tür gleich rechts von der Treppe stehen. Die Scharniere und das Schloss waren gut geölt, denn als sich der Schlüssel drehte, hörte man keinen Ton und die Tür schwang geräuschlos auf.

Die Reaktionen auf das unerwartete Eindringen waren ebenso dramatisch wie unterschiedlich, und es war schwer zu sagen, wer am meisten überrascht war. Dita, die noch immer vor Zorn bebte. Der Portier, dessen harte Rute bereits schmerzte. Die Frau, die vom Bett rutschte und versuchte, ihre Blöße mit den Händen zu bedecken. Oder Jonathan, der mit vor Entsetzen geweiteten Augen in einer halb aufgerichteten Position auf dem Bett blieb. Er konnte auch gar nicht anders, denn seine Hand- und Fußgelenke waren mit Stricken zusammengebunden.

Als die Tür aufgestoßen wurde, hatte Bettina Hackworth über dem gefesselten Körper des Mannes gekniet und seinen Schwanz so intensiv gesaugt, als wäre sie am Verdursten. Jonathans Gesicht war bis zur unerwarteten Unterbrechung von schmerzerfüllter Ekstase verzerrt. Ditas Mund zuckte verächtlich, als sie bemerkte, wie Jonathans Schaft dann von einer Sekunde zur anderen schlaff wurde.

»Schließen Sie die Tür«, wies Dita den Portier an. »Da mein früherer Verlobter offensichtlich nicht mehr in der Lage ist, Mrs. Hackworth körperlich zu befriedigen, wollen Sie vielleicht an seine Stelle treten. Ich bin mir sicher, dass ihr dieser Liebesdienst gefallen wird, und ich weiß, dass Jonathan Ihnen dankbar dafür sein würde. Er findet solche Szenen erregender, als selbst aktiv zu werden.«

Der Portier war schon halb aus seiner Hose, und Bettina Hackworth hatte sich noch nicht von ihrem Schock erholt, als Jonathan krächzte: »Was ist los? Was hast du vor?«

Dita hob wütend die Schultern. »Ich habe noch eine Rechnung mit dir zu begleichen, Jonathan. Ich mag es nicht, wenn man mich zum Narren hält. Und wenn du mich schon für eine Hure hältst, dann möchte ich gern wissen, wie du diese gierige Schlampe hier nennst.«

Sie warf einen giftigen Blick auf die ältere Frau, bevor sie sich den Rest des Zimmers ansah. Es schien ein ganz normales Schlafzimmer zu sein, bis auf den Spiegel, in dem sich die Bettgenossen beobachten konnten. Dann gab es noch einige Objekte, die für Sadomaso-Spiele geeignet waren. Jonathan hatte offenbar spezielle Vorlieben im Bett, von denen sie nichts geahnt hatte.

Ein lautes, lüsternes Keuchen ließ Dita zurück zum Bett blicken. Der Portier hatte keine Zeit vergeudet, die nackte Frau zu bedienen. Er hatte sie zurück aufs Bett gedrückt, sodass ihre Beine über den Bettrand ragten. Der Portier zog sie näher an sich heran, um sie seine mächtige Rute spüren zu lassen. Seine Hose hing auf seinen Füßen, als er kraftvoll in die Frau hineinstieß. Ihre vollen Brüste mit den braunen Spitzen wackelten wie weißer Pudding.

Seine behaarten Pranken griffen zu den ruckenden Brüsten und bedeckten sie fast vollständig. Im gleichen Rhythmus, wie er seine Hände kreisen ließ, tat er es mit seinem Schaft in ihrer Höhle. Schon stöhnte die Frau vor Lust begeistert auf.

Dita betrachtete die ältere Frau mit einem Kopfschütteln, aber dann musste sie feststellen, dass Jonathans Schwanz wieder steif geworden war. Offenbar erregte ihn die Szene über alle Maßen.

Plötzlich zog der Portier seinen Schaft aus der keuchenden Frau. Er schob sich ein Stück höher, kniete grätschend über ihr und hob ihren Kopf an, damit sie an seiner feuchten Männlichkeit saugen konnte. Die geile Lady zierte sich nicht. Ihre Lust schien keine Grenzen zu kennen, seit der Portier das Ruder übernommen hatte.

Für den Mann, der mit Stricken gefesselt war, schien der Anblick seiner mütterlichen Freundin beim Saugen des fremden Schafts fast zu viel zu sein. »Um Himmels willen, Dita«, jammerte er, »hilf mir doch.«

Dita antwortete nicht. Sie wandte sich zum Fenster und zog den Vorhang zur Seite, um hinunter auf die Straße zu schauen. Als sie die Kutsche sah, die gerade um die Ecke bog, spürte sie ein nervöses Flattern in ihrem Bauch. Sie sah, wie die Kutsche anhielt. Ein boshaftes Lächeln legte sich auf ihre Lippen, als sie Mr. Hackworth aussteigen sah. Einen Moment später öffnete sich ihr Mund vor Schreck. Mrs. Grimshaw stieg ebenfalls aus der Kutsche.

Dita hatte keine Ahnung, wie es sich ergab, dass Mrs. Grimshaw den Ehemann ihrer besten Freundin begleitete, aber sie wusste, dass ihr Plan, es Jonathan heimzuzahlen, nicht vernichtender hätte sein können.

Sie ignorierte Jonathans schmerzverzerrtes Gesicht und sein bettelndes »Dita!«. Eilig hastete sie aus dem Zimmer, lief die Treppe hinunter und versteckte sich kurz, bis der Mann und die Frau das Haus betreten hatten und die Treppe hinaufstiegen.

Der Portier hatte Ditas Verschwinden gar nicht bemerkt. Dafür amüsierte er sich viel zu sehr. Mit vulgären Worten schlug er der Frau vor, sich über Jonathan zu grätschen, dessen Männlichkeit sich wieder vollständig erholt hatte. Mit ein wenig manueller Hilfe bewahrte er sich seine eigene Erektion.

Der Portier fühlte sich so erregt, dass er glaubte, den ganzen Nachmittag weitermachen zu können. Er hatte noch nie eine Frau gehabt, die so bereitwillig alles mitmachte, was er vorschlug. Dass ihre Haut zart war und wunderbar duftete, steigerte sein Verlangen noch. Als er hinter sie rutschte, brauchte er sie nur leicht mit den Händen nach vorn zu schieben, um seine Rute in ihren Hintern einführen zu können, während Jonathan ihre vordere Öffnung bearbeitete.

Justin Hackworth betrat das Gebäude, das ihm genannt worden war. Zum hundertsten Mal wünschte er sich, die Frau abschütteln zu können, die ihm folgte. Doch diese dachte gar nicht daran, zurückzubleiben. Er fluchte über die Tatsache, dass sie dabei sein würde, wenn er seine Frau beim Ehebruch überraschte – vorausgesetzt, die Nachricht des Jungen entsprach auch wirklich der Wahrheit.

Er kannte die Straße und das Haus. Während er sich kaum vorstellen konnte, dass seine frigide Frau sich auf eine Affäre mit wem auch immer einließ, war es durchaus denkbar, dass sie von einem Schurken in eine unschickliche Lage gezwungen worden war.

Oft genug hatte er Mrs. Grimshaw in der letzten halben

Stunde zu erklären versucht, dass er seine Frau vielleicht aus einer misslichen Lage befreien müsste und dies unbedingt allein tun wollte. Nun sparte er sich den Atem und kam zu dem Schluss, dass die neugierige Frau den Schock verdiente, der sie beim Anblick einer skandalösen Szene unweigerlich ereilen würde.

Da er niemanden in dem kleinen Vorraum sah, verzichtete er darauf, die Glocke zu läuten, und stürmte gleich die Treppe hinauf. Wenn nötig, würde er jede Tür des Etablissements eintreten, bis er seine Frau gefunden hatte.

Inzwischen war Justin Hackworth fest davon überzeugt, dass seine liebe Frau gegen ihren Willen missbraucht wurde. Deshalb litt er Höllenqualen, als er seine Frau aufschreien hörte, als er den Treppenabsatz erreicht hatte.

Entschlossen, sie zu retten, egal, vor wem oder was, stürmte Hackworth durch die angelehnte Tür, stieß sie weit auf und wurde gerade noch Zeuge von gleich drei Orgasmen. Seine Kinnlade klappte nach unten, als er wie betäubt dastand und auf das liederliche Bild starrte, das sich ihm auf dem Bett bot. Er begriff sofort, dass die Schreie seiner Frau nicht vom Schmerz herrührten, sondern von grenzenloser Ekstase.

Nicht einer des orgiastischen Trios bemerkte seine Anwesenheit. Das änderte sich erst, als Mrs. Grimshaw, die keuchend die Treppe hinter sich gelassen hatte, einen entsetzten Schrei ausstieß und, einer Ohnmacht nahe, ins Schwanken geriet. Sie konnte sich gerade noch an der Türklinke festhalten, sonst wäre sie nach vorn ins Zimmer gekippt. Mit der freien Hand griff sie sich ans wild pochende Herz, dann schloss sie rasch die Augen, um das unaussprechliche Treiben auf dem Bett nicht sehen zu müssen.

Es war dieser Schrei, der die drei auf dem Bett zur Besinnung brachte. Die zuckenden, miteinander verschlungenen

Körper ließen hastig voneinander ab. Ein panischer Jonathan, der sich nicht bewegen und seine Blöße bedecken konnte, schrie Hackworth an: »Himmel! Schaffen Sie meine Mutter hier raus!«

Doch Mrs. Grimshaw war die Letzte, um die Hackworth sich kümmern würde. Der gehörnte Ehemann trat einen Schritt ins Zimmer hinein, und sein grimmiger Gesichtsausdruck genügte dem Portier, um zu wissen, dass er schleunigst verschwinden sollte. Sein rascher Aufbruch im halb nackten Zustand bescherte Mrs. Grimshaw wieder eine drohende Ohnmacht.

»Schaffen Sie sie raus!«, brüllte Jonathan wieder.

Obwohl der Portier lieber so schnell wie möglich davongestürzt wäre, packte er die fast bewusstlose Frau unter den Achseln und zerrte sie hinaus auf den Flur und in ein anderes Zimmer.

Bettina Hackworth war vom Bett aufgestanden. Sie war weiß im Gesicht vor Angst und wich nun vor dem erwarteten Wutausbruch ihres Mannes zurück. Sie fragte sich, wozu er in seinem Zorn fähig sein würde, doch sie wusste es nicht. In diesem Moment war er unberechenbar für sie.

Es dauerte einige Augenblicke, bevor sie erkannte, dass die Wildheit in seinem Blick von der Lust stammte, und im nächsten Moment sah sie sich bestätigt – seine Männlichkeit war erregt.

Der Anblick seiner Frau, wie sie von zwei Männern gleichzeitig benutzt wurde, hatte in Hackworth vor allem Ungläubigkeit hervorgerufen. In all den Jahren ihrer Ehe hatte er gedacht, dass sie wegen ihrer strengen Erziehung alle körperlichen Annehmlichkeiten des Ehelebens ablehnte. Folgiich hatte er einen beträchtlichen Teil seines Vermögens für die Dienste sehr teurer Huren ausgegeben.

Nachdem er begriffen hatte, was sich da vor seinen Augen abspielte, schoss ihm sofort der Gedanke durch den Kopf, dass seine Ehefrau ihm jeden Penny zurückzahlen müsste, den er auf der Suche nach sexueller Befriedigung verschwendet hatte. Er knöpfte sich die Hose auf, ließ sie zu Boden fallen und bestieg seine Frau mit so wenig Respekt, wie er es mit einer Straßenhure getan hätte.

Im Zimmer auf der anderen Flurseite war der Portier zutiefst beunruhigt über die bleiche, bewusstlose Frau, die offenbar kaum noch Luft bekam und schwer atmete. Ohne viel Mühe gelang es ihm, ihre enge Jacke zu öffnen. Dann rollte er sie auf die Seite, um das Korsett zu lockern.

Als sich ihr Zustand immer noch nicht zu bessern schien, sah er sich Hilfe suchend und verzweifelt im Zimmer um. Sein Blick blieb an dem kleinen Tisch hängen, auf dem einige Dekanter und Gläser standen. Da Alkohol half, die Hemmungen abzubauen, gehörte er auf jedem Zimmer zum Service.

Hektisch goss der Mann einen großzügig bemessenen Schluck Brandy in ein Glas und hob es an die Lippen der Frau. Obwohl sie nicht reagierte, schaffte er es, ihr einige Tropfen einzuflößen. Die Frau hustete, schlug die Augen auf und sah sich verwirrt um.

Sofort fiel ihr auf, dass sie teilweise entkleidet war und dass der Mann, der sich über sie beugte, ungeschlacht aussah. Erneut gab sie einen markerschütternden Schrei von sich. Der Portier unterbrach die Frau, indem er ihr erneut das Glas mit dem restlichen Brandy an die Lippen setzte. Er gab nicht eher Ruhe, bis sie den Alkohol hinuntergeschluckt hatte.

Mrs. Grimshaw würgte und spuckte und schaffte es schließlich, sich aufzusetzen. Sie bedeckte ihren wogenden Busen mit beiden Händen. Mit knallrotem Gesicht und krächzender Stimme warf sie dem Portier eine Schmähung nach der anderen an den Kopf und verlangte, dass er ihr ihre Kleidung reichte, damit sie das Haus verlassen konnte. In diesem Moment wollte sie nichts weiter, als sich so schnell wie möglich von den unerhörten Geschehnissen zu entfernen.

»Ich glaube, dafür geht es Ihnen noch nicht gut genug«, sagte der Portier, dessen Interesse inzwischen von dem vollen Busen geweckt war. Schwere Brüste machten ihn an. Die andere Frau im Zimmer gegenüber war schon gut ausgestattet, aber diese Frau hier wies zwei kolossale Exemplare auf. Da spielte es keine Rolle, dass sie nicht mehr die Jüngste war.

Er lechzte danach, seinen mächtigen Schaft zwischen diese Berge zu schieben, sich an ihrem Brustbein zu reiben und in ihrem weichen, weißen Fleisch zu versinken. Und genau das wollte er tun, ganz egal, was die Besitzerin dieser Brüste dagegen einzuwenden hatte.

Natürlich wehrte sich diese entschieden, aber keines ihrer Worte konnte ihn von seinem Vorsatz abbringen. Doch während die Minuten verrannen, wurden ihre Beschimpfungen immer leiser, und schließlich hörten sie ganz auf.

Dita war still aus dem Haus und auf die Straße geschlüpft und davongehastet. Sie ahnte nicht, welche verborgenen Lüste sie zum Leben erweckt hatte. Sie war verstörter, als sie sich eingestehen mochte. In ihr tobten Gefühle, die nichts mit ihren Rachegelüsten zu tun hatten. Es war ihr gelungen, die sexuellen Neigungen ihres früheren Verlobten bloßzustellen. Aber gleichzeitig konnte sie die feuchte Stelle zwischen ihren Beinen nicht leugnen.

Es war ihr nicht bewusst, dass sie ihre Schritte hinunter

zum Hafen lenkte. Eine ganze Reihe von Schiffen war dort vor Anker gegangen. Einige lagen still und träge da, während auf anderen fleißig gearbeitet wurde. Fracht wurde verladen und gelöscht. Dita musste an die vier Matrosen von der *Pericles* denken, und fragte sich, ob einer von ihnen vielleicht hier seine Arbeit verrichtete.

Dita wanderte am Kai entlang, betrachtete jedes Schiff und hätte gern gewusst, woher es kam und wohin es fuhr. Verstohlen hielt sie nach Jack, Sam, Tiko und Butch Ausschau.

Sie hatte fast das Ende des Kais erreicht, als ein Matrose flink vom letzten Schiff sprang und ihr den Weg verstellte. Er war ein großer, breitschultriger Mann und vermutlich skandinavischer Abstammung. Dita starrte zu ihm hoch, die Lippen geschürzt und die Brauen fragend hochgezogen.

Er erwiderte ihren Blick aus blassblauen Augen. Seine Lippen verzogen sich zu einem wissenden Lächeln, dann verbeugte er sich spöttisch vor ihr, und ohne ein Wort trat er zur Seite, damit sie weitergehen konnte.

Dita setzte ihren Weg fort. Sie kam zu einem Lagerhaus, in dem Wollballen aufbewahrt wurden. Ein flüchtiger Blick über die Schulter zeigte ihr, dass der Matrose ihr folgte. Schon hatte er sie eingeholt und führte Dita am Ellbogen zu dem kleinen Eingang.

Sie traten ein und fanden sich im nur schwach beleuchteten hinteren Teil des Warenlagers wieder, von den gestapelten Ballen vor den Blicken der Arbeiter versteckt. Sie sprachen nicht, denn Worte waren nicht nötig.

Der Mann drückte Dita gegen einen der Ballen und wollte sie mit brüsker Dringlichkeit nehmen. Er öffnete seine Hose nur ein Stück weit, gerade so viel, dass er seinen Schaft hervorholen konnte. Er raffte Ditas Röcke, und die Öffnung ihrer Pantalons war breit genug für seine Männlichkeit.

Sie starrten sich mit weit geöffneten Augen an und paarten sich mit keuchender, animalischer Wildheit. Dita genoss die harten Stöße des Matrosen, und es dauerte nicht lange, bis sie schließlich kam.

Es gab noch jemanden, dessen Leben sich durch die Geschehnisse dieses Nachmittags verändern würde.

Emily Baxter kam gerade in dem Moment die Straße entlang, als Mrs. Grimshaw und Justin Hackworth aus der Kutsche stiegen und in das Haus hasteten. Ihre Neugier war geweckt, und diese wurde noch viel größer, als sie Dita nur wenige Augenblicke später aus dem Haus kommen sah. Emily wartete, bis Dita aus ihrem Blickfeld verschwand, dann schritt sie über die Straße und betrat das Haus.

Da sie niemanden vorfand, der den Eingang bewachte, tat sie es Justin Hackworth gleich und stürmte eilig die Treppe hinauf. Im ersten Zimmer sah sie, wie Jonathan sich hilflos auf dem Bett wand und zuschaute, wie Mann und Frau sich auf dem Boden wie zwei Wahnsinnige gebärdeten. Emily kannte Jonathan gut genug, um sich ausmalen zu können, welche Ereignisse zu diesem Szenario geführt hatten. Sie fragte sich nur, was aus Mrs. Grimshaw geworden war.

Nicht in ihren kühnsten Fantasien hätte sie sich das Bild vorstellen können, das sich ihr dann im gegenüberliegenden Zimmer bot. Die selbstgerechte Matrone wurde nicht nur von einem verdreckt aussehenden Kerl gevögelt, sondern sie schien die Begegnung auch noch zu genießen.

Emily blieb als Zuschauerin unbemerkt. Die Schwächen anderer Menschen waren ihre Stärke. Sie verließ das Haus so unauffällig, wie sie gekommen war. Es musste einen Weg geben, aus ihrem Wissen Vorteil zu ziehen, und sie würde ihn finden.

Zwei Tage später fand die Hochzeit von Melanie und Mr. Wilberforce statt. Es war eine stille Hochzeit, und am Tage danach wollten sich die Frischvermählten an Bord eines Schiffes begeben, das sie nach England bringen würde.

Mrs. Grimshaw ließ sich entschuldigen und nahm nicht an der Feier teil. Seit jenem denkwürdigen Nachmittag lebte sie sehr zurückgezogen, schloss sich in ihr Zimmer ein und weigerte sich, mit irgendjemandem zu reden, ausgenommen ihr persönliches Dienstmädchen.

Sie zweifelte, dass sie je über die gewaltige Schande hinwegkommen würde. Da war Jonathans Verhalten, der Betrug dieser Hackworth-Frau, das, was der Portier ihr selbst angetan hatte und vor allem natürlich, dass sie ihr sündiges Betragen auch noch genossen hatte.

Am nächsten Tag nahm Ditas Leben eine weitere, unerwartete Wende.

Sie stand am Fenster des Salons und schaute dem jungen Gärtner Joe zu, der draußen die Sträucher beschnitt. Sie fragte sich, warum er nicht mehr über die Macht verfügte, sie sexuell zu erregen.

Da er nicht in seiner Männlichkeit nachgelassen hatte und sich einfallsreich zeigte, konnte Dita nur annehmen, dass der Grund bei ihr lag. Dann wurde sie von ihrer Mutter, die sie schon im ganzen Haus gesucht hatte, aus ihren Gedanken gerissen.

Sie unterhielten sich kurz über belanglose Dinge, bevor

Eleanor sagte: »Komm und setz dich neben mich, Dita. Ich muss dir etwas mitteilen. Eigentlich wäre es die Aufgabe deines Vaters, aber ich habe ihm gesagt, dass ich zuerst mit dir reden möchte.«

»Um was geht es denn, Mutter?« Verwirrt setzte sie sich an die Seite ihrer Mutter. »Es gibt doch keine schlechten Nachrichten für uns?«

Eleanor tätschelte die Hände ihrer Tochter. »Nein, meine Liebe, es ist keine schlechte Neuigkeit. Jedenfalls glauben wir das nicht. Mr. McGrady hat bei Vater um deine Hand angehalten.«

Es dauerte eine Weile, bis Dita sich von dieser Überraschung erholt hatte. »Ich hatte keine Ahnung, dass Mr. McGrady diese Gefühle für mich hat«, brachte sie schließlich heraus. »Was hat Vater gesagt?«

»Dass er einverstanden ist, wenn du es bist. Du musst uns deine Antwort nicht sofort geben, meine Liebe. Denk in Ruhe über den Antrag nach, das ist völlig in Ordnung.«

Eleanor sah besorgt aus. Es gab Gründe, bestimmte Dinge nicht einmal mit ihrem geliebten Charles zu besprechen, und dazu gehörte, dass sie Dita gerne als ehrbare Ehefrau gesehen hätte. Obwohl die Verbindung der beiden jungen Menschen durchaus akzeptabel war, war sich Eleanor nicht sicher, ob eine Ehe zu diesem Zeitpunkt das Beste für ihre verstörte Tochter war.

»Jas McGrady ist deutlich älter als du, Dita, obwohl so ein Altersunterschied auch von Vorteil sein kann. Ein Ehemann, der sich die Hörner abgestoßen hat, ist verlässlich. Wir wollen, dass du in deiner Ehe so glücklich wirst, wie wir es in unserer sind. Wir kennen McGrady erst ein paar Wochen, und du hast auch noch nicht viel Zeit mit ihm verbracht.«

Noch während ihre Mutter sprach, arbeitete es in Ditas Kopf. Wie ein roter Faden zog sich dabei eine Erkenntnis durch alle Überlegungen: Sie war es satt. Sie hatte genug von der selbstgerechten Gesellschaft Sydneys und ihrer falschen Moral.

Die Möglichkeiten für ihre Zukunft schienen ihr ungewöhnlich begrenzt zu sein. Sie konnte mit ihren Eltern nach Paradise Island zurückkehren, aber auch dort würde sich nach ein paar Wochen die Frage stellen, was sie mit ihrem Leben anfangen sollte.

Natürlich konnte sie die Kinder der Insel unterrichten oder als Krankenschwester im Hospital arbeiten. Doch beide Aufgaben verlangten mehr Hingabe, als sie im Moment aufbringen konnte. Gleichzeitig ließ die Vorstellung, ohne Melanies fröhliche Gesellschaft in Sydney zu bleiben, eine tiefe Traurigkeit in ihr aufsteigen.

Nun hatte sie jedoch die Möglichkeit, McGradys Antrag anzunehmen.

Und die Vorteile einer solchen Heirat? Der Respekt der Gesellschaft, auch wenn sie diese doch eigentlich verachtete? Oh ja, eine Eheschließung würde ihr Ansehen steigern. McGrady würde sie mit in den Norden nehmen, mehr als tausendfünfhundert Kilometer von Sydney entfernt. Im dünn besiedelten Queensland wäre sie erlöst von den Klatschtanten der Stadt.

Sie könnte ein völlig neues Leben beginnen. An ihrer Seite ein Ehemann, der in der Lage war, ihre Erwartungen im Großen und Ganzen zu erfüllen. Mehr wollte sie gar nicht. Liebe war ein Gefühl, an das sie gar nicht erst denken wollte. Liebe machte einen nur verletzlich.

Viel besser war es, sich auf guten, soliden Sex einzulassen. Ein Mann mit der Gestalt von Jas McGrady und seiner Vitalität würde ganz sicher in der Lage sein, eine Frau körperlich rundum zu befriedigen.

Verlockende Bilder zuckten vor ihrem geistigen Auge auf. Ein komfortables, geräumiges Haus und ihr Mann und sie auf den zerknitterten Laken des Ehebetts. Sie konnte sich gut vorstellen, Kinder zu haben. Sie sah sich ein zufriedenes Leben in Wohlstand führen.

Dita verscheuchte die Bilder, als sie bemerkte, dass Eleanor sie gespannt betrachtete. Dann lächelte sie.

»Ich brauche keine Bedenkzeit. Vater kann Mr. McGrady mitteilen, dass ich mich sehr geehrt fühle, seine Ehefrau zu werden.«

Achtes Kapitel

In weniger als einer Woche wurde Dita zu Mrs. McGrady. Sie hatten nicht die Zeit für eine längere Verlobungszeit, und sie sahen auch keine Notwendigkeit dafür.

An einem Nachmittag, an dem der Wind weiße Schaumkronen über das Meer blies und die Sonne es nicht schaffte, die herbstliche Kühle zu vertreiben, standen Ditas Eltern in Begleitung von Onkel und Tante in der kleinen Kirche, um bei der Trauungszeremonie dabei zu sein und zu sehen, wie Jas McGrady einen breiten Goldring auf Ditas Finger schob. Es gab weder ein gemeinsames Hochzeitsessen noch eine Feier. Nur Stunden, nachdem sie sich als Mann und Frau hatten registrieren lassen, bestiegen sie den Küstendampfer, der sie Richtung Norden nach Queensland bringen sollte.

Zu Ditas großer Enttäuschung würden sie die Reise in zwei getrennten Kabinen verbringen. Als sie äußerte, dass sie auf eine gemeinsame Kabine mit ihrem Ehemann gehofft hatte, informierte er sie, dass keine anderen Räumlichkeiten zur Verfügung gestanden hätten.

Sie musste sich also ins Unvermeidliche fügen. Doch dann wartete auch schon die nächste Enttäuschung auf sie, als sich herausstellte, dass sie ihre Kabine mit einer ältlichen, vertrockneten Jungfer teilte.

Statt auf Ditas freundliche Begrüßung zu reagieren, reckte sie die Nase in die Luft und starrte ins Leere, heftiges Missfallen im Blick. Dita war sich nicht bewusst, irgendetwas getan zu haben, was diesen Affront rechtfertigte, zuckte nur die Schultern und lächelte der Frau zu, bevor sie ihr Gepäck verstaute.

Da sich der Vollzug ihrer Ehe verzögerte, wuchsen Ditas erotische Erwartungen noch. Schließlich lag es vor allem an seinem männlichen Aussehen, dass sie McGradys Heiratsantrag angenommen hatte. Er war ein kräftig gebauter Mann, wie sie schon bei der ersten Begegnung festgestellt hatte.

Wenn sie nur daran dachte, wie er seinen Schwanz mit aller Kraft zwischen ihre Schenkel trieb, wurde sie feucht und konnte ihre Hochzeitsnacht kaum erwarten. Es gab keinen Anlass zu vermuten, dass ihre sexuelle Vereinigung anders als großartig sein würde.

Da es sich bei ihnen um eine Vernunftehe handelte, erwartete Dita keine übertriebenen Liebesbezeugungen ihres Ehemanns, keine zärtlichen Blicke oder Worte, keine geflüsterten Verlockungen. Wenn sie solche Hoffnungen gehegt hätte, wären ihre Gefühle schon bald verletzt worden, denn Jas McGrady war von Natur aus brüsk. Und so war Dita schon zufrieden damit, dass er sich um ihre Bequemlichkeit auf dem Schiff sorgte.

Aber sie konnte der Versuchung nicht widerstehen, ungeniert mit ihm zu flirten und mit Gesten und doppeldeutigen Bemerkungen, mit provozierenden Blicken und anzüglichen Hinweisen deutlich zu machen, wie sehr sie sich auf ihre körperliche Vereinigung freute.

Doch ihre Verführungskünste stießen auf taube Ohren und blinde Augen. Wenn sie einen Schritt weiterging und ihn streicheln oder umarmen wollte, reagierte er abweisend und mit Missfallen. Derart in ihre Schranken gewiesen, stellte Dita ihre Verführungsspiele ein und besann sich ganz auf ihre Schicklichkeit.

Sie erinnerte sich daran, dass eine wohlerzogene junge Dame ihre Leidenschaft in der Öffentlichkeit versteckte. Im Privaten war das eine ganz andere Sache. Schließlich erreichten sie Brisbane und gingen von Bord. Vor ihnen lag eine Nacht im Hotel. Und dort würden sich Ditas sexuelle Fantasien endlich erfüllen – so glaubte sie wenigstens.

Dita war ganz verzaubert von Brisbane. Sie lehnte sich aus dem Kutschenfenster, als sie vom Hafen ins Stadtzentrum fuhren. »Was für eine wunderbare Stadt!«, rief sie. »Nur halb so alt wie Sydney und doch mit hübschen Häusern und vielen Geschäften. Ich würde gern mehr von Brisbane sehen. Können wir nicht ein paar Tage bleiben?«

»Nein.« Für McGrady stand das außer Frage. »Ich bin eh schon zu lange weg. Morgen setzen wir unsere Reise die Küste entlang nach Rockhampton fort.«

»Mir kommt es unlogisch vor, dass wir mit dem Schiff weiter nach Norden segeln, wenn wir am Ende ein Stück Richtung Süden zurückmüssen. Können wir nicht von hier aus über Land reisen?«

»Das könnten wir, aber es würde eine sehr unbequeme Reise, auf der viele Gefahren lauern. Das Dawson Valley ist immer noch ein wildes Land, obwohl sich dort in den letzten zwanzig Jahren Siedler niedergelassen haben.«

»Dann ist also dein Besitz, Edenvale, ein ganzes Stück von der Zivilisation entfernt.«

»Wenn dich die Aussicht auf Einsamkeit stört, hättest du das erwägen sollen, bevor du meine Frau geworden bist.«

Dita setzte sich auf ihrem Sitz zurück und warf ihrem Ehemann einen verdutzten Blick zu. In seiner Stimme hatte sie eine sonderbare Note gehört. Wut? Verärgerung? Es gab so vieles, was sie über diesen Mann nicht wusste. Und sie begann zu befürchten, dass zu seinem Charakter einige Eigenschaften gehörten, die alles andere als angenehm waren.

»Ich habe darüber nachgedacht«, antwortete sie ihm, »und es stört mich nicht. Ich habe nur eine Frage gestellt.«

McGrady reagierte mit einem Knurren, was alles bedeuten konnte. »Du wirst Gelegenheit haben, ein- oder zweimal im Jahr in die Stadt zu reisen. Meine Schwester wird dich begleiten, wenn ich verhindert sein sollte.«

Die Erwähnung seiner Schwester nutzte Dita, um eine weitere Frage vorzubringen, die sie beschäftigte. »Glaubst du, dass Jane mich willkommen heißen wird? Sie führt deinen Haushalt schon so lange, dass sie mich vielleicht als Eindringling betrachtet. Meine Ankunft muss ein Schock für sie sein.«

»Jane weiß, dass du kommst. Ich habe ihr einen Brief geschrieben, gleich nachdem unsere Heirat terminiert war. Wenn die Post nicht aufgehalten wurde, sollte meine Schwester inzwischen Bescheid wissen. Sie wird nicht schockiert sein, und sie wird auch nichts gegen dich haben.« Ein humorloses Lächeln hob die Winkel seines sonst so starren Mundes. »Es ist eher so, dass du vielleicht schockiert sein wirst. Meine Schwester Jane ist ein wenig unkonventionell.«

Ditas Neugier war geweckt. »Oh? Auf welche Weise?«

»Das wirst du herausfinden, wenn du sie kennenlernst«, sagte er. Da die Kutsche in diesem Moment vor einem freundlich aussehenden, zweistöckigen Gebäude hielt, hatte Dita keine Gelegenheit, weitere Fragen zu stellen.

Aus golden schimmernden Granitsteinen gebaut, sah das Hotel nicht weniger imposant aus als die besten Häuser Sydneys. Sie hatten ein Zimmer im ersten Stock gebucht. Dita betrachtete die samtenen Vorhänge, die moderne Tapete, den dicken Teppich sowie die Sitzbadewanne hinter der Glastür zum Bad. Zufrieden ließ sie sich aufs Bett fallen, das den größten Teil des Zimmers einnahm. Sie erbebte leicht, als sie sich vorstellte, was später in diesem Bett geschehen würde.

Aber warum sollten sie bis später warten? Dita begann, ihre Handschuhe abzustreifen, dann nahm sie den Hut ab und legte dabei ihre ganze Sinnlichkeit in jeder ihrer Bewegungen. Das Abstreifen der Handschuhe nahm das Ablegen intimerer Kleidungsstücke vorweg, und als sie die Arme zum Hut hob, drückten sich ihre Brüste weit vor. Ein neckendes Lächeln spielte um ihre Mundwinkel. »Sollen wir uns ein wenig ausruhen, bevor wir hinausgehen?«

Die Gleichgültigkeit in seinem Blick ließ ihre Lust mehr schwinden als seine Worte. »Ich ruhe mich nachmittags nie aus. Aber wenn du meinst, dass du es brauchst, dann leg dich meinetwegen hin.«

»Nein, nein. Ich dachte nur ...«

McGrady ließ gar nicht erst den Eindruck eines Missverständnisses aufkommen. »Für alles gibt es einen Ort und eine Zeit. Du brauchst nicht zu befürchten, dass ich in größter Hast über dich herfalle. Heute Abend ist noch genug Zeit, um unsere Ehe zu vollziehen.«

Er begriff nicht, dass Dita keineswegs aus jungfräulicher Scham und Furcht den Kopf hängen ließ, sondern aus Enttäuschung darüber, dass ihre körperliche Vereinigung erneut verschoben wurde. Den verlockenden Gedanken, ihn zu verführen, verwarf sie sofort wieder. Etwas in McGradys Verhalten riet ihr zur Zurückhaltung. Sie würde sich bis zum Abend vertrösten müssen und versuchte, positiv zu bleiben. Vielleicht würde die lange Wartezeit ihre späteren Freuden ja noch erhöhen.

So geschah es, dass sich Dita in einem Zustand fast unerträglicher Erwartung befand, als sie sich darauf vorbereitete, dass ihr Mann sie in ein paar Stunden zu seiner Frau machen würde.

Sie hatte ein Sitzbad mit duftendem Wasser genommen und sich selbst gestreichelt, als sie die intimen Teile ihres Körpers wusch. Sie hatte sich die Haare gebürstet, die ihr jetzt locker und glänzend über die Schultern fielen. Ein mitternachtsblauer Bademantel schmiegte sich um die verlockenden Kurven ihres nackten Körpers.

Der Sessel, in dem sie saß, wurde vom Mondschein beschienen, der durch das Fenster hereinfiel. Hinzu kam das sanfte Glühen der Nachttischlampe. Mit dem Selbstbewusstsein einer sexuell aufgeklärten Frau wusste Dita, dass sie einen Anblick verführerischer Schönheit bot.

Während sie wartete, fühlte sie das Anschwellen ihrer Brüste, und ihre Nippel richteten sich zu harten, beinahe schmerzenden Knospen auf. Mit Wonne nahm sie die feuchte Enge zwischen ihren Schenkeln wahr und das Vibrieren ihrer Nerven. Ihr Körper war so reif, so bereit zum Sex, dass es ihr schwerfiel, die Hände bei sich zu behalten, während sie auf ihren Ehemann wartete.

Als McGrady ins Zimmer trat, blieb er abrupt stehen. Es brachte ihn ganz offensichtlich aus der Fassung, dass er sie in einer so provozierenden Pose am Fenster vorfand. Auf seinem Gesicht lag nichts von der Bewunderung und Lust, auf die Dita gehofft hatte. »Ich habe gedacht, dass ich dich im Bett vorfinde«, sagte er mit tonloser Stimme, die nichts als Desinteresse verriet. »Wieso sitzt du da am Fenster?«

»Ich habe auf dich gewartet«, antwortete Dita. Ihre Worte klangen wie ein heiseres Versprechen. Dabei erhob sie sich anmutig aus dem Sessel, löste den Gürtel ihres Bademantels, sodass dieser auseinanderfiel und den Blick auf ihre weibliche Schönheit freigab.

Wieder war seine Reaktion nicht die, mit der sie gerechnet hatte. Ihr Ehemann wandte den Blick ab, und die verwirrte Dita konnte gerade noch sehen, dass Verachtung in seinen Augen stand.

»Bedecke dich.« Die Worte kamen krächzend und klangen so hart wie seine Schritte, als er zur Nachttischlampe hastete, um sie zu löschen.

»Warum hast du das getan?« Dita forderte eine Erklärung für das seltsame Verhalten ihres Mannes.

»Ich habe den Eindruck, dass ich dich vor deiner eigenen Schamlosigkeit beschützen muss. Jede anständige Frau würde den Schutz der Dunkelheit vorziehen, wenn sie sich ihrem Ehemann unterwirft. Ich hatte dich für eine Frau von vornehmer Zurückhaltung gehalten. Stattdessen sehe ich, dass du dich auf eine Art zur Schau stellst, die jeder Hure gerecht würde.«

Ditas Wangen röteten sich. Die Beleidigung raubte ihr für einen Moment die Sprache. Was für eine Art Mann hatte sie geheiratet?

»Es tut mir leid«, sagte sie und bemühte sich, jede Verärgerung aus ihrer Stimme zu halten. Sie fürchtete sich davor, den Zorn ihres Mannes zu wecken. »Ich dachte, es würde dich freuen.«

»Nun, ich freue mich nicht. Kleide dich anständig und geh ins Bett. Dann komme ich wieder.«

Als er das Zimmer verlassen hatte, starrte Dita auf das polierte Holz der Tür und runzelte verblüfft die Stirn. Verstehen konnte sie ihren Mann nicht. Aber sie würde sich anpassen. Wenn ihr Mann eine demütige, unterwürfige Frau haben wollte, dann würde sie das eben sein. Für eine Weile.

Sie legte ihren Bademantel ab und schlüpfte zwischen die Laken. Ihr kam der Gedanke, dass ihr Mann vielleicht dachte, dass sie nicht wüsste, was von ihr erwartet wurde. Seine Reaktion mochte schlicht darauf zurückzuführen sein, dass er sie für eine Frau mit strenger Erziehung hielt. Mit einem Lächeln auf dem Gesicht streckte sich Dita unter den Decken. Ihr Mann würde wahrscheinlich begeistert sein, wenn er feststellte, dass sie kein naives Mädchen war, sondern eine warmblütige, sinnliche Frau, die große Lust auf die Körperlichkeit der Ehe hatte.

Als McGrady ein paar Minuten später wieder das Zimmer betrat, hatte sie die Decken bis zum Kinn hochgezogen, den Kopf zur Seite geneigt und die Augen geschlossen. Aber so blieb sie nicht lange liegen. Dita wandte vorsichtig den Kopf, um durch halb geschlossene Lider ihrem Mann beim Ausziehen zuzusehen. Er war breit gebaut, und auf seiner Brust wuchs schwarzes Haar. Sein Bauchansatz war nicht zu übersehen. Arme und Beine waren kräftig, und obwohl sein Schwanz schlaff zwischen seinen Beinen baumelte, war er von einer Länge, die Erfüllung versprach, wenn er erst voll erregt war.

Während sie den Körper ihres Mannes in allen Einzelheiten in sich aufnahm, glitt Ditas Hand zu ihrem Bauch und weiter nach unten, wo sie sie auf ihren feuchten Schoß presste. Wie sehr sie sich wünschte, dass er sich beeilte und sich zu ihr legte! Sie hatte diese Nacht seit dem Morgen herbeigewünscht, an dem sie ihrer Mutter gesagt hatte, sie würde seinen Antrag annehmen. Von diesem Moment an hatte sich Dita auch ihrem jugendlichen Liebhaber entzogen. McGrady würde fortan der einzige Mann in ihrem Leben sein. Und jetzt wartete sie ungeduldig darauf, dass er ihre Begierde stillte.

Die Matratze sank unter seinem Gewicht nach unten, und Dita wartete voller Eifer darauf, dass er mit der Paarung begann. Trotzdem zwang sie sich dazu, still liegen zu bleiben. Sie wollte warten, bis er begann, sie zu erregen – auch wenn das gar nicht erforderlich war. Danach würde sie ihn mit ihrer leidenschaftlichen Zärtlichkeit überraschen.

Eine unglaublich lange Zeit, in der Ditas Selbstbeherrschung auf eine harte Probe gestellt wurde, lag er bewegungslos an ihrer Seite. Sie waren sich so nah, dass sie die Wärme seines Körpers spüren konnte. Als sie schon dachte, es nicht länger ertragen zu können, drehte er sich zu ihr und griff mit einer Hand zwischen ihre Beine.

Dita öffnete ihre Schenkel und konnte nicht widerstehen, einladend ihre Hüften anzuheben, damit er ihre intimen Stellen leichter erreichen konnte. Sie gab leise, sinnliche Seufzer der Ermutigung von sich, als er über ihre intimen Lippen strich und ihre feuchte Bereitschaft erkundete. Weil sie neugierig auf die Größe seiner ausgefahrenen Rute war, rutschte Dita näher zu ihm und langte mit einer Hand nach unten. Ihre Finger suchten ihn, zuckten dann aber zurück. Dita war überrascht, denn seine Männlichkeit war immer noch sehr schlaff.

Der wütende Gewaltausbruch ihres Mannes war ein noch größerer Schock für sie. Er packte ihre Hand und stieß sie von sich, bevor er sich aus dem Bett erhob. Seine Stimme klang barsch, als er seiner jungen Frau entgegenschleuderte: »Fass mich nie wieder an!«

»Aber warum?«, rief Dita verwirrt. »Was machst du da?« Sie hätte sich die Frage sparen können, denn sie sah, wie ihr Mann sich mit schnellen Bewegungen wieder anzog.

»Ich gehe aus.« Als seine Impotenz von der Hose bedeckt war, wandte er sich seiner Frau noch einmal zu, während er in seinen Mantel schlüpfte. »Was für eine Frau bist du eigentlich?«, fragte er, und seine Stimme klang eisig. »Wie kannst du mir so etwas antun? Ich habe erwartet, dass du weißt, wie sich eine Frau zu benehmen hat. Sie sollte in der Dunkelheit warten, zugedeckt bis zum Kinn. Niemals hättest du mir den Anblick deines weißen Körpers gestatten und mich mit deinen zierlichen Fingern berühren dürfen.«

Nachdem ihr Ehemann das zweite Mal innerhalb einer Stunde aus dem Zimmer gestampft war, wurde Dita bewusst, dass das die merkwürdigsten Worte gewesen waren, die ihr je zu Ohren gekommen waren. Sie kannte keinen anderen Mann, der nicht von ihrer weiblichen Gestalt entzückt gewesen wäre. Mehr als ein Mann hatte ihren schlanken Körper bereits gerühmt.

Sie wusste auch, dass es Männer mit einer Vorliebe für Brüste gab, anderen gefiel ein ausladendes Hinterteil besser. Es gab Männer, die fast wahnsinnig vor Lust wurden, wenn sie die Chance auf eine unschuldige Jungfrau erhielten. Andere Männer erfreuten sich wiederum an der Verruchtheit einer erfahrenen Hure. Männer ließen sich auf so vielfältige Art erregen.

Die meisten Männer liebten es, wenn eine Frau ihren Schwanz mit der Hand umschloss oder ihn mit dem Mund liebkoste. Ihr verblüffender Ehemann gehörte offensichtlich nicht zu ihnen. Dita kletterte aus dem Bett und suchte ihr züchtigstes Nachthemd heraus. Es war aus weißem Batist gefertigt, hochgeschlossen und mit langen Ärmeln. Breite Stofffalten verhüllten ihre Figur, die vollen Brüste und die sinnlichen Kurven ihrer Hüften. War das der Weg, die schwache Libido ihres Ehemanns zu wecken und seine Lüsternheit zu locken?

Dita kehrte ins Bett zurück, um einmal mehr auf ihren Mann zu warten. Sie hätte gleichzeitig lachen und weinen können. Welche andere Frau musste in der Hochzeitsnacht gleich dreimal auf das Eintreffen ihres Mannes warten?

Die Zeit verging, und sie spürte, wie ihre innere Unruhe wuchs. Sie hatte sich schon so lange auf diese Nacht gefreut und war seit Tagen sexuell erregt. Doch nun schien ihr Körper verwirrt, da sie beschlossen hatte, die keusche Jungfrau zu spielen. Ihr Blick kehrte immer wieder zur Uhr zurück, deren Minutenzeiger sich kaum zu bewegen schien.

Um den Druck in ihrem Schoß zu lindern, presste sie eine Hand auf die pochende Vulva. Dann, als die Minuten verrannen, begann sie, ihre Hand zu bewegen.

Eigentlich hatte sie sich nur Trost spenden wollen. Ihre Hand strich behutsam über das erhitzte Fleisch, um es zu beruhigen. Sie spürte den Puls zwischen ihren Schenkeln und horchte dem Klopfen ihres Herzens, das ihr lauter schien als das Ticken der Uhr.

Es dauerte nicht lange, und ihre Finger begannen, sich forscher zu bewegen. Sie glitten ihre Spalte entlang und tasteten die feuchte Hitze. Als ein Finger über die feste Perle ihrer Klitoris rieb, presste sie die Lippen fest aufeinander, um ein lustvolles Stöhnen zu unterdrücken. Im nächsten Moment fühlte sie sich schuldig, weil sie sich selbst diese Wonne gewährte. Sie wollte sich trotzdem weiter verwöhnen, um sich bald einen wunderbaren Orgasmus zu bescheren.

Aber was würde ihr Mann von ihr halten, wenn er zurückkehrte und sie vor Erregung zuckend vorfand? Sie musste sich in Geduld üben und warten. Doch Geduld war nicht ihre größte Stärke, und hatte sie nicht schon lange genug gewartet? Dita brauchte sexuelle Erfüllung, und sie brauchte sie sofort.

Dita schob das Bettzeug ans Fußende des Bettes und ließ Vorsicht und Schuldgefühle fahren. Sie zog ihr Nachthemd hoch, ließ die Knie weit auseinanderfallen und hob die Hüften an, damit ihre Finger ungehindert forschen konnten. Sie streichelte und massierte sich und rieb über ihre Klitoris. Zu viel. Zu schnell.

Sie fühlte, wie sie zu zucken begann, und wünschte, sie hätte sich mehr Zeit gelassen. Im Augenblick der Erleichterung presste sie die Finger tief in sich hinein und spürte einen feuchten Schwall. Ihr Schoß prickelte, und sie erlebte ihre Lust mit einer Intensität, die kaum zu ertragen war. Wimmernde Laute drangen über ihre Lippen. Sie wusste kaum, was sie tat, als sie die Beine anzog und sich auf die Seite rollte, bis die Zuckungen schwächer wurden.

So überwältigend der Orgasmus auch gewesen war, er hatte sie nicht völlig befriedigen können. Trotz all der Lust, die sie sich selbst verschaffen konnte, war diese nichts im Vergleich zu der Erfüllung, die ihr der Schwanz eines Mannes bereitete. Doch dann veränderte sie ihre Position noch einmal und brachte sich, diesmal viel langsamer, zu einem zweiten Höhepunkt.

Auch eine andere Frau traf an diesem Abend Vorbereitungen für den Vollzug ihrer Ehe. Nachdem sie gebadet und ihren Körper mit einem Duft eingesprüht hatte, kleidete sie sich nicht in eng anliegende Wäsche, sondern entschied sich für ihr teuerstes Abendkleid. Im Gegensatz zu Dita erlebte sie die ehelichen Freuden der Lust auf eine erheblich unkonventionellere Art.

Jonathan Grimshaws Braut machte es sich auf einem Sofa im luxuriösen Salon bequem, nippte vom Champagner und schaute ihrem Mann zu, der an einem Tisch ein Würfelspiel mit den Smythe-Zwillingen Edgar und Crispin begonnen hatte.

Das Spiel war einfach und hatte nur wenige Regeln. Ziel

war es, ein Paar zu werfen. Und der Spieler, der in einer Runde das höchste Paar geworfen hatte, dürfte der Braut ein Kleidungsstück ausziehen und dazu ein Teil seiner eigenen Kleidung. Der Mann, der das letzte Kleidungsstück der Braut entfernte, würde sie als Erster besitzen dürfen. Das Spiel dauerte schon eine ganze Weile, und die vier Teilnehmer befanden sich in unterschiedlichen Stadien der Nacktheit und Erregung.

Jonathan gewann die nächste Runde. Er schritt zum Sofa und zog seine Frau auf die Füße, damit er ihr das Korsett ausziehen konnte. »Amüsierst du dich, Emily?«, fragte er mit einem gierigen Lächeln.

»Ich hoffe, dass ich bald noch erheblich mehr Spaß haben werde«, gab sie zurück.

»Ich bin sicher, dass sich dein Wunsch erfüllt«, entgegnete er. »Schließlich ist es genau das, was du wolltest, nicht wahr?«

Emily bedachte ihn mit einem spöttischen Lächeln, legte sich zurück aufs Sofa und nippte wieder am Champagner. Dies war ganz gewiss, was sie sich gewünscht hatte, seit sie von der Insel zurückgekehrt war und als Gast im Haus der Griffiths einen ersten Geschmack für den Luxus entwickelt hatte, der sich mit Geld kaufen ließ.

Ihr erster Plan, Melanie sexuell zu erobern, war fehlgeschlagen. Dafür war ihr zweiter Plan mehr als erfolgreich gewesen. Emily hatte sich einen wohlhabenden Mann geangelt und war nun die Herrin eines ansehnlichen Landhauses. Dazu hatte sie die Freiheit, sich bei allen möglichen Sexspielen zu vergnügen. Wie einfach doch alles gewesen war!

Die Hackworths waren ins Zentrum ihres Interesses gerückt, gleich nachdem Dita sich am Tag zuvor an Jonathan gerächt hatte. Emily ersparte sich die Vorrede und ließ das

Ehepaar wissen, dass sie über die Geschehnisse im Bordell Bescheid wusste.

Die Hackworths hatten alles abgestritten und leugneten sogar, das betreffende Haus überhaupt zu kennen. Sie versuchten, Emily mit Arroganz zum Schweigen zu bringen, aber Emilys drastische Beschreibungen ließen das Paar immer schweigsamer werden. Die beiden begriffen, dass sie sich Emilys Schweigen erkaufen sollten. Erpressung, nannten sie es.

Ja, Erpressung, gab Emily fröhlich zu. Ihre Forderungen waren nicht verhandelbar. Als Gegenleistung für ihr Schweigen verlangte Emily eine beträchtliche Summe für jede Veranstaltung, an der die beiden auf Emilys Wunsch hin teilnehmen sollten. Die Hackworths begriffen nicht sofort, aber ihre schlechte Laune wandelte sich in Neugier, als Emily ausführte, um welche Art von Veranstaltungen es sich handeln würde.

Sie versicherte, dass Ehemann und Ehefrau viel Vergnügen bei diesen Zusammenkünften finden würden, und beschrieb in allen erotischen Details, was sich dabei abspielen würde. Weder Mr. noch Mrs. Hackworth hätten sich solche sexuellen Ausschweifungen allein ausmalen können. Die Beschreibung der einzelnen Szenen erregte sie schon beim Zuhören so sehr, dass sie Emily baten, auf der Stelle einige der Dinge auszuführen, von denen sie ihnen erzählte.

Emily war nicht weniger erregt als das Paar, aber sie behielt die Kontrolle über die Situation. Justin und Bettina gehorchten ihr und taten genau das, was sie von ihnen verlangte. Einzeln und gemeinsam berührten und schmeckten sie sie, reizten und stimulierten sie, und Emily hatte alle Mühe, sich nicht ganz in den Berührungen zu verlieren. Ihre Säfte strömten, und die Liebkosungen lullten sie ein, bis sich ihr ganzes

Sein um ihr pulsierendes Geschlecht zu drehen schien. Sie trieb es mit beiden Hackworths, und die beiden Hackworths trieben es mit ihr. Und als alles vorüber war und der letzte Orgasmus abebbte, waren die Hackworths Wachs in Emilys Händen.

Jonathan und seine Mutter waren ebenso leicht zu manipulieren. Emily ging gleich von den Hackworths zu ihnen, und der Geruch von Sex, der noch an ihrem Körper haftete, stieg ihnen zu Kopf wie ein schweres Parfum.

Mrs. Grimshaw rümpfte die Nase, weil ihr das irdene Aroma noch in schamvoller Erinnerung war. Es schauderte sie, wenn sie an jenen Tag zurückdachte, und vor lauter Selbstvorwürfen brachte sie auch jetzt kein Wort heraus, als sie sich dieser Zeugin ihrer dunkelsten Stunde gegenübersah.

Ihr Gesicht wurde puterrot, und sie schien einem Herzschlag nahe zu sein. Sie musste sich mehrmals räuspern, ehe sie sich zu Emilys Forderungen äußerte. Wenn es erforderlich war, dass Jonathan diese Frau heiratete, um den Familiennamen aus einem Skandal herauszuhalten, dann würde er es tun. Nachdem das beschlossen war, rief Mrs. Grimshaw ihr Dienstmädchen und bereitete ihren Umzug nach Melbourne vor.

Während Emily sich im Stillen noch immer zu ihrer Klugheit gratulierte, rollten die Würfel weiter. Edgar gewann die nächste Runde. Er konnte wählen zwischen ihren Stiefeln und Strümpfen, dem Unterhemd oder den Pantalons. Er entschied sich für die Pantalons. Die Brüste der Frau waren bereits gut zu sehen, und er war nun ungeduldig zu entdecken, was ihre Unterhose verbarg.

Als Edgar ihr das Wäschestück über die Hüften und die Beine zog, starrte er auf das Delta am Ende ihrer Schenkel.

Seine Augen weiteten sich vor Verblüffung, dann strahlten sie vor Erregung, als er feststellte, dass kein Härchen seinen Blick auf die Spalte behinderte. Emilys Schamhaare waren frisch rasiert, sodass jedes Detail ihrer intimen Lippen zu sehen war. Emily lächelte wissend. Sie würde jenem Liebhaber ewig dankbar sein, der ihr vorgeschlagen hatte, ihr Schamhaar zu entfernen.

»Du bist ja nackt! Ich kann alles sehen«, rief Edgar.

Entzückt von seiner Reaktion antwortete Emily mit einem provozierenden »Noch nicht ganz« und spreizte die Beine noch ein bisschen weiter. »Gefällt es dir? Ich finde es sehr stimulierend. Du doch auch, nicht wahr?«

»Ja, ja«, stammelte Edgar. Der Anblick ihrer rasierten Pussy erregte ihn ungemein. Pink, heiß und feucht leuchteten die Labien. Er hatte schon oft die Geheimnisse des weiblichen Geschlechts untersucht, aber noch nie hatte er eine Feige gesehen, die so provozierend zur Schau gestellt wurde. Er konnte der Verlockung nicht länger widerstehen. Er warf die Pantalons zur Seite, fasste nach Emilys Beinen und hob ihre Hüften noch höher. Seine Zunge stieß hungrig in die einladende rubinrote Spalte, und Emilys heiseres, triumphierendes Lachen fachte das Feuer seiner Lust noch mehr an.

»He, das ist nicht fair«, riefen Jonathan und Crispin wie aus einem Mund. »Du sollst doch warten, bis sie völlig ausgezogen ist.«

»Ja, fair ist es nicht«, stimmte Emily zu, während sie ihren Schoß gegen Edgars kreisende Zunge drückte.

Edgar hob für einen Moment den Kopf. Er sah die beiden an, die zum Sofa gekommen waren und jetzt davorstanden, auf ihren Gesichtern eine Mischung aus Neid und Lüsternheit. »Soll ich aufhören?« Er schaute auf Emily, die sich mit der Zunge über die Lippen fuhr.

»Noch nicht«, entschied Emily. »Du hast eine wunderbar harte Zunge, die meinen Körper erbeben lässt. Oh ja, kitzle mich da. Mehr, mehr. Hör nicht auf.«

Emily hob wieder die Hüften an und konnte es kaum erwarten zu kommen. Edgars Zunge nahm den Rhythmus ihrer ruckenden Hüften auf. Dann legte er die Hände unter ihren Po und bestimmte den Takt selbst. Er spürte, wie Emilys Säfte flossen.

»Oh ja, oh ja!«, rief Emily, »das ist wundervoll, einfach wunderbar. Hör nicht auf, mich zu lecken.«

An eine Fortsetzung des Würfelspiels war nun nicht mehr zu denken. Crispin wollte hinter seinem Zwillingsbruder nicht zurückstehen, deshalb schob er Emilys Hemd so weit hinunter, dass er ihre nackten Brüste streicheln und kneten konnte.

Seine Finger schlossen sich um die Nippel, und er zog an ihnen und zwickte sie, bis sie hart geworden waren. Dann drückte er sie zwischen Daumen und Zeigefinger und hörte erst damit auf, als Emily vor Schmerz und Lust laut keuchte, während Edgar sie gleichzeitig mit der Zunge verwöhnte.

Ihre Augen hatte sie in sexueller Ekstase geschlossen. Das war es, wofür sie lebte, das war es, wonach ihr Körper lechzte – sexuelles Vergnügen, das alle anderen Empfindungen in den Hintergrund schob. Sie warf ihren Kopf von einer Seite auf die andere und stöhnte unter der Intensität ihres Orgasmus. Jonathan, der eifrige Voyeur, schaute fasziniert zu, und seine Rute wurde immer größer.

Als Edgar keinen Nektar mehr fand und Emily schwer atmend auf dem Sofa lag, schauten sich die drei Männer fragend an.

»Dies ist meine Hochzeitsnacht«, rief Jonathan den Zwillingen in Erinnerung. »Da sollte ich das Recht haben, zuerst in sie einzutauchen.«

Emily, die wieder aus dem erotischen Nebel aufgetaucht war, der sie eingehüllt hatte, hatte andere Pläne. »Dafür ist immer noch Zeit. Ich habe mir was Besonderes für dich ausgedacht. Ein Hochzeitsgeschenk.« Sie lachte auf, als sie sein verdutztes Gesicht sah. »Ich weiß doch, was du magst.«

Sie langte unter die Sofakissen und zog Lederriemen hervor, die sie zu Beginn des Abends dort versteckt hatte. »Bindet ihn an den Flügel«, wies sie die Zwillinge an.

»Wir sollen ihn ans Klavier binden?«, fragten sie.

»Ja«, rief ein höchst erregter Jonathan. »Tut, was Emily sagt, und fesselt mich.«

Dies war ein neues Spiel für die Brüder, die sich alle Mühe gaben, der Aufforderung nachzukommen. Sie legten Jonathan rücklings über den Deckel des Flügels, zogen ihm die Arme über den Kopf und befestigten sie. Dann banden sie seine Fußfesseln an die Beine des Instruments. Jonathans Schaft zeigte nun steif nach oben und zitterte in freudiger Erwartung.

Nachdem sie sich ganz von ihrem Unterhemd befreit hatte, war Emily nur noch mit Stiefeln und Strümpfen bekleidet. Sie kniete sich vor ihren Mann und ließ die Zunge über die glänzende purpurne Krone seines Schafts schnellen, der auf und ab zuckte. Immer wieder bohrte sich Emilys Zungenspitze in die winzige Öffnung seiner Eichel. Jedes Mal, wenn sie sich wieder zurückzog, wollte er ihr folgen, um seinen Schaft in ihren Mund zu treiben.

Sie neckte ihn erbarmungslos und belohnte ihn dann, indem sie die Zunge über die ganze Länge seiner Männlichkeit gleiten ließ. Oder sie leckte an seinen Eiern, bis er fast verrückt wurde und der Drang, sich zu erleichtern, unerträglich wurde. Erst als sein Betteln von Schluchzern begleitet wurde, nahm sie seinen Schaft tief in den Mund, saugte alles aus ihm heraus und schluckte seinen warmen Samen.

Edgar und Crispin, völlig sprachlos und wild erregt angesichts des Spektakels, das alle ihre bisherigen Fantasien übertraf, zogen rasch ihre letzten Kleidungsstücke aus. Sie waren nahe daran, über Emily herzufallen und sie mit einer nie erlebten Geilheit zu nehmen.

Dann aber riefen sie sich zur Ordnung, wollten sich wie zivilisierte Menschen verhalten und kehrten zu den Würfeln zurück. Das Spiel sollte entscheiden, wer seinen Schaft zuerst in Emilys willige Wärme stecken durfte.

Emily war höchst amüsiert, als sie das Würfeln der Brüder verfolgte. Beide hatten zwei Sechser geworfen. Jetzt griff sie ein und schlug vor, die fairste Lösung zu wählen – sie sollten sie beide gleichzeitig nehmen. Sie erklärte ihnen im Detail, wie sie sich das genau vorstellte. Sie wollte zwischen ihnen sein und sich von vorn und hinten gleichzeitig vögeln lassen, was ihnen allen dreien größtmögliche Lust verschaffen würde.

Sie legten sich auf den weichen Teppich, nackte Haut an nackter Haut, harte Männermuskeln an Emilys weichem Fleisch. Sie spürte, wie ihre hintere Öffnung erforscht wurde. Der Druck erhöhte sich, erst hinten, dann auch vorn, bis sich beide Brüder tief in ihr versenkt hatten.

In einem wilden Rhythmus zwischen Ekstase und Agonie schaukelten die drei Körper hin und her. Emily stieß ihre Lust immer lauter heraus. Die Zwillinge verstanden es, ihre Erregung auf die Spitze zu treiben. Sie ließen nicht nach in ihrem Bestreben, Emily eine unvergessliche Hochzeitsnacht zu bescheren.

Und Jonathan, immer noch in Fesseln gelegt, teilte die Lust seiner Frau, er teilte sie so sehr, dass seine Rute sich immer steiler erhob, bis er sich schließlich in hohem Bogen auf den Teppich verströmte.

Einige Zeit später, als Jonathan und Emily allein waren, hob sie ihr Champagnerglas und stieß mit ihm an. »Auf uns«, sagte sie, »und auf eine lange und befriedigende Ehe.«

»Bist du heute Abend auch wirklich auf deine Kosten gekommen?«, fragte Jonathan.

Emily warf einen Blick auf den Schoß ihres Mannes und lachte leise auf. »Nicht mehr und nicht weniger als du«, antwortete sie. Dann stand sie auf und grätschte über seine Beine. Sie rutschte höher, bis ihre geschwollene, pochende Spalte leicht gegen die wunde, glänzende Spitze seines Schwanzes stieß.

Einige Momente hielt sie sich in dieser Position, bis ihre beiden Körper nach mehr lechzten. Während sie noch einmal am Champagner nippte, ließ sich Emily langsam auf sein Rohr sinken, bis ihre Körper vereint waren und sie die Ehe vollziehen konnten.

Jas McGrady schritt die mit Gaslaternen beleuchtete Straße entlang, doch er hatte keine Augen für die Auslagen in den Schaufenstern und reagierte nicht auf die Grüße der Menschen, die ihm entgegenkamen. Beinahe zornig setzte er die Füße auf den Gehweg, und seine Haltung war so angespannt, dass manche Leute sich noch einmal nach ihm umdrehten, als würden sie sich fragen, welche Dämonen diesen kräftigen Menschen zu plagen schienen.

Der Dämon war seine Impotenz. McGrady fragte sich, was er, verdammt noch mal, tun sollte, falls er nicht in der Lage war, seine Ehe zu vollziehen.

Er fluchte über die Frau, die nicht demütig im dunklen

Zimmer unter den Decken auf ihn gewartet hatte, wie er es erwartet hatte. Wäre ihr Gesicht in den Schatten der Nacht verborgen geblieben und hätte sie ihn nicht angefasst, um ihn in ihren Körper einzuführen, dann hätte er seine Augen verschließen und vergessen können, wer und was sie war. Er hätte sich in eine Fantasie geflüchtet und dank ihrer Hilfe seine Aufgabe erfüllen können.

Stattdessen hatte Dita auf ihn gewartet, halb nackt und im Zwielicht des Mondscheins, und ihre Haut hatte geleuchtet wie Alabaster. Er schüttelte sich angewidert, als er an das Bild zurückdachte, und seine Schritte gerieten fast ins Stocken.

Eine streunende Katze hatte das Pech, genau in dem Augenblick an ihm vorbeihuschen zu wollen, als er seine Verärgerung nicht länger unterdrücken konnte. Ein Tritt seines Stiefels traf das Tier, das laut aufschrie.

McGrady achtete nicht darauf. Er sah auch nicht, dass die Katze mit ungelenken Bewegungen auf die andere Straßenseite lief und sich zwischen ein paar Kisten versteckte. Dort leckte sie ihre Wunden, bevor sie endgültig in der Dunkelheit verschwand. Das alles interessierte den Mann nicht. Er dachte nur an seine Schande und an die Frau, die daran Schuld trug.

Was hatte sie sich dabei gedacht, als sie sich vor ihn stellte und ihre Nacktheit entblößte? Sekundenlang hatte er auf ihr schwarzes Dreieck geblickt. Und auf ihre weißen Schenkel. Er hatte eine Weile gebraucht, um sich und seine Libido auf die Frau vorzubereiten. Aber es hatte nichts genutzt. Seine Männlichkeit hing schlaff hinab, als wenn sie vertrocknet wäre und er den Anblick von Ditas nacktem Körper nicht ertragen könnte.

Er hatte sofort gewusst, dass er es nicht schaffen würde, hart zu werden. In seinen zweiundvierzig Jahren, oder vielmehr seit mindestens dreißig Jahren, war ihm eine solche Demütigung noch nie passiert. McGrady war ein nachtragender Mann. Er begann die Frau zu hassen, die seine Männlichkeit infrage gestellt hatte.

Plötzlich spürte er einen überwältigenden Drang, seine Manneskraft unter Beweis zu stellen. Die einzigen Frauen, mit denen er bisher die Lust genossen hatte, waren junge, dunkelhäutige Mädchen gewesen. Je dunkler die Haut, desto begehrenswerter fand er sie. Trotzdem hatte er nicht mit solchen Schwierigkeiten bei seiner Frau gerechnet, deren Haut so blass war.

Er hatte sich für Dita entschieden, weil er gehofft hatte, dass ihm ihr schwarzes Haar, das vermutlich auch ihren Schoß zierte, helfen würde, sie zu schwängern. Jas McGrady fand, dass es an der Zeit war, einen Erben in die Welt zu setzen, einen legitimen Sohn mit dem richtigen Blut in den Adern. Er hatte gehofft, dass seine Frau sofort schwanger werden würde, um so von der Aufgabe befreit zu sein, weiterhin körperlich mit ihr zu verkehren. Er hatte keinen Grund, an der Kraft seines Samens zu zweifeln.

Sein Weg führte ihn zurück zum Hotel. Um diese späte Stunde saßen nur noch wenige Gäste in der Bar, und die Bedienung sammelte bereits die Gläser ein und wischte über die Tische. Verborgen im Schatten hinter der Tür, folgte McGrady ihren Bewegungen mit gierigen Blicken, und mit großer Freude stellte er fest, dass sich sein Schwanz mit Blut füllte.

Auf diese Weise hatte er sich auch auf das erste Mal mit seiner Frau vorbereitet. Er hatte gierig in den Ausschnitt der Bedienung gestarrt. Er liebte ihre prallen, dunklen Brüste und stellte sich den ganzen dunkelbraunen Körper der jungen Frau vor. Einmal hatte sie ihn beim Starren erwischt. Sie hatte gelächelt und sein Interesse mit einem herausfordernden Blick ihrer samtenen Augen zur Kenntnis genommen.

Aus ihrem kessen Blick hatte er gefolgert, dass sie nicht unwillig wäre, sich ihm hinzugeben.

Er hatte sich nicht getäuscht. Später, als er durch die Tür ihres winzigen Zimmers schlüpfte, zeigte sie sich nicht überrascht. Sie warf die Decke zurück, legte sich aufs Bett und streckte ihren nackten dunklen Körper mit der sinnlichen Geschmeidigkeit einer Katze.

Sie war schlank, und ihre Haut glänzte wie Ebenholz. Ihre Brüste waren fest und ihre Hüften verführerisch gerundet. Neckend öffnete sie die Schenkel ein wenig und zeigte ihre feuchte Feige.

Jas McGrady atmete tief ein. Jetzt hatte er keine Probleme mit seiner Lust. Seine steife Rute drückte gegen die Hose und wartete ungeduldig darauf, befreit zu werden. Rasch entledigte er sich seiner Kleider. Er hörte die junge Frau voller Erwartung stöhnen, als sie seinen stattlichen Stab sah.

Er bestieg sie schnell und stieß sich in ganzer Länge tief in sie hinein, sodass sie unwillkürlich zusammenzuckte. Sie bäumte sich unter ihm auf, warf sich hin und her und keuchte ihre Lust so laut heraus, dass sein Schaft sogar noch größer wurde.

Wie wild pumpte er in sie hinein, erbarmungslos. Sie genoss jede Sekunde und gab sich ihm ganz hin, als er sie mit dem Samen füllte, mit dem er eigentlich seine Frau hatte schwängern wollen.

Neuntes Kapitel

Jane McGrady schwang ein Bein über die Armlehne des Sessels, in den sie sich geworfen hatte. Sie nahm einen großen Schluck Bier und las ein viertes Mal den Brief ihres Bruders. Auch wenn seine Entscheidung zu heiraten keine große Überraschung für sie war, sah sie dennoch Grund zur Besorgnis. Jane war völlig zufrieden mit ihrem Leben. Sie war ihre eigene Herrin und niemandem Rechenschaft schuldig, nicht einmal ihrem Bruder, mit dem sie gut auskam. Deshalb war sie darauf bedacht, den bestehenden Status zu erhalten. Doch die Ankunft einer Braut auf Edenvale war ein Ereignis, das zu einschneidenden Veränderungen führen konnte.

Was für ein Mädchen würde Jas mitbringen? Brachte diese junge Frau ihm Zuneigung entgegen, oder war es für sie eine Zweckehe, wie sie es für Jas war? Konnte ein Mädchen überhaupt einen Mann wie ihn lieben?

Jane selbst fühlte keine große Zuneigung für ihren Bruder. Er war zehn Jahre älter als sie und hatte sie herumgeschubst und alles getan, um ihr das Leben unerträglich zu machen, bis sie etwa zwölf Jahre alt gewesen war. Dann hatte sie zu rebellieren begonnen.

Jane lernte, es ihm mit gleicher Münze zurückzuzahlen, und das hatte Jas Respekt abgefordert. Und gegenseitiger Respekt zeichnete ihre Beziehung bis heute. Sie kannten beide nicht das Gefühl, das man Liebe nennt. Sie lebten zusammen, arbeiteten zusammen und achteten und schätzten uneingeschränkt ihre jeweiligen Fähigkeiten.

Nach dem Tod ihrer Eltern bei einem Verkehrsunfall – da hatte Jane gerade erst gelernt, sich gegen ihren Bruder durchzusetzen – kümmerte sich Jas um sie. Er sorgte dafür, dass sie ein Dach über dem Kopf sowie Nahrung und Kleider hatte, ohne sich aber auf irgendeine Weise in ihre Angelegenheiten einzumischen.

Für Jane stand fest, dass sie nie das eingeschüchterte Arbeitstier sein würde, das ihre Mutter gewesen war. Jas war in allen Belangen des Zusammenlebens seines Vaters Sohn. Aber Jane war nicht wie ihre Mutter. Stattdessen hatte auch sie etwas von der Härte des Vaters geerbt.

Da es keine Frau gab, die sie prägen und ihr weibliche Verhaltensweisen vorleben konnte, sah Jane keinen Grund, warum sie sich nicht wie ihr Bruder anziehen sollte. Sie liebte das Reiten und alle Arbeiten auf ihrem Land, und das Mustern der Rinder. Sie konnte ein Kalb ebenso schnell zu Boden bringen wie jeder Mann. An ihrem siebzehnten Geburtstag legte sie endgültig ihre Röcke ab und zeigte sich nur noch in Männerkleidung. Zusammen mit den Röcken gab sie auch ihre Jungfernschaft auf.

Wer aufwuchs wie sie, war vertraut mit dem wichtigsten Zweck der männlichen und weiblichen Spezies. Wie neues Leben entstand, war kein Geheimnis für sie. Sie hatte die Geburten zahlloser Kälber gesehen, einiger Fohlen, vieler Ferkel und war sogar bei der Geburt eines Babys dabei gewesen.

Sie hatte die Fähigkeit, sich beinahe geräuschlos zu bewegen, wenn es ihr zweckmäßig erschien, und so erfuhr sie, dass Männer und Frauen sich nicht nur wegen eines Kinderwunsches paarten. Sex bekam plötzlich eine völlig neue Bedeutung für sie.

Die meisten Geschichten, die Jane erfuhr, wenn sie den Gesprächen der Männer heimlich lauschte, hätten sie empören und entsetzen müssen. Aber das Gegenteil war der Fall. In ihr wurde eine fast unerträgliche Neugier geweckt, all diese verschiedenen Sexualpraktiken, von denen sie da hörte, zu erforschen und selbst auszuprobieren. Sie kannte sich bereits mit den erogenen Zonen ihres eigenen Körpers aus, und nun dachte sie ständig daran, auch mit dem männlichen Körper vertraut zu werden.

Ihr Interesse galt einem gut aussehenden jungen Viehzüchter mit flachsblonden Haaren. Tom Mulvray ritt sein Pferd auf eine Art, die den Teufel herausforderte, und das war auch die Art, wie er sonst das Leben anging. Er strahlte Kraft aus, Energie und eine überwältigende primitive Sexualität.

Jane fantasierte ständig darüber, wie es wohl war, von so einem Mann genommen zu werden. Tagsüber freute sie sich am Spiel seiner Muskeln, besonders von denen unter seiner Arbeitshose. Nachts lag sie dann im Bett, erinnerte sich an die lüsternen Geschichten, die sie gehört hatte, und versuchte sich vorzustellen, diese Dinge mit Tom zu tun. Wenn diese Fantasien zu einem Kribbeln zwischen ihren nassen Schenkeln führten, wusste sie bereits, wie sie sich mit ihren Fingern Befriedigung verschaffen konnte. Dabei stellte sie sich vor, sie wären die Rute eines Mannes.

Dann kam der Sommerabend, an dem sie Tom zum Schwimmplatz am Bach folgte. Sie versteckte sich und beobachtete ihn, wie er sich auszog und ins Wasser tauchte. Er schwamm mit kräftigen Zügen, und das Wasser perlte über seine gespannten Muskeln. Mit einem Lächeln auf den Lippen schlich Jane sich leise vorwärts, entkleidete sich ebenfalls und sprang hinter ihm ins Wasser.

Als er das Klatschen hörte, drehte Tom sich um. Jane

schwamm auf ihn zu und richtete sich auf, als sie dicht vor ihm war. Sie sah forschend in sein Gesicht, ahnte seine wachsende sexuelle Erregung und hätte am liebsten laut aufgelacht, als er nichts anderes herausbrachte als: »Du bist ja nackt!«

»Du auch«, antwortete sie und beugte sich vor, um sich an seinen Schultern festzuhalten und ihre harten Nippel an seinem Brustkorb zu reiben. Im nächsten Moment drückte seine männliche Härte gegen ihren Unterleib. Sie konnten sich beide auf dem glatten Boden nicht mehr halten und tauchten unter Wasser. Prustend kamen sie wieder hoch.

Tom fand als Erster festen Grund unter den Füßen. Er streckte die Hände nach Jane aus. Sie ließ sich von ihm retten, und trotz des kühlen Wassers fühlte sie sich innerlich ganz heiß. Tom war erregt und wunderbar hart. Sie befanden sich jetzt schultertief im Wasser und rieben ihre Genitalien aneinander.

Die Gefühle, die Jane verspürte, als sein harter männlicher Muskel in ihr weiches Delta drang, waren eine Offenbarung. Wie hätte sie auch ahnen können, dass sie sich mit einem Schlag so lebendig fühlen würde? Seine überwältigende Kraft und ihr schieres Entzücken darüber waren viel besser als jeder erotische Traum.

Einem uralten Instinkt folgend, schlang Jane die Beine um Toms Taille und öffnete sich so ganz für ihn. Er griff unter ihren Po, und ihre Finger bohrten sich in seine Schultern.

Sie paarten sich voller Inbrunst. Janes Bewegungen waren dabei nicht weniger wild als Toms, und beide liefen auf ein Ziel zu, von dem sie intuitiv wusste, dass es sie in ihren Grundfesten erschüttern würde. Das Wasser um sie herum schien zu kochen, so aufgewühlt war es.

Später hatte Tom sie noch einmal am Ufer genommen,

zuerst in der traditionellen Stellung, bei der Jane auf dem Rücken lag und Tom auf ihr. Bevor sie zum Orgasmus fanden, war sie nach oben gewechselt und neckte ihn so sehr, dass er alle Selbstbeherrschung verlor. Jane brachte sie beide schließlich zum Höhepunkt.

Tom war ihr erster Liebhaber, aber er sollte nicht ihr letzter sein. Jane hatte den süßen Nektar der körperlichen Lust gekostet und konnte nun nicht genug davon bekommen.

Jeder Mann in McGradys Diensten erfuhr bald, entweder aus Erfahrung oder vom Hörensagen, dass seine Schwester eine aufregende Vorliebe hatte. Aber sie hüteten sich davor, in seiner Hörweite eine freche Bemerkung über die junge Frau zu machen. Sie wussten auch, dass es unklug war, Jane mit Druck näherkommen zu wollen.

Auf ihre Art wurde Jane so hart wie ihr Bruder. Wenn Jane einen Mann haben wollte, nahm sie ihn sich. Wenn sie einen Mann nicht haben wollte, blieb er besser auf Distanz.

Es gab da einen Wanderarbeiter, der Jane in Hemd und Hose sah und glaubte, dass sie leichte Beute war. Er bereute seinen Irrtum unter schmerzvollen Peitschenschlägen, die von einer eiskalten Jane ausgeführt wurden.

Keiner der Männer, die der Bestrafung beiwohnten, vergaß den Anblick je wieder. So sorgte Jane dafür, dass man ihr nicht weniger Respekt entgegenbrachte als ihrem Bruder. Falls Jas von den sexuellen Aktivitäten seiner Schwester wusste, verlor er nie eine Bemerkung darüber, genauso wenig wie sie über seine Vergnügungen.

Ihr unkonventioneller Lebensstil passte zu den Geschwistern. Als Jas beschloss, das Küstenland seines Vaters zu verkaufen und sich landeinwärts im fruchtbaren Dawson Tal niederließ, ging Jane als eine Art Juniorpartnerin mit ihm.

Beide fürchteten sie sich nicht vor harter Arbeit und hatten gemeinsam ein Haus auf ihrem Land gebaut.

Sie hielten Dürreperioden stand und dann wieder den Fluten, die über das Tal hereinbrachen. Sie hatten auch Angriffe zorniger Aborigines abgewehrt. Jeder Rückschlag hatte sie nur noch stärker werden lassen. Bruder und Schwester fühlten sich rundum wohl in Edenvale und waren stolz auf das, was sie erreicht hatten. Für Jane war es alles, was sie vom Leben erwartete.

Bei den seltenen Gelegenheiten einer Reise nach Rockhampton oder Brisbane nahm sie keine Rücksicht auf Konventionen. Ganz im Gegenteil genoss sie die empörten Reaktionen, die ihr Kleidungsstil auslöste. Die Männer johlten bei ihrem Anblick in Hemd und Hose und behandelten sie zuerst frech und respektlos. Aber jeder traute sich das nur einmal.

Jane liebte es, die vulgärsten Kerle abzustrafen. Aber das geschah nicht oft, denn ihr freches Mundwerk und ihre überraschende Stärke sprachen sich schnell herum. Für sie waren die Reisen in die Stadt immer eine vergnügliche Erfahrung. Sie wies die Frauen, die über sie spotteten, in ihre Schranken und genoss mit dem Ehemann so mancher Dame der Gesellschaft ein Schäferstündchen.

Und jetzt, nach all diesen Jahren, sollte die Ehrbarkeit der Mittelklasse in Gestalt einer Schwägerin bei ihnen Einzug halten. Wie sollte eine weiche, verwöhnte Miss in die raue Wirklichkeit von Edenvale passen? Jane sah sich im Zimmer um und betrachtete die spartanische Einrichtung, die allein nach dem Prinzip der Zweckmäßigkeit angeschafft worden war. Es gab keinen Firlefanz, keine Rüschen, keinen Zierrat. Der einzige Gegenstand, der keinen praktischen Nutzen hatte, war eine eindrucksvolle Holzskulptur auf der Anrichte. Stolz blitzte in Janes braunen Augen, als sie sie ansah.

Jane arbeitete gern mit Holz und Leder. Sie liebte die glatte, sinnliche Struktur von poliertem Holz und die Geschmeidigkeit des Leders. Sie hatte den Umgang mit beiden Materialien von einem älteren Wanderarbeiter gelernt, der ihr als Kind eine Holzpuppe geschnitzt hatte.

Deren Perfektion und Form hatten Jane mehr begeistert als die Tatsache, dass sie endlich ein Spielzeug besaß. Sie war eine gelehrige Schülerin, und der alte Mann ein erfahrener Lehrmeister. Seitdem machte es Jane einfach Spaß, lebensnahe Kunstwerke zu schaffen, ohne dass sie wusste, wie talentiert sie eigentlich war.

Die Skulptur auf der Anrichte war ihr Meisterstück. Ein Jahr lang hatte sie daran gearbeitet. Ein heißblütiger Hengst, der eine wiehernde Stute bestieg. Es war unmöglich, das Kunstwerk zu betrachten, ohne seine zeitlose sexuelle Kraft zu spüren.

Alles, was Jane schnitzte, erinnerte an einen Phallus oder hatte mit erotischen Szenen aus der Natur zu tun. Im Laufe der Jahre hatte sie mehrere Repliken des männlichen Penis erschaffen. Jede war perfekt und detailgetreu, und Jane benutzte sie regelmäßig, um sich mit ihnen zu den Höhen der Lust aufzuschwingen.

Obwohl Jane sich noch immer für die Wärme und Kraft eines Männerkörpers begeisterte, genoss sie es, sich selbst einzigartige erotische Erlebnisse zu verschaffen. Dazu experimentierte sie mit vielen unterschiedlichen Objekten, die sie aus Holz und Leder herstellte.

An diesem Nachmittag hatte sie zu ihrem liebsten Stück aus Leder gegriffen. Sie hatte viel Zeit auf dieses perfekte Spielzeug verwandt, dem eine ganze Reihe misslungener Exemplare vorausgegangen war.

Wenn sie es unter ihrer Hose festschnallte, lag das weiche

Lederpolster genau auf ihrer Spalte. Kleine Rillen stimulierten ihre intimen Lippen, und ein härteres Lederstück rieb bei jeder Bewegung über ihre Klitoris. Schon beim Gehen verschaffte ihr die Berührung köstliche Wonnen, und wenn sie auf ihrem Pferd saß, bescherte ihr das Spielzeug köstliche Ekstase.

Je nachdem, ob sie das Pferd trotten, traben oder galoppieren ließ, konnte sie den Grad der Stimulierung variieren und selbst entscheiden, ob sie langsam oder schnell zum Orgasmus kommen wollte. Das höchste Entzücken erfasste sie, wenn sie wie wild über die Koppel galoppierte. Sie hatte ihre Erfindung auch schon während des Musterns der Rinder benutzt und sich im Stillen darüber amüsiert, dass die Männer nicht wissen konnten, dass mehr als nur Schweiß die feuchten Stellen auf ihrer Hose verursachte.

Auch jetzt, während sie die Beine weit gespreizt hatte, drückte das Gerät auf angenehmste Weise gegen ihre Klitoris. Jane hatte sich erst wenige Momente zuvor zum Höhepunkt gebracht und lächelte bei dem Gedanken an die großartigen Gefühle, die sie empfunden hatte. Der Geruch ihres Geschlechts lag in der Luft, und sie schaute auf den großen nassen Fleck unter sich.

Ah! Ihr Orgasmus war fantastisch gewesen und einer der intensivsten, die sie je erlebt hatte. Ihre Vulva blieb gespannt und erregt. Was Jane jetzt brauchte, war ein harter Schwanz. Doch sie wusste, dass es keinen gab, den sie in Rufweite auf der Farm hätte auftreiben können.

Jane Blick fiel auf den Brief ihres Bruders, doch sie schob den Gedanken daran schnell zur Seite und mit ihnen die Sorge darüber, welche Auswirkung die Frau ihres Bruders auf ihr Leben haben könnte. Jetzt ging es allein um ihre körperliche Befriedigung, und wenn sie schon keinen Mann haben konnte, würde sie sich mit künstlichem Ersatz begnügen.

In ihrem Schlafzimmer zog sie sich nackt aus, bevor sie die Kiste mit den phallischen Figuren hervorholte. Auch die Kiste selbst hatte sie mit eigenen Händen geschaffen. Die geschnitzten Verzierungen auf dem Deckel zeigten die Einsatzmöglichkeiten der Geräte im Inneren. Jedes Mal, wenn sie einen Blick auf dieses Kunstwerk warf, musste Jane lächeln und sich daran erinnern, wie oft sie sich im Spiegel betrachtet hatte, damit sie die Position der Beine und der Hand, die den Dildo hielt, wirklichkeitsgetreu darstellen konnte.

Fünf verschiedene Stücke lagen in der mit Samt ausgeschlagenen Kiste. Vier hatten die Form eines Penis, und das fünfte war eine Art glatter, schlanker Fühler. Jane hob jedes Instrument an, bevor sie entschied, welches sie benutzen wollte. Sie erfreute sich an dem sinnlichen Gefühl, die Hände langsam über das polierte Holz gleiten zu lassen.

Sie bewunderte die Farbe und Beschaffenheit jedes einzelnen Stücks und strich mit den Fingerspitzen über die helmförmigen Köpfe. Schließlich entschied sie sich für den Fühler und das dickste der phallischen Hölzer. An diesem Nachmittag verlangte das Pochen und Klopfen in ihrem Körper nach größtmöglicher Stimulierung, damit sie Frieden finden konnte. Beide Stücke wurden behutsam in Öl gebadet, dann begann Jane ihre Symphonie der Masturbation.

Zuerst kniete sie sich aufs Bett, ihre Wange auf das Oberbett gedrückt, den Po hoch in die Luft gereckt. Sie berührte sich mit raschen Bewegungen, bis sie feucht wurde. Es dauerte nicht lange, und ihre beiden Öffnungen waren nass genug für das, was sie vorhatte. Sie führte den dünnen Fühler behutsam in ihr hinteres Loch ein. Ihr Körper erbebte. Himmel, fühlte sich das gut an! Langsam schob sie den Fühler noch etwas tiefes, bis ihr Unterleib vor Lust pochte.

Normalerweise hätte sie den Analfühler jetzt herausgezogen und den Phallus zum Einsatz gebracht, aber an diesem Tag wollte sie mehr. Sie ließ den Fühler tief in sich, veränderte aber ihre Position und legte sich nun auf den Rücken, wobei sie die Beine spreizte und anhob, gegen ihre Brüste drückte und ihre Füße schließlich über das hohe Kopfteil des Bettes legte. Nur Kopf und Schultern lagen jetzt noch auf der Matratze auf. Janes Geschlecht ragte hoch in die Luft und klaffte auseinander.

Jane konnte die Löckchen ihrer Schamhaare sehen und schaute sich selbst zu, als sie sich mit dem hölzernen Penis neckte. Sie führte den Kopf ein, strich über die Lippen und quälte die brennende Perle ihrer Klitoris, bevor sie den Phallus in sich hineinschob, wieder herauszog und ein wildes, ausgelassenes Spiel aus diesen zwei Bewegungen begann. Als sie es fast nicht mehr ertragen konnte, umfasste sie den Phallus mit beiden Händen und trieb ihn entschlossen in sich hinein, während ihre Hüften vor und zurück zuckten.

Sie hatte längst die Beherrschung über sich verloren. Ihre Bewegungen wurden immer ungezügelter, und schließlich schlugen die Wogen der Lust über ihr zusammen. Ihre intimsten Stellen schienen in Flammen zu stehen, und sie fühlte sich wie betäubt. Aber noch hatte sie nicht genug.

Immer wieder stieß sie den Phallus so tief wie möglich in sich hinein, dann griff sie nach dem Analfühler und gab mit ihm den Rhythmus vor, dem sich nun auch der Holzphallus beugte. Jane verlor die Kontrolle. Für sie gab es nun nur noch den Schmerz, der in pure Lust überging, und die wunderbaren Orgasmen, die nicht enden wollten.

Es war, als würde sie von einem Dämon des sexuellen

Wahnsinns getrieben, den sie nicht aufhalten konnte. Schließlich fiel sie ermattet zur Seite und schlief ein, während die beiden Holzgeräte noch in ihr steckten.

Während der Tage und Nächte, die Dita und McGrady auf ihrer Reise Richtung Norden unterwegs waren, erst nach Rockhampton und dann über Land nach Edenvale, wurden sie sich immer fremder. Nicht ein einziges Mal teilte McGrady mit seiner neuen Ehefrau das Bett.

Verblüfft und bestürzt dachte Dita über seine offensichtliche Impotenz nach und suchte krampfhaft nach irgendeiner logischen Erklärung dafür. Doch was auch immer der Grund für sein Unvermögen sein mochte, so schien er nicht in der Lage, die Ehe zu vollziehen. Inniglich hoffte Dita, dass sich bald eine Lösung für sein Dilemma fand. Für ihr eigenes Seelenheil, aber auch für das ihres Mannes.

Sie wusste, dass es verschiedene Möglichkeiten gab, mit denen eine Frau dem Mann bei solchen Problemen helfen konnte. Wenn sie sich nur trauen würde! McGrady hatte so brüsk auf die Berührung ihrer Hand reagiert, dass sich Dita bei dem Gedanken daran schüttelte, wie zornig er werden würde, wenn sie sich anbot, ihre Lippen zu benutzen, um ihn zu stimulieren.

Dita beschloss, äußerst vorsichtig mit ihrem Mann umzugehen und nichts zu überstürzen, damit sie schließlich doch noch den Pfad ehelicher Lust betreten konnten.

Um sich von ihren Problemen abzulenken, zeigte Dita ein lebhaftes Interesse an der unbekannten Landschaft, durch die sie reisten. Sie hatten einen Berg überquert und ritten dann durch eine lang gezogene Ebene, in der kleine Hütten standen. Viele von ihnen waren nur noch Ruinen, von den Bewohnern verlassen, nachdem sich deren Erwartungen auf Wohlstand nicht erfüllt hatten. Die ehemaligen Bewohner hatten die Goldgräbergegend hinter sich gelassen und waren weiter nach Südwesten gezogen, wo sie erst auf hohe, zerklüftete Berge gestoßen waren und dann auf fruchtbare Täler, durch die sich klare Flüsse zogen.

So erreichten McGrady und Dita schließlich Edenvale, wo fette braune Rinder auf smaragdgrünen Wiesen grasten. In der Ferne konnte Dita die Berge sehen, die von einer Seite so zerklüftet und schroff aussahen, als wäre dort eine klobige Axt am Werk gewesen. In der späten Nachmittagssonne sahen die Gipfel wie mit flüssigem Gold bestrichen aus, und die Schatten darunter schimmerten purpurn und geheimnisvoll.

McGradys Ranch war aus dem Gestein dieser Berge errichtet worden und stand erhaben und solide am Ufer eines Flusses. Dicht am Wasser war ein Gemüsegarten angelegt worden. Einen Garten oder irgendwelche Blumen und Sträucher rund um das Haus konnte Dita nicht entdecken.

Mit gemischten Gefühlen betrachtete Dita ihr neues Zuhause. Das Gebäude spiegelte den Charakter seines Besitzers wider und wirkte hart und rau. Vielleicht durfte sie einen Blumengarten anlegen, um dem Haus eine weniger wilde, freundlichere Note zu geben.

Dita sah ihren Mann von der Seite an und bemerkte, wie er beinahe hochmütig den Blick über seinen Besitz schweifen ließ. Sie konnte ihm seinen Stolz nicht verübeln. Der Name Edenvale passte: Es war ein Garten Eden im Tal.

Jane wartete auf der schmalen Veranda, um sie zu begrüßen. Auf den ersten Blick hielt Dita sie für einen Mann. Erst als sie einander vorgestellt wurden, begriff sie, dass die schlanke, große Person in der Arbeitshose und dem karierten

Hemd eine Frau war. Ditas Augen waren vor Überraschung weit geöffnet.

McGrady hatte ihr gesagt, dass seine Schwester eine unkonventionelle Frau war, und jetzt sah sie, dass er nicht übertrieben hatte. Jane musterte sie ausgiebig, wobei es ihr offenbar völlig egal war, was die Frau ihres Bruders über sie dachte. Um Ditas Mundwinkel spielte ein freundliches Lächeln. Jane strahlte etwas Ehrliches und Erfrischendes aus, und das gefiel ihr.

Jane antwortete ihrerseits fast gleichzeitig mit einem Lächeln, das sie willkommen hieß. Das Mädchen mochte eine ungewöhnlich schöne Frau sein, die ihr Reisekleid ganz bestimmt nicht von der Stange gekauft hatte, aber sie schien keine zimperliche Zicke zu sein, die es für einen Skandal hielt, wie sich ihre Schwägerin kleidete. Jane vermutete, dass das Mädchen nicht weniger unkonventionell sein würde als sie, wenn man ihr die Chance dazu gäbe.

»Ich nehme an, du wirst dich an dieses Haus erst gewöhnen müssen nach dem Luxus, der dich bisher umgeben hat«, sagte Jane, als sie Dita in ihr neues Zuhause führte.

Dita hatte nur eine vage Vorstellung von dem gehabt, was sie in Edenvale erwartete. Sie war davon ausgegangen, dass alles sehr spartanisch und primitiv sein würde. Doch während sich das Mobiliar ausschließlich auf das Nützliche beschränkt war, stellte das Haus selbst viel mehr dar, als sie erwartet hatte.

Eine breite, geräumige Eingangshalle führte ins Wohnzimmer. Von dort ging es nach links in ein Esszimmer, und dahinter schloss sich ein kleines Arbeitszimmer an. Janes Schlafzimmer und ein Gästezimmer waren im gleichen Flügel untergebracht, während die Schlafzimmer von Dita und Jas auf der anderen Seite der Eingangshalle lagen.

Dass sie ein eigenes Zimmer haben würde, wunderte Dita nicht mehr sonderlich nach dem seltsamen Verhalten ihres Mannes während der Reise. McGradys Zimmer lag ihrem gegenüber, und Dita konnte nur vermuten, dass die zwei kleinen, noch nicht eingerichteten Räume für die Kinder, die aus ihrer Ehe hervorgehen würden, vorgesehen waren. Falls die Ehe denn jemals vollzogen werden sollte.

Küche, Waschküche und andere Nutzräume waren in einem Anbau hinter dem Haus untergebracht. Ein überdachter Laufgang an der Westseite verband die beiden Gebäude und bot gleichzeitig Schutz vor den Winterstürmen. Richtung Osten waren in einiger Entfernung die Ställe errichtet worden, ebenfalls aus dem harten Stein der schroffen Berge.

»Reitest du?«, fragte Jane.

»Ja, sehr gern sogar.«

»Gut. Wir haben genug Land, sodass du nach Herzenslust ausreiten kannst.«

»Aber es wäre nicht klug, allein auszureiten«, intervenierte McGrady. »Jedenfalls nicht, bevor dir die Gegend hier vertraut ist. Man kann sich leicht verirren.«

Aber das wäre dir doch egal, dachte Dita und musste an die Gleichgültigkeit denken, die ihr Mann ihr gegenüber an den Tag legte. In der Tat schien er sich mehr für die junge Aboriginefrau zu interessieren, die auf dem Hof die Wäsche abhängte. Nachdem Jane ihm eine Tasse Tee angeboten und er abgelehnt hatte, stand er mit einem Glas Whisky in der Hand am Fenster. Er drehte sich nicht einmal um, als Jane wieder mit dem Teetablett ins Zimmer zurückkehrte.

»Wer ist das Mädchen?«, fragte er. »Sie ist neu, nicht wahr?«

Jane schürzte in einem kurzen Anflug von Verachtung die Lippen. Belles Hautfarbe genügte, um das Interesse ihres

Bruders zu wecken, ganz abgesehen von ihrer frischen Schönheit. Jane warf einen kurzen Blick zu Dita, bevor sie antwortete. »Ja, sie ist neu. Ich habe sie während deiner Abwesenheit eingestellt.«

»Ich wusste gar nicht, dass wir noch ein Dienstmädchen brauchen.«

»Brauchen wir auch nicht. Es war ihr Mann, den ich einstellen wollte. Wir brauchen einen guten Stockman, und Will O'Leary ist einer der besten. Da habe ich Belle gleich dazu genommen.«

»Belle. Mmm. Man fragt sich, woher diese Leute ihre Namen nehmen. Obwohl dieser ja zu ihr passt. Aber sage mir, wozu wir einen guten Viehtreiber brauchen?«

»Das Vieh ist in einer ausgezeichneten Verfassung, wie du zweifellos schon gesehen hast. Ich will die Rinder zum Markt bringen, bevor sich dies wieder ändern kann.«

McGrady nickte. Er wusste, dass seine Schwester den Besitz während seiner Abwesenheit mit einer Perfektion verwaltete, die seiner eigenen in nichts nachstand. Er wandte sich vom Fenster ab und bat Jane um einen Bericht über alles, was sich seit seiner Abreise ereignet hatte.

Obwohl ihm kein Wort von ihr entging, schaute er immer wieder zum Fenster und hinaus auf den Hof. Dita war nicht blind und erkannte sein Interesse für das Mädchen, erst recht, als Belle später ins Haus kam und den Tisch abräumte. Sie musste noch lange daran denken, als sie am Abend allein in ihrem Bett lag.

Trotz der Selbstbestätigung, die er sich bei dem Mädchen in Brisbane geholt hatte, brütete McGrady darüber nach, warum es ihm an Potenz mangelte, wenn es um seine eigene

Frau ging. Er fand keinen Fehler bei sich und mochte sich auch nicht eingestehen, dass seine Eheschließung vielleicht von vornherein ein Irrtum gewesen war, deshalb schob er alle Schuld auf die unglückliche Dita.

Er wusste, dass es auch andere Männer gab, die nach schwarz-samtener Haut lechzten und sie der Blässe ihrer Ehefrauen vorzogen. Er nahm an, dass Dita es nicht freundlich aufnehmen und sich erniedrigt fühlen würde, wenn er seine Gewohnheiten fortsetzte. Deshalb hatte er die Absicht, es in dieser Nacht noch einmal mit ihr zu versuchen.

Bis er Belle sah.

McGradys Gier nach Belle verursachte ihm beinahe körperlichen Schmerz. Er wusste, dass er nicht zur Ruhe kommen würde, bis er sie auf jede erdenkliche Art genommen hatte. Er war besessen von der Vorstellung, wie sie sich unter ihm wand und Schreie der Lust ausstieß. McGrady verschwendete keinen Gedanken an ihren Mann, als er sich vornahm, Belle sexuell in Besitz zu nehmen.

Während Dita allein in ihrem Bett lag, lauerte McGrady im Schatten eines Vorratsraums. Belle hatte noch in der angrenzenden Küche zu tun, wo sie die letzten Töpfe und Pfannen spülte. Sie hatte die Ärmel bis zu den Ellbogen hochgekrempelt und ihr Mieder geöffnet, sodass er die dunkle Spalte zwischen ihren Brüsten sehen konnte. Sie war barfuß, und aus der Art, wie der Rock bei jeder Bewegung um ihre Beine schwang, schloss er, dass sie unter dem leichten Kleid nichts weiter trug.

Sein lüsterner Blick fiel auf ihre üppigen Pobacken. Sie waren verlockend gerundet, und von seinem Versteck aus konnte er außerdem das Schwingen der vollen, festen Brüste erkennen. Es war, als wüsste Belle, dass sie beobachtet wurde, denn jetzt hob sie ihr Kleid und kratzte sich am Oberschenkel.

Während sie noch damit beschäftigt war, bückte sie sich, um eine Pfanne im Schrank unterzubringen. McGrady erhielt einen verheißungsvollen Blick auf ihre seidigen Pobacken. Die Verlockung war so groß, dass McGrady nicht länger an sich halten konnte und in die Küche treten wollte.

Ein anderer Mann kam ihm zuvor. Geräuschlos wie eine Katze hatte er sich angeschlichen, und jetzt sprang er durch die Tür in den Raum und gab der Frau einen Klaps auf den entblößten Po.

Belle richtete sich quiekend auf, dann ließ sie ein heiseres Lachen hören. Sie legte die Hände auf die Schultern des Mannes und schob ihm provozierend ihre Hüften entgegen. Der Mann reagierte mit einem tiefen Lachen, griff mit einer Hand nach der Lampe und löschte sie. Die Küche lag jetzt im Halbdunkel, und die Schatten behinderten McGradys Sicht.

Belles heiseres Kichern und das Flüstern des Mannes zerrten an seinen Nerven. McGrady trat heimlich aus seinem Versteck und schlich sich näher an das Geschehen, bis er wieder deutlich sehen konnte. Im schwachen Licht waren die Gesichter nicht zu erkennen, wohl aber die nackten Leiber.

Belle lag rücklings auf dem Tisch, und McGrady konnte gerade noch sehen, wie der Mann ihre Schenkel anhob und sie über seine Schultern legte. Das Mädchen lag weit geöffnet vor ihm, und seine Finger strichen leicht über ihre Feige.

Neid durchbohrte McGrady wie ein Pfeil. Der fremde Mann begann schon bald, in Belle hineinzupumpen. Sein Schaft glitt vor und zurück, und beide schienen es zu genießen. Es kam ihnen nicht in den Sinn, dass sie vielleicht von einem Zuschauer überrascht werden könnten.

McGradys Gesicht wurde bleich vor Wut und Eifersucht. Wie oft schon hatten sie seinen Küchentisch für ihre Zwecke missbraucht? Es war ihm egal, dass der andere Mann ein

Recht auf Belles Körper hatte. Nicht einmal der Ehemann würde ihn davon abbringen können, Belle zu seiner Geliebten zu machen. In dieser Nacht war er zwar um seine Lust betrogen worden, doch er musste zugeben, dass er auch aus seiner Rolle als Voyeur eine gewisse Befriedigung bezog. Er sah, wie sich Belle wand, und er hörte, wie sie die Stöße des Mannes mit immer lauterem Stöhnen begleitete. Während er zuschaute, umschloss seine Hand seinen steifen Schwanz und stellte sich vor, dass es nicht der Stockman war, der Belle schließlich zum Orgasmus brachte, sondern er selbst.

An ihrem ersten Morgen auf Edenvale wurde Dita von ihrer liebenswürdigen Schwägerin durch das Haus und die Stallanlagen geführt. Es dauerte nicht lange, bis die beiden Frauen ihren ersten positiven Eindruck voneinander bestätigt fanden.

Dita musste zugeben, dass sie erleichtert war, als sie erfuhr, dass Jane ihr den Besitz zeigte. Im Gegensatz zu ihrem Mann war Jane freundlich und sehr umgänglich.

Den Haushalt führten Belle und eine ältere Aborigine-Frau unter Janes Leitung. Der Koch war ein Stockman mittleren Alters, der nach einem Sturz vom Pferd verkrüppelt war. Seine Mahlzeiten waren, wenn Dita vom ersten Abendessen ausging, durchaus schmackhaft, wenn auch nicht besonders ansprechend serviert.

»Wie du siehst«, sagte Jane, »legen wir auf Etikette nicht viel Wert. Um ehrlich zu sein, hasse ich die Hausarbeit und hätte überhaupt nichts dagegen, dir die Leitung des Hauses zu übertragen. Geh behutsam mit dem alten Joe um. Auf ihn ist immer Verlass, aber wenn du ihn verärgerst, kann er schlimmer als ein zänkisches Weib sein. Wenn du erleseneres

Essen haben willst, wirst du sehr vorsichtig mit Joe umgehen müssen. Wenn du ihm schmeichelst, wird er durchaus in der Lage sein, etwas ganz Besonderes auf den Tisch zu bringen. Aber bisher waren wir zufrieden mit den Mahlzeiten, so wie sie sind. Sie sind reichlich bemessen und schmecken gut.«

»Ich werde daran denken, was du gesagt hast, obwohl ich nicht die Absicht habe, vorerst irgendetwas an den Abläufen zu ändern. Das wäre vermessen. All das ist sehr neu für mich. Zuerst möchte ich mich an eure Lebensweise gewöhnen.«

»Das wirst du schon, da bin ich mir sicher«, sagte Jane herzlich. »Ich wusste vom ersten Augenblick an, dass ich dich mögen würde.«

»Das Gefühl beruht auf Gegenseitigkeit«, sagte Dita aufrichtig. Die beiden Frauen lächelten sich an. Ihnen war bewusst, dass sie am Beginn einer besonderen Freundschaft standen.

Auf ihrem Weg zurück ins Haus wurden sie von einem jungen Viehhüter begrüßt, der aus der Waschküche kam. Während er Jane freundlich grüßte, ruhte sein Blick mit unverhohlenem Interesse auf Dita, bevor er schließlich weiterging.

Dita selbst war nicht entgangen, was für eine kräftige Gestalt der junge Mann hatte. Geschmeidiger Körper, gebräunte Haut, schwarze, gewellte Haare und ungewöhnlich helle Augen, die von schwarzen Wimpern umrahmt wurden. Er war ein stolzer Mann mit einer Haltung, die Selbstsicherheit ausdrückte. Und er schämte sich nicht wegen des gemischten Blutes in seinen Adern. Er strahlte eine beiläufige Arroganz aus, und dazu eine wilde Sinnlichkeit, die Ditas Interesse weckte.

»Er sieht teuflisch gut aus, was?«, sagte Jane.

»Wer ist das?«

»Will O'Leary. Das Einzige, was er von seinem Vater geerbt hat, sind sein irischer Jähzorn – und die Augen. Er war in eine Menge Streitigkeiten verwickelt, aber das ist bei den Stockmen normal. Er versteht seine Arbeit und wird die Tiere in einem guten Zustand auf den Markt bringen.«

»Er ist also Belles Ehemann?«

»Ja. Heute Nachmittag beginnt der Viehtrieb. Ich schätze, dass sich O'Leary auf leidenschaftliche Weise von Belle verabschiedet hat, bevor er den Hof verlässt. Er scheint sie wirklich sehr zu mögen.«

»Und sie ihn auch?«

»Hm. Vielleicht.«

»Wieso bist du dir nicht sicher?«

Jane hob die Schultern. »Man sollte glauben, dass jede Frau zufrieden wäre, wenn sie einen Mann wie Will O'Leary hat. Aber in dem Monat, seit sie bei uns ist, hat sie sich anderen Männern provozierend gezeigt und schien deren Blicke zu genießen. Es gibt bestimmt noch Ärger mit ihr. Natürlich ist sie vorsichtig, wenn Will in der Nähe ist. Ich glaube, dass es nur einen Grund gibt, warum noch keiner der Männer ihre unausgesprochene Einladung angenommen hat: Will ist sehr beliebt. Außerdem ist es nicht klug, sich gleich am Anfang mit dem Boss der Stockmen anzulegen.«

»Will ist der Boss der Viehtreiber? Ist das nicht ein wenig ungewöhnlich? Ich meine, weil er noch nicht lange dabei ist.«

»Ich weiß, was du denkst. Aber ich schere mich einen Dreck darum, wie lange er hier ist und welches Blut in seinen Adern fließt. Wichtig ist nur, dass er die Aufgabe erledigt, für die er eingestellt wurde.«

Sie kehrten zurück ins Wohnzimmer, und Ditas Blick fiel einmal mehr auf die Skulptur des kopulierenden Hengstes.

Am Vorabend hatte sie sich noch nicht getraut, Jane darauf anzusprechen, aber jetzt konnte sie ihre Neugier nicht länger zurückhalten.

»Das ist sehr ... ungewöhnlich. Sehr plastisch. Wo habt ihr die Skulptur her?«

»Gefällt sie dir? Ich habe sie selbst geschnitzt.«

Dita stand die Überraschung im Gesicht geschrieben. »Du hast sie geschnitzt! Du musst großes Talent haben! Ich habe schon die Skulpturen im Schrank gesehen. Sind die auch alle von dir?«

»Ja, alle.« Jane öffnete den Schrank.

Dita hob eine Skulptur nach der anderen hoch und bestaunte sie, während Jane ihr dabei zusah. Sie versuchte, die Reaktion ihrer Schwägerin abzuschätzen. Dita war die sinnliche Qualität des polierten Holzes nicht entgangen.

»Sie sind alle wunderschön«, sagte Dita beeindruckt. »Und du hast jedes Detail genau getroffen.«

»Du bist nicht schockiert?«

»Nein, das bin ich nicht. Obwohl du ein Faible für Genitalien und Fortpflanzung zu haben scheinst. Ob Tier oder Mensch – ich finde nichts Anstößiges an den Paarungsgewohnheiten der verschiedenen Spezies.«

Janes fröhliches Lachen füllte das Zimmer. »Ich wusste, dass du eine Frau bist, die sich vor Sex nicht fürchtet. Ich habe noch einige andere Stücke in meinem Zimmer, die dich vielleicht interessieren. Ich werde sie dir irgendwann später zeigen.«

Ditas Neugier war geweckt. »Warum nicht jetzt?«

»Ich muss mich mit Jas auf dem Hof treffen, wo sich die Männer auf den Viehtrieb vorbereiten. Willst du mitkommen und zuschauen, oder willst du lieber hierbleiben und dich etwas ausruhen?«

»Ich würde gern zusehen. Ich möchte alles kennenlernen, was es auf Edenvale zu entdecken gibt.«

Und außerdem, fügte eine innere Stimme hinzu, willst du noch einen Blick auf Will O'Leary werfen, bevor sich dieser atemberaubende Mann verabschiedet.

Der fensterlose Vorratsraum, der an die Küche angebaut war, sollte auch an diesem Abend das Versteck sein, in dem McGrady auf Belle wartete. O'Leary war mit den Rindern unterwegs, weshalb McGrady nichts mehr zu befürchten hatte.

Belle zeigte sich nicht überrascht, als sie ihn entdeckte. Ganz im Gegenteil betrachtete sie ihn mit einer leicht hochnäsigen Verachtung, und dieser Blick brachte sein Blut zum Kochen. Er packte ihre Handgelenke und drehte sie ihr auf den Rücken. Gleichzeitig zog er sie an sich, damit sie seine harte Männlichkeit an ihrem Unterleib spüren konnte.

»Ich habe dich gestern Abend in der Küche beobachtet. Ich habe dein hurenhaftes Keuchen gehört und deinen Schrei, als du gekommen bist. Verdammte Hölle, du warst gut. Du magst es, was? Kleine Huren wie du brauchen es so nötig wie die Luft zum Atmen. Nun, ich werde es dir besorgen, und es wird dir gefallen.«

Er hielt ihre Handgelenke nun mit einer Hand fest, und mit der freien Hand griff er unter ihren Rock und presste ihr die Finger zwischen die Schenkel. Die junge Frau zeigte keine Reaktion und sprach kein Wort. Stattdessen betrachtete sie ihn immer noch mit ihren großen Augen, die ihn herausforderten, seine Ankündigung in die Tat umzusetzen.

Ihre Arroganz erzürnte ihn, und für einen Moment war er versucht, sie auf den Boden zu werfen und rasch zu besteigen. Das hätte ihm zwar körperliche Erleichterung verschafft, aber McGrady wollte mehr. Er wollte hören, wie sie um seinen Schwanz bettelte.

Seine Finger erforschten ihre Spalte, und ihre nasse Wärme zeigte ihm ihre Bereitschaft. Er wusste, dass seine Berührungen sie erregten. Trotzdem blieb sie weiter passiv und betrachtete ihn mit einem spöttischen Ausdruck. Es war, als trügen sie einen stummen Wettstreit aus.

Er war entschlossen, ihren Willen zu brechen, und rieb mit der Fingerkuppe über ihre Klitoris. Mit winzigen Kreisen reizte er ihre geschwollene Perle und reagierte mit einem Laut des Triumphs, als er spürte, wie Belle zu zucken begann und die Kontrolle verlor.

»Sag mir, dass du es willst«, forderte er sie auf.

Ihre einzige Antwort bestand darin, leicht die Schulter zu heben.

»Also gut, du kleine Schlampe, du willst mit mir spielen. Ich bin stärker als du, und ich könnte dich jederzeit nehmen. Aber ich möchte, dass du einverstanden bist. Ich will dich betteln hören, dass ich es dir besorgen soll. Ich will hören, dass du meinen Knochen spüren willst. Ich habe jetzt zwei Finger in dir. Fühlt sich gut an, nicht wahr? Dehnen sie dich schon? Mein Schaft ist viel dicker, als es meine beiden Finger sind.«

McGrady starrte sie voller Genugtuung an. Hatte die Frau wirklich gedacht, dass sie mit ihm spielen könnte? Als ob irgendeine Frau sich über ihn erheben könnte! Ihre Willenskraft mochte zwar stark genug sein, um sie schweigen zu lassen, aber sie würde nicht verhindern können, dass ihr Körper in wilde, unbeherrschte Zuckungen geriet.

Der Moment war gekommen, ihr seine Überlegenheit zu zeigen. Er zog seine Hand zurück, nass von ihren Säften, und spürte, wie ihr Körper nach ihm lechzte, damit er das Pochen tief in ihrem Innern linderte. Er würde es genießen, sie betteln zu hören.

Zorn erfüllte ihn deshalb, als sie sich langsam von ihm abwandte und zur Tür ging. Er wollte ihr gerade nachsetzen, aber dann hielt er inne. Er argwöhnte, dass auch dieser Schritt zu ihrem Spiel um Macht gehörte, und wollte nicht darauf hereinfallen. Er würde sie gehen und dann gut eine Stunde lang schmoren lassen.

Er selbst würde sich in der Zwischenzeit einer anderen Aufgabe zuwenden, die er schon längst hätte erledigen sollen.

Dita lag steif auf dem Rücken und zögerte, sich zu bewegen. Als ihr Mann sich zu ihr ins Bett gelegt hatte, war sie versucht gewesen, die Augen zu öffnen, um ihm ihre Freude zu zeigen.

Sie wollte so sehr, dass es dieses Mal besser lief als bei den ersten Versuchen, aber sie war vor Anspannung wie erstarrt. Als die Minuten verrannen, ohne dass er sie anfasste oder es auch nur den leisesten Hinweis darauf gab, dass er sexuell aktiv werden wollte, wuchsen ihre Verzweiflung und Unsicherheit.

»Es hat keinen Zweck«, erklärte McGrady schließlich. »Ich empfinde absolut nichts für dich.« Er stieg aus dem Bett, und Dita setzte sich auf.

»Lass mich doch helfen«, bat sie.

»Du mir helfen?« Er wandte sich ihr mit einem so boshaften Blick zu, dass sie unwillkürlich zusammenzuckte.

»Wir könnten es versuchen. Vielleicht, wenn wir beide nackt wären, und ich dich anfassen dürfte ...«

Ein verbittertes Schnaufen ließ sie verstummen. »Das würde überhaupt nicht helfen. Es ist deine blasse Haut, die mich abstößt.« So sehr abstieß, dass es nicht einmal half, sich Belle vorzustellen. Er brauchte etwas Handfestes, um seiner Fantasie auf die Sprünge zu helfen.

Dita konnte nicht sehen, wonach er griff, bevor er zurück ins Bett kam. Sie war völlig unvorbereitet auf die Brutalität, mit der er sie dann auf den Rücken warf. Bevor sie sich von der Überraschung erholen konnte, hatte er die Decke auf den Boden geworfen und ihr das Nachthemd hoch über die Hüften gezogen.

Er war so schnell, dass Dita keine Zeit blieb, um sich zu fragen, was er vorhatte – aber dann sah sie die Kohle in seiner Hand.

»Ich habe gehört, dass das anderen Männern geholfen hat. Vielleicht hilft es mir ja auch.«

Selbst zu diesem Zeitpunkt ahnte sie nichts von seinem Plan. Doch dann beugte er sich vor und rieb mit der Kohle über ihren Schoß.

Sie war entsetzt. Ihr Ehemann versuchte, ihre Pussy zu schwärzen! Erwartete er, dass sie sich eine solche Behandlung gefallen ließ? Empörung und Wut ließen ihre Kraft wachsen. Sie trat um sich und schlug mit den Fäusten auf ihn ein. Dabei ging sie so entschlossen vor, dass er gezwungen war, die Kohle beiseitezulegen und sich gegen seine schreiende Frau zu wehren.

Er war ein kräftiger Mann, fast brutal, als auch er nun wütend wurde. Aber Dita ließ sich nicht einschüchtern. Es war ihr egal, ob er ihr Schmerzen zufügte, solange sie ihn sich vom Leib halten konnte. Als er sich auf sie wälzte, um sie auf dem Bett festzuhalten, spürte Dita, dass seine Männlichkeit anschwoll und hart wurde.

Ihre Feige reagierte sofort und zog sich zusammen. Keuchend bäumte sich Dita auf und drückte sich dabei gegen McGrady, womit sie sich selbst, aber auch ihren Mann erregte. Sie rangen und kämpften wild miteinander, bis sie beide aus dem Bett fielen und sie unten und er über ihr lag.

Seine steife Männlichkeit fand ihr nasses, zuckendes Ziel und stieß hungrig zu. Dita hob ihm die Hüften entgegen, und so war ihre Paarung nichts weiter als eine lustvollere Fortsetzung ihres erbitterten Kampfes.

Es war schnell vorbei. McGrady stand sofort wieder auf, dann hob er Dita vom Boden und legte sie zurück aufs Bett.

»Ich habe dich falsch eingeschätzt«, knurrte er, noch ein wenig außer Atem. »Du bist nicht das unschuldige Ding, für das ich dich gehalten habe, sonst hätte es dir nicht so gut gefallen.« Er betrachtete sie selbstgefällig. »Jetzt weiß ich, wie ich dich nehmen muss. Wenn du gegen mich kämpfst, gibt es mir Befriedigung, dich zu unterwerfen.«

»Du hast mich nicht unterworfen«, gab Dita trotzig zurück. »Und ich werde dir nicht gestatten, mich noch einmal so roh zu behandeln.«

McGrady lachte, und dieses Lachen sandte einen kalten Schauer über Ditas Rücken. »Du bist meine Frau, und das gibt mir das Recht, dich so zu behandeln, wie es mir gefällt. Ich bin stärker als du, deshalb kann ich dich nehmen, wie, wann und wo ich will. Selbst mit einer geschwärzten Pflaume.«

Dita gab keine Antwort, doch in ihr tobte es.

Leider gab es kein Schloss an ihrer Tür.

Zehntes Kapitel

Es gibt Menschen, erklärte Matt seinem Pferd mit Kopfschütteln, denen man nicht gestatten sollte, die Stadtgrenze zu überschreiten. So war es auch mit dem Paar, das sich in seine Obhut begeben hatte, obwohl es wohl besser im heimischen Deutschland geblieben wäre.

In den letzten Wochen war Matt zu der Überzeugung gekommen, dass an der alten Redensart *Narren und Kinder schützt der liebe Gott* durchaus etwas Wahres war. Bei all ihrem Buchwissen benahmen sich die Muellers im australischen Busch wie naive Kinder, die keinen Respekt vor der Natur kannten. Es schien, als würden sie einfach nicht begreifen wollen, wie gefährlich es war, wenn sie plötzlich quer durch den Busch laufen wollten, um irgendetwas Interessantes aus der Nähe zu betrachten.

Matt nahm sich Zeit, um sein Pferd zu striegeln und zu versorgen, aber er warf doch gelegentlich einen Blick zu den Deutschen, die unbesorgt am Feuer saßen und sich in ihrer Muttersprache unterhielten. Seine eigenen Deutschkenntnisse waren zu dürftig, um das Gespräch verfolgen zu können. Nur wenn sie langsam und deutlich sprachen, konnte er einige Brocken aufschnappen.

Mehr als einmal hatte er die Tatsache verflucht, dass er überhaupt die deutsche Sprache gelernt hatte. Sonst hätte er wohl nie ihrem Drängen nachgegeben, sie durch den Busch zu führen.

Herr Mueller war Geologe und seine Frau eine eifrige Anthropologin. Eine unbestimmte Begeisterung für den australischen Kontinent hatte sie aus Deutschland gelockt und diese Expedition durch das wilde zentrale Hochland von Queensland antreten lassen.

Die Berichte über uralte Felsformationen, Berge und tiefe Schluchten, verbunden mit Gerüchten über verborgene Kunst der Eingeborenen und alte Bestattungshöhlen waren zu verlockend, um ihnen zu widerstehen. Die Warnung, dass es Stämme von Ureinwohnern in dieser Region gab, die sich mit allen Mitteln gegen die europäischen Eindringlinge wehrten, prallte an ihnen ab.

Ihr völliger Mangel an Respekt für die Gefahren auf einer solchen Expedition hatte Matts Geduld mehr als einmal auf eine harte Probe gestellt. Er begann sich zu fragen, warum zur Hölle er noch immer bereit war, Führer, Bewacher und Lehrer des Paares zu sein. Eigentlich war er an dem Punkt, an dem er sie zur nächsten Ansiedlung bringen wollte, um sich dort von ihnen zu verabschieden. Nur das Wissen, dass sie lediglich ein oder zwei Tagesreisen von Edenvale entfernt waren, ließ ihn durchhalten.

Ganz egal, wie sehr er es versucht hatte und bei wie vielen anderen Frauen er gelegen hatte, er konnte Aphrodite Jones einfach nicht aus seinen Gedanken verbannen. Er begehrte sie noch immer, und die Nachricht von ihrer Heirat hatte bei ihm eine Reaktion ausgelöst, die so sehr an Eifersucht grenzte, dass er sich selbst dafür verachtete.

Dita war also wieder auf die Füße gefallen, typisch für sie. Allen Berichten zufolge war McGrady viel wohlhabender, als Jonathan Grimshaw es jemals sein würde.

Als Matt zugestimmt hatte, die Muellers durch den Busch zu führen, war ihm natürlich klar gewesen, welche Ansiedlungen es auf ihrem Weg gab. Zuerst hatte er sich noch eingeredet, dass Edenvale zwar auf seiner Route lag, dieser Umstand aber nichts mit seinem Entschluss zu tun hatte, die Muellers zu führen.

Bald musste er sich jedoch eingestehen, dass er sich selbst etwas vormachte. Er lechzte so sehr danach, mit Dita Jones – nein, jetzt hieß sie Dita McGrady – zu schlafen, dass es fast schmerzte. Dennoch bestand nun nicht mehr die Gefahr, zum Sklaven seiner Lust zu werden, denn eine verheiratete Frau konnte sich viel weniger erlauben als eine verlobte.

Wenn man es so betrachtete, hatte sie ihm mit ihrer plötzlichen Heirat einen Gefallen erwiesen. Trotz des Drucks in seinen Lenden lief er nicht mehr Gefahr, seine Freiheit oder sein Herz an Dita zu verlieren.

Nachdem die Muellers sich zur Nacht in ihr kleines Zelt zurückgezogen hatten, streckte sich Matt neben dem heruntergebrannten Feuer auf seinem Bündel aus und schaute hoch zum Firmament. So viele Sterne! So viele Erinnerungen! Obwohl sich der Wendekreis des Steinbocks nördlich von ihnen befand, leuchteten die Sterne so hell wie auf jener tropischen Insel. Diese genussvollen Tage der Leidenschaft schienen so lange her zu sein. War wirklich schon so viel Zeit vergangen, seit er seine Lust zuletzt in Ditas warmer, feuchter Höhle verströmt hatte? Er konnte ihre Leidenschaft einfach nicht vergessen.

Er erinnerte sich an das erste Mal, als er sie zu schnell genommen hatte. Dann an das nächste Mal, als er sie zum Wasserfall geführt und auf eine sexuelle Entdeckungsreise mitgenommen hatte. So lebhaft standen die Bilder der Vergangenheit vor seinem geistigen Auge, dass er noch in der Nacht nach Edenvale aufgebrochen wäre, wenn er nicht die Verantwortung für die Muellers übernommen hätte.

Alles kam anders. Am Morgen packten sie ihre Sachen, um so schnell wie möglich in die Richtung aufzubrechen, aus der sie gekommen waren. Matt hatte einmal eine Blinddarmentzündung gehabt, und er war fast sicher, dass das Erbrechen und die krampfartigen Schmerzen, an denen Herr Mueller seit Mitte der Nacht litt, Symptome einer solchen gefährlichen Entzündung waren. Der schnellste Weg, um Hilfe zu finden, führte sie zurück. Herrn Muellers Leben lag nun in der Hand des Allmächtigen.

Jas McGrady betrat das Schlafzimmer seiner Frau und sah, dass sie im Bett saß und ihn offenbar erwartete. Sadistische Vorfreude ließ ihn böse grinsen, und ein kaltes Glänzen lag in seinen Augen. An diesem Abend würde er keine Probleme mit seiner Libido haben. Er bekam schon einen Ständer, wenn er nur daran dachte, wie er dafür sorgen würde, dass seine Ehefrau sich ihm unterwarf.

Und wenn er mit ihr fertig war, würde er zu Belle gehen, genau wie am Abend zuvor. Auch die Kleine hatte er richtig eingeschätzt. Die dunkelhäutige Sirene war geradezu unersättlich gewesen und konnte nicht genug von ihm bekommen.

Er hielt die Hand mit der schwarzen Kohle in die Höhe und beobachtete die Reaktion auf Ditas Gesicht, als er sich dem Bett näherte. »Nun, Frau«, begrüßte er sie spöttisch, »willst du dich heute Abend denn gar nicht zur Wehr setzen?«

»Nein«, antwortete Dita vollkommen ruhig. »Denn dazu besteht keine Notwendigkeit.«

McGrady stutzte und blieb stehen. »Willst du mir sagen, dass du nichts dagegen hast, wenn ich deine Pussy schwarz färbe?«

»Nein, ganz und gar nicht. Aber ich sage dir, dass du keinen einzigen Schritt weitergehen sollst.« Dita zog ihre Hand unter der Decke hervor.

McGradys spöttische Antwort auf ihre Drohung blieb ihm im Hals stecken, als er sah, dass sie einen Revolver auf seine Brust richtete.

»Was zur Hölle soll das denn?«, schrie er Dita an.

»Ich schütze mich. Ich lasse mich nicht so respektlos von dir behandeln« – sie warf einen verächtlichen Blick auf die Kohle in seiner Hand – »und ich dulde keinen Raufbold an meiner Seite. Ich beginne mich zu fragen, warum du mich geheiratet hast. Ich habe deinem Antrag zugestimmt, weil ich gehofft hatte, dass wir ganz normal wie Mann und Frau zusammenleben würden. Doch ich schlafe lieber für den Rest meines Lebens allein, als dir zu erlauben, mich noch ein einziges Mal so brutal zu nehmen wie gestern Abend.«

McGrady blieb reglos stehen, bis sie zu Ende gesprochen hatte. Mit einem höhnischen Grinsen trat er einen Schritt näher an ihr Bett heran.

Das Klicken, als sie den Hahn spannte, hielt ihn ein zweites Mal zurück. Unter seiner gebräunten Gesichtshaut wurde er blass. Der Revolver in Ditas Hand war immer noch auf ihn gerichtet.

»Also gut, dieses eine Mal gewinnst du. Ich habe dich nicht wegen der Freude am Sex geheiratet. Die Frauen, bei denen ich mir Erleichterung verschaffe, haben eine viel dunklere Haut als du. Von dir will ich nur einen legitimen, hellhäutigen Erben. Ja, jetzt ist es gesagt ...« Er räusperte sich, als er Ditas entsetztes Gesicht und ihre geweiteten Augen sah. »Ich habe keinen Grund, an der Fruchtbarkeit meines Samens zu zweifeln.« Dann senkte er die Stimme und fügte gehässig hinzu: »Viel Spaß mit deiner Waffe, Mrs. McGrady. Aber ich schwöre dir bei Gott, dass ich einen Weg finden werde, dich zu schwängern.«

Er schritt aus dem Zimmer und schlug die Tür hinter sich zu, dass es im ganzen Haus zu hören war. Dita sank in die Kissen zurück, den Revolver noch in der Hand. Zum ersten Mal wurde ihr bewusst, wie sehr sie sich vor dem Mann fürchtete, den sie geheiratet hatte.

Dita verbrachte eine ruhelose Nacht, und erst als es schon fast dämmerte, schlief sie endlich ein. Deshalb stand sie auch nicht zur üblichen Zeit auf. In ihrem Unterbewusstsein hörte Dita irgendwann, wie sich die Schlafzimmertür öffnete, und mit einem ängstlichen Schreckenslaut fuhr sie hoch. Sie entspannte sich jedoch, als sie ihre Schwägerin erkannte, die das Zimmer betrat.

»Ist alles in Ordnung mit dir?«, fragte Jane besorgt. »Du hast lange geschlafen.«

»Wie spät ist es?«

»Nach zehn.«

»So spät? Himmel, das kann doch nicht sein.«

»Stimmt irgendetwas nicht?«

»Nein, nein. Ich hatte eine unruhige Nacht, das ist alles.«

Dita schwang die Beine über den Bettrand, wodurch die Decken verrutschten und Jane den Revolver sehen konnte, der gefährlich und dunkel auf dem weißen Laken lag.

Jane stutzte bei seinem Anblick. Dann sah sie besorgt in Ditas Gesicht. »Wofür brauchst du das Ding?«

»Ich fühle mich sicherer damit.« Dita hob kurz die Schultern und ließ durchblicken, dass damit das Thema für sie erledigt war.

»Wovor hast du denn Angst? Dass unser Haus angegriffen wird?«

»Nein, das nicht.«

»Dann sollte ich vielleicht fragen, vor wem du Angst hast«, hakte Jane nach.

Dita zögerte mit der Antwort. Nervös nagte sie an ihrer Unterlippe und suchte nach einer glaubwürdigen Ausrede.

Jane war zu erfahren, um sich in die Irre führen zu lassen. »Schützt du dich vor meinem Bruder, deinem Mann?«

»Ja«, gab Dita zu. »Ich fürchte mich vor ihm. Ich war mehr als bereit, ihn zu heiraten. Ich dachte, es würde für uns beide gut sein. Ich wusste nicht ... ich meine, ich hätte nie gedacht ...«

»Hat er dich verletzt?«

»Noch nicht, aber ich habe Angst, dass es so weit kommen wird. Er verfolgt seine Ziele auf eine äußerst aggressive Weise, und ich lasse mich nicht zwingen.«

»Warum sollte Zwang überhaupt erforderlich sein? Ich habe dich für eine Frau gehalten, die sehr wohl bereit ist, sich den Bedürfnissen ihres Mannes anzunehmen.«

»So ist es auch. Ich konnte es nicht erwarten, die Ehe mit ihm zu vollziehen.«

»Wo liegt dann das Problem?«

Dita sah Jane in die Augen. »Ich glaube, du weißt es. Vom ersten Tag an musste ich vermuten, dass mit unserer Ehe irgendetwas nicht stimmt. Als wir dann in Edenvale eintrafen, wurde aus meiner Befürchtung Gewissheit. Belle ist es, auf die mein Mann ein Auge geworfen hat. Meine Haut ist ihm zu blass.«

Jane antwortete nicht darauf, sondern dachte angestrengt nach. Die charakterlichen Eigenarten ihres Bruders waren ihr vertraut, deshalb konnte sie sich einige Details vorstellen, die

Dita ausgelassen hatte. Als Jas seiner Schwester von der bevorstehenden Eheschließung geschrieben hatte, hatte sie eine gewisse Unruhe verspürt, die sich jetzt noch erheblich verstärkte. Ihrer Ansicht nach war es durchaus akzeptabel, wenn man sich nur der Lust wegen paarte, aber das schien im Falle ihres Bruders nicht das Problem zu sein.

»Du wirst es noch nicht gewusst haben, aber Jas ist für ein paar Tage zu einem der Außenposten aufgebrochen.«

»Was für eine Erleichterung. Aber mir hat er nichts davon gesagt.«

»Er hat den Entschluss sehr kurzfristig gefasst, und er hat Belle mitgenommen.«

Dita war schockiert. Sie hatte nicht gedacht, dass er seine Begierden so rücksichtslos ausleben würde. »Dann wünsche ich ihr, dass es ihr gut geht bei ihm. Belle soll seiner Rute dienen, so oft sie will, denn ich bin sicher, dass ich mit seinem Schaft nicht mehr in Berührung kommen werde.«

Die Muellers hatten einen emsigen Schutzengel, denn zufällig hielt sich ein Arzt in Venus Downs auf, als Matt, der kranke Herr Mueller und seine vor Angst zitternde Ehefrau dort eintrafen.

Matt blieb nur so lange, bis man ihm versicherte, dass der Patient wieder ganz gesund werden würde. Die Reise ins Hochland wurde um einige Wochen verschoben, bis Herr Mueller sich vollständig erholt hatte und für die Reise stark genug war. Für den Moment war der Wissenschaftler nicht in der Verfassung, woanders hingebracht zu werden, und außerdem erwiesen sich die Menschen in dem Ort als ausgesprochen gastfreundlich.

Zufrieden, dass er alles getan hatte, was er tun konnte, verabschiedete sich Matt von den Muellers und trieb sein Pferd über die kürzeste Route nach Edenvale.

Innerhalb weniger Tage hatten Dita und Jane zu einer Vertrautheit gefunden, die der Grundstein für eine lange Freundschaft werden sollte. Während Jane gestand, dass sie überrascht und entzückt war, wie rasch sich Dita an das Leben im Outback gewöhnt hatte, war dies für diese nicht weiter der Rede wert.

Obwohl ihre Ehe mit Jas McGrady sich als Enttäuschung herausstellte, glaubte sie fest daran, dass sie ihren Platz in diesem wunderschönen Land gefunden hatte, in dem die Zeit stillzustehen schien.

An den kühlen Herbstabenden saßen die beiden Frauen am offenen Kamin im Wohnzimmer. Manchmal lasen sie, aber meistens redeten sie miteinander. An einem Abend erzählte Jane davon, welche Mühen sie beim Aufbau von Edenvale gehabt hatten, wobei sie es vermied, ihren Bruder über Gebühr zu erwähnen.

Während Jane sprach, betrachtete Dita ihre Freundin aus der Nähe. Jane war eine offene, unabhängige Frau, hinter deren rauer Schale echte Leidenschaft durchschimmerte. Wie alt mochte sie sein? Mitte dreißig?

»Warum hast du nie geheiratet?«, fragte Dita.

»Ich bin viel zu unabhängig, um mich einem anderen Menschen unterzuordnen. Und ich glaube nicht, dass es einen Mann gibt, der glücklich darüber ist, wenn seine Frau nicht nur in Hosen herumläuft, sondern die Hosen auch anhat.«

Dita musste lachen. »Du siehst auch in Hosen gut aus. Nur in Mieder und Korsett kann ich mir dich nicht vorstellen, oder gar in einem Rüschenkleid.«

Jane verzog das Gesicht. »Das möge der liebe Gott verhindern! Ich würde wahrscheinlich über meine Unterröcke stolpern und mich wie ein Fisch auf dem Trockenen fühlen. Nein, danke, Dita. Ich behalte meine Hosen und meine Unabhängigkeit.«

»Hast du nicht das Gefühl, dass du manchmal irgendetwas vermisst?«

Jane sah ihr offen ins Gesicht. »Du sprichst von Sex, nicht wahr?«

»Eh, ja.«

»Da habe ich nichts verpasst, Dita. Ich hatte genug Liebhaber. Aber jetzt habe ich einen Punkt in meinem Leben erreicht, an dem ich nicht einmal dafür einen Mann brauche.«

Das unverblümte Bekenntnis ließ Dita unruhig werden. Deutete Jane an, dass sie eine Schwäche für weibliche Gespielinnen hatte?

»Du hast meine Skulpturen bewundert«, fuhr Jane fort. »Ich habe dir versprochen, dir auch die anderen zu zeigen. Ich werde sie mal holen.«

Auf Ditas Gesicht spiegelten sich Faszination und Erstaunen, als Jane ihr die kleine Kiste in die Hände legte. War ihre Schwägerin vom Sex besessen? Die erotische Schnitzarbeit auf dem Deckel der Kiste verfehlte ihre Wirkung nicht.

Jane klappte den Deckel auf. »Was hältst du von diesen?«

Dita war keines zusammenhängenden Gedankens fähig. In ihrem Kopf herrschte Chaos, während ihr Körper sogleich auf die kleinen Kunstwerke ansprach. Die Schnitzerei auf dem Deckel hätte sie auf den Inhalt vorbereiten sollen.

»Nun mach schon, such dir einen aus«, drängte Jane.

Dita hob ein Stück aus rötlichem Holz auf und nahm es in beide Hände. Der Phallus war perfekt geformt, bis ins kleinste Detail. »Du hast ein sagenhaftes Talent, Jane. Dies hier ist eine sehr realistische Arbeit. Benutzt du es für die Dinge, die mir beim Anblick sofort in den Kopf kommen?«

»Aber gewiss benutze ich sie dafür. Jetzt weißt du, warum ich auch ohne Mann an meiner Seite zufrieden bin. Mit diesen Dingen kann ich mir Lust verschaffen, wann immer mir danach zumute ist.«

Dita strich mit den Fingern über die anderen Stücke in der Kiste. »Aber der Penis eines Mannes ist viel flexibler. Schmerzen diese Holzschwänze nicht?«

»Überhaupt nicht. Ich verwende ein besonderes Öl, mit dem ich sie vor Gebrauch einreibe.« Sie betrachtete Dita, wie diese den Phallus mit unverhohlener Neugier in den Händen hielt. »Behalte ihn. Dann kannst du ihn selbst ausprobieren.«

Dita spürte ein Zucken in ihrer Vulva, als würde sie sich mit den Fingerspitzen verwöhnen. »Und du hast nichts dagegen?«

»Natürlich nicht. Viel Spaß damit. Wenn du beabsichtigst, deinen Mann weiter mit einem Revolver auf Distanz zu halten, wirst du dir auf andere Art Befriedigung suchen müssen«, sagte sie schmunzelnd.

Jane schwieg eine Weile, dann wurde ihr Ausdruck ernst. »Jas nimmt sich zwar das Recht heraus, Belle vor aller Augen zu seiner Geliebten zu machen und schert sich einen Dreck um deine Gefühle, aber du wärst gut beraten, wenn du besonnen bleibst. Egal, wer für eure Situation verantwortlich ist, du solltest nicht versuchen, es ihm mit gleicher Münze heimzuzahlen. Es ist auch nicht so, dass du viel Auswahl unter unseren Männern hättest. Sie wissen alle, dass mein Bruder ein Mann ist, dem man besser nicht in die Quere kommt.«

Janes Warnung löste bei Dita Beklommenheit aus. Schuldbewusst fragte sie sich, ob Jane ihr Interesse an Will O'Leary bemerkt hatte. Hatte Jane wirklich geglaubt, Dita könnte mit dem Gedanken spielen, sich bei ihrem Mann für seine Untreue zu revanchieren?

Nun, ihre Schwägerin hatte keinen Grund zur Sorge. Will würde erst in einigen Wochen zurück nach Edenvale kommen, und wer konnte schon wissen, was in der Zwischenzeit alles geschah?

Bereits am gleichen Abend brachte sich Dita selbst auf andere Ideen, als sie die wundersamen Wonnen der Lust kennenlernte, die der hölzerne Phallus zu schenken vermochte. Zunächst war sie im Umgang mit ihm sehr vorsichtig gewesen, auch ein wenig ängstlich, trotz Janes Beteuerung, dass man sich damit nicht verletzen konnte.

Aber dann wurde sie immer sicherer und gleichzeitig immer erregter, und schon bald benutzte sie das Holzstück mit Geschick und voller Lust. Jane hatte ja so recht gehabt. Dita war sich sicher, dass sie von nun an regelmäßig von diesem fabelhaften Spielzeug Gebrauch machen würde.

Schließlich konnte sie nicht ahnen, dass sie schon so schnell dem Mann wiederbegegnen würde, den sie für immer aus ihrem Leben verschwunden glaubte.

Matt war freundlich begrüßt und willkommen geheißen worden, bevor man ihm einen Sessel im Wohnzimmer anbot. Das war, noch bevor Dita überhaupt wusste, dass es einen Besucher auf Edenvale gab. Bei seiner Ankunft war sie in der Küche in ein lebhaftes Gespräch mit dem alten Joe verstrickt, bei dem es um die beste Methode für die Zubereitung von Yorkshire Pudding ging.

Der Koch war nicht so eigensinnig, wie Jane angedeutet hatte. Aus irgendeinem Grund war ihm Dita vom ersten Augenblick an sympathisch, und die beiden kamen wunderbar miteinander aus. Dank der guten Schule ihrer Mutter kannte sich Dita mit den wichtigsten Aufgaben in einer Küche ziemlich gut aus. Viele ihrer Ansichten unterschieden sich jedoch von Joes, und so stritten sie sich oft auf freundschaftliche Weise über die verschiedenen Rezepte und darüber, welche besser waren.

»Ich hätte nie geglaubt, dass ich diesen Tag noch erleben würde«, rief Jane, als sie die Küche betrat.

Dita drehte sich freundlich lächelnd zu ihr um, während Joe sie mit einem mürrischen Gesicht ansah. »Ich hätte auch nicht gedacht, dass dieser Tag kommen würde. Will mir dieses junge Ding doch tatsächlich erzählen, wie man kocht.«

Jane lachte wieder. Sie fühlte sich aufgekratzt und glücklich. Zum ersten Mal seit Jahren war ihr mit Matt ein Mann mit einer sexuellen Anziehungskraft begegnet, der ihre längst vergessenen Jungmädchen-Fantasien wieder zum Leben erweckte.

»Gibt es Tee?«, fragte sie. »Wir haben einen Besucher.«

»Wir haben einen Besucher?«, wiederholte Dita und nahm die Schürze ab. »Ich schätze, dann muss ich meine Pflichten als Gastgeberin wahrnehmen.«

Sie verließ mit schnellen Schritten den Raum und überließ es Jane, die Erfrischungen mitzubringen. Ihre Gedanken drehten sich um den Gast, von dem sie noch nicht wusste, wer es war, aber sie freute sich auf die Abwechslung und auf neue Gesellschaft. Sie hatte nicht die geringste Ahnung, wer der Mann sein könnte, der jetzt im Zimmer stand und Janes Skulptur bewunderte.

Matt drehte sich rasch um, als er den leisen Überraschungsschrei hörte. Was immer er auch zur Begrüßung hatte sagen wollen, kam nun nicht mehr über seine Lippen.

Obwohl er verrückt nach ihrer dunklen Schönheit war, war ihm nicht klar gewesen, wie stark seine Sehnsucht nach Dita noch immer war. Die Erkenntnis traf ihn mit der Wucht eines Vorschlaghammers.

Ditas Reaktion war nicht weniger emotional. Sie begehrte ihn. Gott, wie sie ihn begehrte! Was für ein Trugschluss, dass sie geglaubt hatte, ihn vergessen zu können.

Ihr gegenseitiges Verlangen war so stark, dass sie wie in einem unsichtbaren Netz aus Erinnerungen und Leidenschaft gefangen schienen. Sie wussten nicht, wie lange sie sich gegenüberstanden und die Augen nicht voneinander lassen konnten.

Erst Janes Schritte schreckten sie auf, und Dita machte einen Schritt auf den Gast zu.

»Das ist eine Überraschung. Was bringt dich denn in diesen Teil des Landes?«

»Würden Sie glauben, dass ich gekommen bin, um Sie zu besuchen, Mrs. McGrady?«

Die Betonung ihres neuen Namens, brachte ihm einen unbehaglichen Blick von Dita ein. »Nein, das glaube ich nicht«, gab sie zurück. »Da müssen Sie sich schon etwas Überzeugenderes einfallen lassen, Mr. Warrender.«

»Ich glaube, das kann ich. Wenn du gestattest, warte ich mit der Geschichte, damit auch Miss McGrady sie hören kann.« Matt schenkte Jane sein charmantestes Lächeln, was es ihr erschwerte, an etwas anderes als Sex zu denken.

Als Dita den Tee eingeschenkt und Jane den Teller mit den Plätzchen herumgereicht hatte, erzählte Matt ihnen von den Muellers.

»Glaubst du, dass sie ihre Absichten ändern und ihre Expedition abbrechen werden?«, fragte Jane.

»Wenn sie nur einen Funken Verstand hätten, würden sie es tun.«

»Aber du glaubst nicht daran?«

»Trauen sie dir wirklich zu, dass du sie vor der Gefahr bewahrst und nicht geradewegs zu ihr führst?«, fragte nun Dita, und es klang seltsam mehrdeutig.

Matt hob eine Augenbraue. »Also wirklich, willst ausgerechnet du meine Fähigkeiten, in der Wildnis zu überleben, infrage stellen?«

»Deine Fähigkeit, aus jeder Situation das Beste für dich herauszuholen, ist unbestritten«, entgegnete Dita.

Jane verfolgte den Schlagabtausch der beiden mit großen Augen. Sie wusste sofort, dass diese Unterhaltung einen ernsten Hintergrund hatte. »Habe ich irgendetwas verpasst?«, fragte sie. »Kennt ihr euch?«

»Ja, wir kennen uns«, bestätigte Matt. »Wir hatten das Glück, uns als Schiffbrüchige auf eine einsame tropische Insel zu retten.«

Janes Lippen zuckten. »Aber ein Schiffsunglück muss doch eine schreckliche Katastrophe sein.«

»Für die meisten Menschen an Bord war es das, aber nicht für mich, und ich glaube, für Dita auch nicht.«

»Ah! Dann hast du doch nicht alles über dich erzählt, Dita! Schäm dich.«

»Wir waren nicht die einzigen Überlebenden auf dieser Insel, deshalb sah ich keinen Grund, dir davon zu berichten. Es war eine außergewöhnliche Zeit in meinem Leben, die ich gern vergessen würde.«

»Das glaube ich nicht«, warf Matt ein. »Aber du warst schon immer gut darin, andere Menschen zu täuschen.«

Vor Wut färbten sich Ditas Wangen rot. Warum sprach Matt so geringschätzig von ihr? Hatte sie sich geirrt in diesen ersten Momenten des Wiedersehens? Sie ignorierte die Möglichkeit, dass er ihr nur heimzahlen wollte, was sie mit ihren geäußerten Zweifeln an seinen Fähigkeiten begonnen hatte.

Jane wechselte geschickt das Thema und lenkte das Gespräch in andere Bahnen. Doch ihren wachsamen Augen entging nicht, dass zwischen der Frau ihres Bruders und diesem faszinierenden Besucher Funken sprühten. Was immer sie heute trennte, schien seinen Anfang auf der tropischen Insel genommen zu haben.

»Du bleibst natürlich über Nacht«, sagte Jane zu Matt. »Wir würden uns sehr über deine Gesellschaft freuen.«

»Danke. Ich fühle mich geehrt und nehme das Angebot gern an.«

»Eigentlich wäre es Ditas Aufgabe gewesen, dich einzuladen, denn sie ist jetzt die Herrin von Edenvale. Deshalb überlasse ich es auch ihr, dir dein Zimmer zu zeigen, während ich mich draußen ein wenig nützlich mache.«

Als Jane das Zimmer verließ, spürte Dita, wie die Befangenheit zwischen ihr und Matt wuchs. Sie tauschten einige knappe Sätze, während sie ihn über den Flur zum Gästezimmer führte. Matt trat ein, sah sich kurz um und fragte: »Liegt dein Zimmer nebenan?«

»Nein, da schläft Jane. Mein Zimmer befindet sich auf der anderen Seite des Wohnzimmers.«

»Schläft dein Mann bei dir?«

»Mein Mann ist zurzeit unterwegs.«

»Ja stimmt, Jane sagte das schon. Ich fand, dass sie es sogar besonders betont hat, und frage mich, warum.«

Dita gab keine Antwort, aber ihr war dieser Umstand auch aufgefallen.

»Schläft er in deinem Zimmer?«

»Sein Zimmer liegt meinem gegenüber.«

»Ah, verstehe.«

»Das bezweifle ich.« Warum nur gerieten ihre Gedanken in seiner Gegenwart derart durcheinander? Warum konnte ihr

Verlangen nach ihm nicht rein körperlich sein ohne diesen inneren Tumult?

»Du hast deine Fröhlichkeit verloren. Du hast Schatten unter den Augen, und auf deinen Lippen liegt nur selten ein Lächeln. Was ist schiefgelaufen, Dita?«

»Das geht dich nichts an.«

»Wenn dein Körper solche verzweifelten Signale aussendet, geht es mich sehr wohl etwas an.«

»Du bist zu sehr von dir überzeugt, Matt Warrender.«

»Ich bin von dir überzeugt, Dita. Ich bin hier, um dich zu sehen, um dich in den Armen zu halten. Ich möchte dich berühren, dich küssen, dich schmecken. Wir haben uns viel gegeben, Dita. Erinnerst du dich?«

Als ob sie das je vergessen könnte! Ihr Körper zitterte, als sie an die Berührungen seiner Hände und Lippen dachte, und seine Worte lösten eine Sehnsucht in ihr aus, diese Erfahrung zu wiederholen.

»Ich dachte, du wärst derjenige, der es vergessen hat. Das letzte Mal, als wir uns trafen, schienst du gegen meine Reize recht immun zu sein.«

»Weil du den Preis für deinen Körper zu hoch angesetzt hast. Aber wenn ich dich damals verletzt habe, verspreche ich dir jetzt, dass ich es wieder gutmachen werde. Oh, zum Teufel! Warum stehen wir hier eigentlich herum?«

»Weil du mir durch nichts bewiesen hast, dass ich dir wirklich etwas bedeute. Erwartest du, dass ich mich einfach so ausziehe und mich zu deiner Verfügung aufs Bett lege?«

Ditas Spott ließ ihn zornig werden. »Verdammt, das ist nicht, was ich will, und das weißt du genau.«

»Woher soll ich irgendetwas wissen? Ich verstehe dich nicht, Matt Warrender. Ich habe dich nie verstanden, und ich werde dich nie verstehen.«

»Aber das wirst du verstehen.« Mit einem Schritt war er bei ihr. Sein Mund war hart, wild und fordernd. Beinahe hätte Dita das Gleichgewicht verloren, und sie musste sich an seinen Schultern festhalten. Er drückte sie fest an sich, während er sie noch immer küsste. Seine harte Männlichkeit drängte sich gegen ihre Hüfte.

Die Berührung schien ihre Kleidung zu versengen und entfachte ihr Verlangen nach ihm aufs Neue. Ihr Körper schmiegte sich an seinen, und ihr Mund gab sich willig den erotischen Spielen seiner Zunge hin.

Matt fingerte an ihren Knöpfen herum, und es machte ihn fast wahnsinnig, dass sie so klein und so viele waren. Er stöhnte frustriert.

»Das Nachthemd, das du auf der Insel angehabt hast, war mir lieber.«

»Aber selbst damals konnte es dir nicht schnell genug gehen.« Dita wand sich aus seiner Umarmung und half ihm mit den Knöpfen.

»Welcher Mann würde nicht ungeduldig, wenn er so lange von deiner Schönheit geträumt hat?« Matt schob ihr die Bluse von den Schultern. Er senkte den Kopf und küsste die Ansätze ihrer Brüste. »Erinnerst du dich, wie ich dich für meine Ungeduld entschädigt habe?«

Ein köstlicher Schauer ließ sie vom Kopf bis zu den Zehen erbeben. »Erst du hast mir beigebracht, wie wunderbar Sex sein kann, Matt. Wirst du es mir heute noch einmal zeigen? Mein Körper braucht eine kleine Gedächtnisstütze.«

Matts tiefe Stimme klang bestürzt. »Was ist nur mit dir geschehen, Dita? Du hattest Liebhaber, und jetzt hast du einen Ehemann.«

An den Ehemann wollte sie nicht erinnert werden. »Aber es gibt nur einen Matt Warrender.«

Sie zogen sich gegenseitig aus, neckten sich mit Küssen und zarten Berührungen.

»Mein Gott, du bist so schön. Noch schöner, als ich dich in Erinnerung hatte.«

Matt hob sie auf die Arme und trug sie zum Bett. Bevor sie es erreicht hatten, fanden sich ihre Münder zu einem Kuss, der ihre Körper und Seelen zu verbinden schien, all ihre Gedanken und all ihre Gefühle. Dita spürte, wie sie in dem Kuss förmlich ertrank, und sie drückte sich noch fester an Matt, als er sie liebevoll schließlich aufs Bett legte. Ihre Vereinigung stand kurz bevor.

Matt löste seine Lippen von ihren. »Noch nicht, Liebes.« Sein Mund wanderte hinter ihr Ohr, wo er mit der Zunge kleine Kreise beschrieb, die ihren Körper lustvoll zucken ließen. Seine Hand strich über eine Brust, während die Zunge weiter über ihren Nacken glitt, dann zum Hals und über die samtene Weichheit ihrer Haut bis zu den empfindlichen Nippeln, die sich längst aufgerichtet hatten.

Dita fuhr mit ihren Fingern durch Matts Brusthaar, und als sie seine Brustwarzen fand, drückte und zog sie an ihnen, bis sie ebenso starr standen wir ihre. Matt stöhnte und schob seinen Körper auf ihren. Er sog an der Brust, mit der er gespielt hatte, während seine Hand nun zu ihrer anderen Brust wanderte. Dann folgte er ihr mit dem Mund. Vorsichtig nahm er auch den anderen Nippel zwischen seine Lippen.

Flüssiges Feuer schien durch Ditas Adern zu laufen. Ihr Körper war geweckt, von den winzigen Härchen auf ihrer Haut bis in ihr Innerstes.

Gefangen von einer wunderbaren Sinnlichkeit, warf sie den Kopf zurück und schloss die Augen. Sie hielt Matts Kopf in ihren Händen und grub die Finger in sein dichtes Haar.

Leises Stöhnen drang über ihre Lippen, als er mit dem Mund über ihren Bauch strich.

Unendlich langsam rutschte er weiter hinunter, vom Nabel bis zu ihrem Schoß. Es war, als wollte er ihre Geduld auf die Probe stellen.

Als seine Lippen endlich ihr Ziel erreicht hatten, küsste er zunächst die Innenseiten ihrer Schenkel, während seine Hände ihre Beine behutsam weiter öffneten. Dann, als die Spitze seiner Zunge ihre empfindlichste Stelle berührte, fuhr ein Zittern durch Ditas Körper und ein Schluchzer drang tief aus ihrer Kehle, fast als würde sie Schmerz empfinden.

Sie konnte die exquisite Lust, die er ihr bereitete, kaum ertragen. Das erotische Wunder kam ihr viel größer vor als beim ersten Mal, als er sie auf diese Weise glücklich gemacht hatte. Es war, als würde er sie noch einmal ganz neu in die Liebe einführen. Sie konnte keinen klaren Gedanken mehr fassen, und als sie über die Klippe stürzte und sich ganz ihrem Höhepunkt hingab, schien ihr Körper in winzige Stücke zu explodieren, die heller als die Sonne strahlten, bevor sie in einem Meer aus scharlachrotem Gefühl versank.

Sie kehrte in die Wirklichkeit zurück, als Matt sich kurz darauf auf sie legte und mit einem einzigen, besitzergreifenden Stoß in sie drang. Er küsste sie leidenschaftlich, und Dita schmeckte ihre eigene Süße auf seinen Lippen.

Sie waren vereint, nicht länger zwei Wesen, sondern eins. Und es schien nur noch den Rhythmus ihrer Körper zu geben, als er seinen großartigen Schwanz nun härter und schneller in sie versenkte. Mit geschlossenen Augen gab sich Dita mit jeder Zelle ihres Körpers der wunderbaren Kraft seiner Männlichkeit hin. Ihre Hüften hoben und senkten sich im Takt seiner Stöße. Sie hörte Matt keuchen und fühlte das unkontrollierbare Beben, das ihren Körper erfasste, bevor sie der nächste wunderbare Orgasmus mit sich riss.

Sie erreichten den Gipfel zusammen. Matt stieß sich noch einmal in sie hinein und hielt sie eng an sich gedrückt. Ihre Säfte vereinigten sich und flossen zwischen ihren Körpern auf das Leintuch, wo sie einen großen Fleck hinterließen.

Als Matt schließlich auf ihr zusammensackte, strich Dita mit den Fingern über seine feuchten Rückenmuskeln. Eine unendliche Zärtlichkeit nahm von ihr Besitz. Nach einer Weile hob Matt den Kopf und küsste sie mit sanfter Leidenschaft. Er bewegte seine Hüften nicht, denn er war noch so geschwollen und hart und tief in ihr, dass Dita sich für einen Moment vorstellte, sie könnten für immer so vereint bleiben.

An jedem Abend der nächsten Woche erklärte Matt, dass er am Morgen weiterreisen müsste. Bevor aber der Morgen dämmerte, hatte Dita ihn überredet, noch einen Tag länger zu bleiben.

Für Jane bedeutete Matts Anwesenheit unendliche Qualen. Auch wenn er Dita gehörte, so weckte er doch wollüstige Gefühle in ihr. Es war eine Ironie des Schicksals, dass ihre Schwägerin ausgerechnet an dem ersten Mann seit Jahren, den Jane wieder begehrte, die älteren Rechte hatte.

Selbst ihre Hölzer boten ihr nur einen schwachen Trost, wenn sie wusste, dass Dita und Matt auf der anderen Seite des Hauses zusammen waren. Sie ertrug ihr Leiden aber schweigend, denn sie wollte Dita keine Schmerzen zufügen. Je länger sie die beiden beobachtete, desto verblüffter war sie jedoch, dass Dita überhaupt ihre Schwägerin geworden war.

Während die Tage und Nächte vergingen, quälten Matt ganz andere Gedanken. Er erkannte, dass er auf viel wackeligeren Füßen stand, als er angenommen hatte, und auch der Schutzschild um sein Herz hatte Risse bekommen. An einen kühlen Kopf war nicht mehr zu denken. Er verlor sich in Ditas Körper und hatte das Gefühl, in Treibsand zu versinken. Jedes Mal, wenn er seine Abreise erneut verschob, sank er ein bisschen tiefer. Nur McGradys Rückkehr rettete ihn davor, sich für immer zu verlieren.

Matt brauchte keine fünf Sekunden, um zu wissen, was für ein Mensch McGrady war. Die listige Selbstzufriedenheit der jungen Aborigine-Frau bestätigte ihn nur in seinem Urteil.

McGrady war kein Mann, in dessen Gesellschaft Matt länger verweilen mochte als unbedingt nötig. Er hatte keine Ahnung, warum Dita einen solchen Mann geheiratet hatte. Lag es nur an seinem Geld?

Dita hatte an diesem Abend nur wenig zu sagen, obwohl ihr viele Dinge durch den Kopf gingen. Jane schöpfte währenddessen Hoffnung, dass sich ihre Wünsche doch noch erfüllen könnten. Sie warf Matt innige Blicke zu und berührte ihn beiläufig, was er auch bereitwillig zuließ. Gleichzeitig fragte er sich, warum Janes Loyalität nicht ihrem Bruder gehörte, dem er eine Woche lang Hörner aufgesetzt hatte. Stattdessen gab sie sich größte Mühe, McGrady wissen zu lassen, dass Matt sich für sie und nicht für Dita interessierte.

Für Matt spielte das keine Rolle. Er würde am Morgen, sobald es hell genug für ihn und sein Pferd war, verschwinden.

Schlaf konnte er in dieser Nacht nicht finden. Es war die erste Nacht, in der er Dita nicht in seinen Armen hielt. Er lag noch immer wach, als die Tür zu seinem Zimmer aufschwang. Wie ein Geist trat Dita in ihrem weißen Nachthemd an sein Bett.

»Matt?«

»Ich bin wach.« Er setzte sich auf.

»Nimm mich mit.«

Ihr Flehen überraschte ihn. »Warum?«

»Warum!« Ihre Antwort klang wie ein wütender Schrei. »Muss ich dir das wirklich sagen? Wir gehören zusammen, Matt. Ich will bei dir sein.«

»Du bist eine verheiratete Frau, Dita.«

»Aber mit was für einem Ehemann?« Ihre Stimme brach, und ein Schluchzer drang aus ihrer Kehle. »Ich habe Angst vor ihm. Er ist ein grausamer Mann. Heute Abend hat er den höflichen Gastgeber gespielt, aber ich glaube nicht eine Sekunde lang, dass er sich von Jane hat täuschen lassen. Wenn du mich hierlässt, habe ich Angst vor dem, was er mit mir anstellen wird.«

»Warum gehst du dann das Risiko ein, zu mir ins Zimmer zu kommen? Warum hast du überhaupt das Risiko auf dich genommen, dich mit mir einzulassen? War deine Gier nach Sex so groß?«

Gott, gib mir Kraft, dachte Matt. Er wusste, dass er sie an sich ziehen und Liebe mit ihr machen würde, ob ihr Ehemann nun im Haus war oder nicht, wenn sie noch eine Minute länger bei ihm blieb. Himmel, was für ein Narr er gewesen war, sich erneut von ihrer einzigartigen Sinnlichkeit umgarnen zu lassen. Dabei war er doch nur nach Edenvale gekommen, um noch einmal ihren Körper zu genießen und nichts weiter.

Ihr Gesicht lag im Schatten, als sie ihn tränenreich anflehte.

»War Sex denn alles, was unser Zusammensein für dich ausgemacht hat? Das kann ich nicht glauben, Matt. Bitte, wenn du irgendetwas für mich empfindest, dann bring mich weg von hier!«

Matt suchte nach den Resten von dem, was er für seinen Selbsterhaltungstrieb hielt, und zwang sich zu einem spöttischen Grinsen.

»Mehr als alles andere waren meine Lenden an dir interessiert. Und du hast diesen Teil meines Körpers in der letzten Woche mehr als zufriedengestellt.« Er ignorierte ihr verletztes Keuchen, legte den Kopf wieder aufs Kissen und rollte sich gähnend auf die Seite, um ihr seine Gleichgültigkeit zu demonstrieren. »Geh zurück in dein Bett, Dita. Du hast deine Wahl getroffen und musst damit leben. Deine Probleme haben nichts mit mir zu tun. Wir hatten unseren Spaß, aber jetzt muss ich mich wieder um anderes kümmern.«

Es folgte ein kurzes Schweigen, das Matt wie eine Ewigkeit erschien. Dita verließ das Zimmer so still, wie sie es betreten hatte. Er wusste nicht, ob sie weinte oder nicht.

Im grauen Licht der Morgendämmerung lag ein dunstiger Nebel über dem Tal, als Matt Edenvale schließlich verließ. Nur Jane war wach und bemerkte seine Abreise.

Es musste der Schlafmangel sein, der Matt so zusetzte. Sein Verstand sagte ihm, dass er glücklicher dran war, wenn er allein durch die Wildnis ritt. Und so ignorierte er die Stimme seines Gewissens, die ihm Feigheit vorwarf, und weigerte sich, auf sein Herz zu hören.

Die Herde war zur Tränke geführt und für die Nacht untergebracht, die Pferde waren festgebunden und gefüttert. Will O'Leary pfiff fröhlich vor sich hin, nahm sein Badetuch und ging ein Stück den Bach hoch, wo das Wasser nicht von der Rindern verdreckt war. Will konnte zufrieden mit sich und dem Tag sein. Sie hatten etwa fünfzehn Kilometer geschafft, und die Rinder waren in guter Verfassung. Er hatte jetzt noch zwei zusätzliche Helfer für die Herde, was ihm seine Aufgabe erleichterte. Smithy und Rawlings waren am Tag zuvor zu ihnen gestoßen, nachdem sie auf Edenvale von Reparaturarbeiten aufgehalten worden waren.

Alle Männer, ausgenommen die, die bei der Herde bleiben mussten, saßen redend und lachend ums Lagerfeuer, als Will von seinem Bad zurückkam. Er hatte den Eindruck, dass ein oder zwei Männer unbehaglich in seine Richtung schauten, maß dem aber keine weitere Bedeutung zu. Nicht alle hatten Wills Rückkehr bemerkt. Smithy hatte ein Thema angeschnitten, das bei den Männern für Lachanfälle sorgte.

»Möchte gern mal wissen, was McGrady macht, wenn Will zurück ist. Ich schätze, er muss damit aufhören, Belle zu bumsen und sich mit seiner Ehefrau begnügen.«

Rawlings grinste höhnisch. »Ein Kerl, der so scharf auf schwarzen Samt ist wie er, wird immer eine Möglichkeit finden. Wisst ihr, ich hätte auch nichts dagegen, meinen Stab in Belles hübschen schwarzen Arsch zu stecken. Ich wette, das würde ihr auch gefallen.«

»Nun ja, McGrady hat genug Zeit, um sich mit ihr zu vergnügen. Wahrscheinlich hat er sie schon mit einem Bastard gefüllt. Ein weiterer, der die Sippe vergrößert.«

»Vielleicht hat er sie schon beide geschwängert.« Rawlings Spott ging in einen Überraschungsschrei über, als er von hinten gepackt und auf die Beine gestellt wurde.

Er hatte nur einen Wimpernschlag lang Zeit, um den Zorn in Wills Gesicht zu sehen, dann krachte eine Eisenfaust gegen sein Kinn. Er stürzte hilflos zu Boden und kam dem Feuer dabei gefährlich nahe.

Will setzte dem Mann nach, brachte ihn wieder auf die Füße und versetzte ihm dann einen weiteren Schlag, der ihn in die entgegengesetzte Richtung fliegen ließ. Die Rufe der Männer übertönten die Geräusche des Kampfes und Rawlings Stöhnen. Alle wussten, dass das hier kein Spiel war, sondern eine ernste Sache.

»He, hört auf damit.«

»Nun schlag ihn nicht gleich tot, Will!«

»Verdammte Hölle! Genau das wird er tun, er wird Rawlings töten!«

Die Männer drängten sich zwischen die Kämpfer. Zwei Männer packten Rawlings und zogen ihn weg von den wütenden Fausthieben.

Die Kraft der anderen reichte kaum aus, um Will zu bändigen. Sein Gesicht war von einer mörderischen Wut verzerrt, und sein Atem ging stoßweise.

»Das ... nächste ... Mal ... wenn ich ... dich so über ... Belle sprechen höre ... bringe ich ... dich um.«

Rawlings hielt Wills zornigem Blick stand. »Ich habe nur die Wahrheit gesagt.«

Smithy sprang ihm bei. »Es stimmt, Will. Es tut mir leid für dich, aber Belle war mit McGrady auf der Ranch unterwegs, und du kannst mir glauben, dass er sie nicht nur mitgenommen hat, damit sie ihm das Essen kocht.«

»Ich glaube dir nicht. Belle würde so etwas nie tun. Jedenfalls nicht freiwillig.«

»Nun, vielleicht ist sie gezwungen worden, vielleicht auch nicht. Das Ergebnis bleibt dasselbe. Es ist zwar jammerschade, dass du es auf diese Weise herausfinden musstest, aber an der Sache kannst du nichts ändern.«

Mit dieser Annahme irrte Smithy. Will brütete die ganze Nacht darüber, wie seine Vergeltung aussehen könnte. Eine Qual, wie er sie noch nie empfunden hatte, zerriss ihn. Er würde es nicht ertragen, wochen- oder monatelang von zu

Hause weg zu sein und mit der Ungewissheit, was genau passiert war, zu leben.

Er musste die Wahrheit wissen, und deshalb musste er zurück nach Edenvale reiten. Sofort. Selbst wenn ihn diese Entscheidung den Job kosten würde.

Elftes Kapitel

Janes erster Gedanke, als sie Matt in der dunstigen Frühe davonreiten sah, führte im Laufe des Tages zu einer klaren Entscheidung. Und nachdem sie sorgfältig über alle Eventualitäten nachgedacht und auch das Verhalten von Matt und Dita berücksichtigt hatte, hatte sie wegen ihrer Absichten auch kein schlechtes Gewissen.

Matt schien nicht sonderlich unter Trennungsschmerzen zu leiden, obwohl er kaum hoffen konnte, Dita wiederzusehen. Und Dita schien auch nicht schrecklich verstört zu sein über den Verlust ihres Geliebten. Sicher, sie war stiller und vielleicht noch ein bisschen blasser als sonst, aber das konnte auch an der bevorstehenden Rückkehr ihres Mannes liegen.

Ein paar Stunden später beschloss Jane aufzubrechen. Mit der fadenscheinigen Erklärung, dass Matt etwas vergessen hätte, sattelte sie ihr Pferd. Ihr Plan war es, ihn vor Einbruch der Nacht einzuholen. Ihr Vorteil war, dass sie das Land genau kannte. Und so traf sie auf Matt, als der gerade sein Lager für die Nacht aufschlug.

»Überrascht es dich, mich zu sehen?«, fragte sie ihn zur Begrüßung.

Matt zeigte sich leicht amüsiert und schüttelte den Kopf. »Nein, nicht wirklich. Nur dass du das Risiko eingehst, allein zu reiten, wundert mich.«

»Du reitest doch auch allein. Wo liegt der Unterschied?

Ich habe ein Gewehr dabei, und ich wette, dass ich damit genauso gut umgehen kann wie du.«

»Woher weißt du, dass ich ein guter Schütze bin?«

»Etwas anderes ist nicht möglich. Du bist einfach der Typ. Du bist kein Mann, der sich mit halben Sachen zufrieden gibt.«

»Sonst ist es nicht leicht, in diesem harten Land zu überleben.«

»Stimmt, obwohl dafür mehr Fähigkeiten nötig sind. Ist der Drang zu überleben auch der Grund dafür, dass du Edenvale verlassen hast? Hast du Angst davor, was mein Bruder mit dir anstellt, wenn er erfährt, dass du Ditas Liebhaber gewesen bist?«

»Ich fürchte mich vor keinem Mann. Ich habe es mit Männern aufgenommen, die gefährlicher sind als dein Bruder, und ich bin noch hier, um es dir erzählen zu können.« Als Jane darauf zu warten schien, dass er fortfuhr, fügte er hinzu: »Ich habe alles erledigt, was ich auf Edenvale zu tun hatte. Es war nicht nötig, länger zu bleiben.«

»Bist du immer so gefühllos den Frauen gegenüber, die du liebst?«

»Liebe hat nichts damit zu tun. Die Frauen, die mit mir Sex haben, wissen genau, worauf sie sich einlassen.«

»Dann bedeutet dir Dita nicht mehr als jede andere Frau, mit der du im Bett warst?«

»Spielt das eine Rolle? Hat sie etwas anderes behauptet?«

»Überhaupt nicht. Ich hatte heute nicht den Eindruck, dass sie von deiner Abreise enttäuscht ist.«

»Warum sprechen wir dann über das Thema? Für mich ist die Sache abgeschlossen.«

»Ja, das ist gut«, sagte Jane. »Ich will den Sex mit dir genießen, ohne das Gefühl haben zu müssen, Ditas Freundschaft zu verraten.«

Um Matts Mundwinkel zuckte es. »Du bist sehr geradeheraus, das gefällt mir. Du weißt, was du willst, und greifst mit beiden Händen zu. Ich bin gern bereit, dir all den Sex zu geben, nach dem dein Körper sich sehnt. Ich glaube, wir verstehen einander. Und du brauchst dich nicht um Dita zu sorgen – ich tue es auch nicht.«

»Worauf warten wir noch? Ich habe einen wilden Ritt hinter mir, denn ich wollte dich unbedingt einholen.«

Matt ahnte nicht, dass sie den größten Teil der Strecke über ihr Ledergerät getragen hatte und sich deshalb in einem Zustand pochender Dauererregung befand.

Sie hielten sich nicht mit unnötigen Tändeleien auf. Niemand von ihnen wollte Emotionen vortäuschen, die es nicht gab. Sie zogen sich aus, jeder für sich allein, getrieben von ihrer körperlichen Lust. Jane wusste genau, was sie wollte. Bevor Matt den Anfang machen konnte, kniete sie schon vor ihm und nahm seinen halb steifen Schaft in die Hand, ehe sie ihn zum Mund führte. Der Geschmack eines Mannes war eine Köstlichkeit, die kein hölzerner Dildo bieten konnte. Jane genoss Matts leicht salzigen Geschmack und saugte gewissenhaft.

Obwohl es schon lange her war, seit sie das letzte Mal eine Rute im Mund gehabt hatte, fühlte es sich nicht fremd für sie an. Matts Schwanz reagierte, indem er schnell anschwoll und größer und härter wurde. Während Jane ihre Lippen an der seidigen Haut auf und ab gleiten ließ, spielten ihre Hände mit seinen prallen Eiern.

Sie wusste genau, wie sie Matt zu nehmen hatte. Sie hörte, wie er keuchend nach Luft schnappte, was ihr ein Gefühl von Macht gab. Zweimal brachte sie ihn an den Rand der Ejakulation, aber jedes Mal konnte er sich noch zurückhalten. Jane wusste, dass es noch etwas länger dauern würde, bevor er schließlich aufgeben und seinen Samen herausschleudern würde.

Sie hatte seit Tagen auf diese Gelegenheit gewartet. Jetzt, da Matt ihr gehörte, wollte sie ihn hart und stark haben, und es sollte ganz lange dauern.

Als Matt auch Jane schmecken wollte, war sie nur zu bereit dazu. Sie genoss das Streicheln seiner Zunge über ihre Spalte nicht weniger als seine Kraft und das samtene Gefühl in ihrem Mund.

Auch sie hatte nicht vor, sich so schnell zum Orgasmus bringen zu lassen. Sie wollte sich das große Finale so lange wie möglich aufheben.

Mit Händen und Lippen stimulierten sie sich gegenseitig. Sie hörten nicht auf, sich zu necken, und veränderten immer wieder ihre Stellung, um das Vorspiel zu verlängern. Jane hatte es nicht eilig damit, von ihm gefüllt zu werden, sie empfand auch jetzt schon große Lust. Und auch Matt hatte Zeit. Janes hemmungslose Lust hielt seinen Schaft hart wie ein Stück Holz aus ihrer speziellen Kiste.

Da er ihre hölzernen Skulpturen schon kennengelernt hatte, überraschte es Matt nicht, dass sie sich ein Gerät für den eigenen Gebrauch geschnitzt hatte. Er wusste alles über Dildos, und wie man sie anwendete, um eine Frau damit so lange zu verwöhnen, bis sie dem Wahnsinn nahe war.

Matt kniete sich zwischen Janes Beine. Mit den Fingern einer Hand spreizte er ihre Öffnung so weit wie möglich. Den Dildo, den er in der anderen Hand hielt, drückte er sanft gegen das feucht glänzende, rosige Fleisch. Matts Geschick im Umgang mit dem Stab ließ Jane vor Wonne aufstöhnen.

Er streichelte sie mit dem glatten, polierten Holz, drehte es leicht in sie hinein und verstärkte die drehende Bewegung, bis er glaubte, dass sie kommen würde. Sie wand sich und keuchte, und ihr Atem kam stoßweise. Aber wieder schob sie ihn in letzter Sekunde zurück.

»Ich will, dass du einen Lederring probierst, den ich angefertigt habe. Hast du schon einmal einen solchen Ring getragen?«, fragte sie.

»Ich habe bisher nicht geglaubt, dass ich einen benötige. Niemand hat sich bis heute über meine Größe oder über meine Ausdauer beklagt.«

Jane ignorierte Matts Zögern, ließ den Lederring über seine Schwanzspitze gleiten und schob ihn dann hinunter bis zur Wurzel, wo seine einschnürende Wirkung Matts Erektion noch stärkte. Jane war noch nicht fertig. Sie nahm die schmalen Bändchen, die sie am Ring befestigt hatte, und führte sie um seine Eier herum.

Matt warf den Kopf in den Nacken und stieß ein lang gezogenes Stöhnen aus. Jane lächelte zufrieden. Sie vermutete, dass er noch nie etwas Vergleichbares gespürt hatte. Ihre kluge Vorrichtung ließ das Blut in seinem Schwanz und seinen Eiern pochen. Als sie über ihn grätschte, lehnte er sich zurück und stützte sich mit den Händen ab. Dann hob er die Hüften an, damit seine mächtige Rute auf ihre herabsinkende Vulva traf.

Jane hockte über ihm und benutzte ihn, wie sie manchmal ihre Hölzer benutzte. Sie hob und senkte sich auf ihm und ließ das Becken kreisen. Immer wieder ließ sie ihn so tief eindringen wie möglich und umschloss ihn mit den Muskeln ihrer nassen, engen Höhle. Wenn sie sich dann langsam hob, rieb er über ihre Klitoris.

Wie zuvor schon, änderten sie auch jetzt immer wieder die

Positionen. Irgendwann wurden ihre Bewegungen wilder. Ihr Verlangen war gewaltig und ihre Erregung so unglaublich, dass sie sich weder mit dem ersten Höhepunkt zufriedengaben, noch mit dem zweiten.

Als Jane auf ihm ritt, rief sie erregt, dass Matt zum Dildo greifen sollte. Als Matt den Stab dann in ihre hintere Öffnung einführte, während sie sich noch tiefer auf seinen Schaft drehte, schrie sie vor Wonne laut auf.

Sie waren zu erschöpft, um weiterzumachen, bevor ihre Lust ganz befriedigt war. Ein schlichtes Nachtmahl bescherte ihnen neue Energie. Danach blieben ihnen die vielen Stunden der Nacht zum Genießen, und sie verschwendeten nur wenige davon.

Am frühen Morgen war Jane fast zu wund, um sich aufs Pferd setzen zu können, und auch Matt hatte das Gefühl, dass sich sein Schaft und seine Eier nie wieder ganz erholen würden. Wenn es um Sex ging, war Jane McGrady eine Klasse für sich.

Außerdem hatte Jane ihn von Dita abgelenkt. Den ganzen Tag über konnte er an nichts anderes denken als an die unglaublichen Möglichkeiten, die sich durch Janes Sexgeräte eröffneten.

Es war gewiss eine beispiellose Erfahrung gewesen, aber keine, die er allzu häufig wiederholen wollte. Die Nacht war überaus anstrengend gewesen. Außerdem war er sich nicht klar darüber, ob er Frauen mochte, die sexuell so dominant waren.

Als Jane aufgebrochen war, versicherte Dita ihr, dass sie absolut nichts gegen den Plan der Schwägerin hatte. Aber es dauerte nicht lange, bis Dita sich eingestehen musste, dass es ihr doch etwas ausmachte, eine ganze Menge sogar. Sie konnte Jane nicht verübeln, dass sie es auf Matt abgesehen hatte. Ein Mann wie er weckte in jeder Frau das Verlangen. Dita zweifelte keinen Augenblick daran, dass er sich nehmen würde, was Jane ihm anzubieten hatte, und dafür hasste sie ihn. Besonders, nachdem er sich in der Nacht so scheußlich verhalten hatte.

Wenn er ihr von Anfang an klar gesagt hätte, dass er nur ein paar Nächte lang Sex mit ihr haben wollte, hätte sie genau gewusst, woran sie war. Stattdessen hatte er sich als ein so zärtlicher, aufmerksamer Liebhaber gezeigt, dass sie hatte glauben müssen, er würde mehr für sie empfinden.

Nein, er hatte nie gesagt, dass er sie liebte, aber das war auch nicht nötig gewesen. Die liebevollen Worte und die intimen Momente, die sie so sehr entzückt hatten, hatten eine deutliche Sprache gesprochen. So hatte sie zumindest geglaubt.

Wie töricht sie doch gewesen war! Hatte sie nicht schon damals, bei ihrer ersten Begegnung, begriffen, dass jede Frau eine Närrin war, die ihr Herz an Matt Warrender verlor? Wenn doch nur ihre Ehe so wäre, wie sie es sich erhofft hatte. Dann hätte sie den Abenteurer mit Leichtigkeit abgewiesen und dabei nicht einmal mit der Wimper gezuckt.

Es mochte seltsam klingen, aber gerade weil ihre Ehe sich als komplette Katastrophe entpuppt hatte, wuchs nun noch die Wut auf den Mann, mit dem sie gerade erst eine Woche der Glückseligkeit erlebt hatte.

Sein wollüstiges Treiben mit Belle schien McGradys Laune kaum verbessert zu haben, und so quälte er Dita mit seinen sarkastischen Bemerkungen. Hinzu kam Belles unverschämtes Verhalten ihr gegenüber. Für Dita war die Situation unerträglich, und sie fühlte sich derart niedergeschlagen, dass sie inständig darum betete, ihre gute Freundin Jane möge zurückkehren. Der unablässige Spott und Hohn während des Abendessens erschwerten es Dita, ihren Zorn zu zügeln. Aber sie ließ sich nicht in die Falle locken.

Es war Dita bewusst, dass ihr Mann sie absichtlich reizen wollte, um einen Streit heraufzubeschwören, der mit hitzigen Vorwürfen beginnen und rasch zu einem körperlichen Kampf führen würde.

Er beobachtete sie mit einem boshaften Grinsen, als ob er genau wüsste, dass sie sich beherrschen musste, um ihm nicht irgendeinen Gegenstand an den Kopf zu werfen. Wenn sie das tat, hätte er eine Rechtfertigung für seine Gewaltausbrüche, mit denen er seine Libido weckte.

Dita hielt den Blick auf den Teller gerichtet, als hätte sie dort etwas Interessantes gesehen. Sie wusste, dass sie ihrem Mann schutzlos ausgeliefert war. Der Revolver befand sich in ihrem Schlafzimmer.

Schließlich konnte Dita die Atmosphäre bei Tisch nicht länger ertragen. Sie schob den Teller von sich. »Ich möchte keinen Nachtisch. Bitte entschuldige, aber ich möchte mich auf mein Zimmer zurückziehen.«

»Läufst wohl weg, was? Besitzt du noch den Revolver, um deine Tugend zu schützen? Hast du ihn auch bei deinem Besucher gebraucht, oder hast du ihn mit Freude aufgenommen?«

Dita stand schnell auf, denn sie fürchtete, er könnte die Antwort in ihren Augen ablesen. Der Ton in McGradys Stimme veränderte sich von höhnischem Sarkasmus hin zu einer unverhohlenen Drohung.

»Wenn ich mir ganz sicher wäre, dass du es hinter meinem Rücken mit ihm getrieben hast, würde ich dich auspeitschen lassen. Ich weiß, was für ein Typ dieser Warrender ist. Männer seines Schlags legen alles flach, was einen Rock trägt. Irgendwie kann ich deshalb immer noch nicht glauben, dass sich sein Interesse allein auf Jane beschränkt hat.«

»Aber sie ist hinter ihm hergeritten, oder?«

»Ja, das ist sie. Und ich frage mich natürlich, warum. Wenn sie es eine Woche lang mit ihm getrieben hat, müsste sie doch satt und befriedigt sein. Was ist los mit dir, Frau? Du kommst mir nicht sehr glücklich vor.«

»Bei deinem Verhalten mir gegenüber kann ich auch nicht glücklich sein. Du hast in den letzten vierundzwanzig Stunden kein nettes Wort zu mir gesprochen. Du erniedrigst mich, indem du Belle zu deiner Mätresse machst, während du mich brutal und gemein behandelst.«

»Starke Worte, aber du vergeudest nur deinen Atem. Ich bin dir für mein Verhalten keine Rechenschaft schuldig. Ich werde Belle oder jede andere Frau, die ich begehre, mit Lust nehmen, wo und wann ich will. Und du hast dich nicht in meine Angelegenheiten zu mischen. Belle weiß eine Menge mehr als du über die Kunst, einen Mann zu befriedigen.«

»Dann solltest du Nägel mit Köpfen machen. Schließlich ist sie nicht legal mit Will O'Leary verheiratet. Jedenfalls will ich nicht länger so widerwärtig behandelt werden. Wenn du dein unmögliches Verhalten mir gegenüber nicht änderst, habe ich nicht die Absicht, auf Edenvale zu bleiben.«

Ihre trotzigen Worte brachten McGrady so schnell auf die Füße, dass der Stuhl, auf dem er gesessen hatte, umfiel. Er stürmte wütend auf Dita zu und funkelte sie zornig an. Dita duckte sich, weil sie einen Schlag seiner Faust erwartete.

»Du gehst nirgendwo hin, Frau. Du bleibst auf Edenvale,

um deinen Zweck zu erfüllen. Ich werde einen Sohn von dir bekommen. Und wenn ich dich und Belle gleichzeitig mit ins Bett nehmen muss!«

Dita wartete nicht darauf, noch mehr Ungeheuerlichkeiten zu hören. Sie duckte sich geschickt unter seinem Arm weg und floh in die relative Sicherheit ihres Schlafzimmers. Nahmen die Niederträchtigkeiten ihres Ehemannes denn gar kein Ende?

McGrady hatte nicht vorgehabt, sie so einfach davonkommen zu lassen. Seine spontane Drohung hatte seine Fantasie so sehr beflügelt, dass er ein paar Sekunden abgelenkt war, nur deshalb konnte ihm Dita entwischen. Eine lüsterne Erregung machte sich in ihm breit. Warum hatte er nicht schon früher daran gedacht, die beiden Frauen gleichzeitig in sein Bett zu holen?

Belle hatte dunkle Haut, Dita eine so helle. In Gedanken malte er sich den herrlichen Kontrast ihrer nackten Körper lebhaft aus. Er begann sich vorzustellen, wie ein Dreier aussehen könnte. Belle würde ihn wunderbar mit dem Mund verwöhnen, bis er bereit war zu kommen, dann würde er in Dita eindringen.

Und um sicher zu sein, dass seine Erektion lange genug andauerte, um sich in Dita zu ergießen, würde er Belles köstliche Pussy lecken, während er in Dita hineinstieß. Seine Fantasie lief jetzt auf Hochtouren, und er sah vor seinem inneren Auge, wie die beiden Frauen sich gegenseitig liebkosten und andere lüsterne Positionen einnahmen, die sich bei einem Dreier ergaben.

McGrady wusste, dass Belle alles tun würde, was er von ihr verlangte. Dita musste noch überzeugt werden, wenn nötig mit Gewalt. Längst hatte er erkannt, dass seine Ehefrau in sexueller Hinsicht nicht unerfahren war. Das hatte ihm schon ihr Eifer verraten, mit dem sie auf den Vollzug ihrer Ehe gedrängt hatte, und auch ihre lebhafte Reaktion, als es endlich so weit war.

Also würde er ihren Widerstand auf eine raffiniertere Weise brechen müssen als mit Gewalt. Er würde Belle jeden Abend mit auf sein Zimmer nehmen.

Das Mädchen war eine kleine Schlampe, die sich ihre Lust laut aus dem Leib schrie. McGrady wollte, dass Dita ihr Stöhnen und Keuchen hörte, wenn er sie nahm, und natürlich auch ihre hemmungslosen Schreie, wenn sie schließlich kam. Dita würde sich Nacht für Nacht hin und her werfen, bis ihr Körper sich mit den Geräuschen der Lust nicht mehr begnügen wollte. McGrady hatte sich seinen Plan gut überlegt. Allerdings wusste er nichts von Janes Holzspielzeug …

Keinem der Männer gelang es, Will auszureden, nach Edenvale zurückzukehren. Smithy und Rawlings brachten jedes Argument vor, das ihnen einfiel. Beide hatten sie ein schlechtes Gewissen und wollten nicht verantwortlich für das sein, was passierte, wenn Will seinen Boss McGrady zur Rede stellte.

Will hörte kaum hin, als sie ihre Einwände vorbrachten. Er hatte sich in den Kopf gesetzt, die Wahrheit selbst herauszufinden. Der Ritt zurück nach Edenvale würde zwei oder drei Tage dauern. Tage der Einsamkeit mit viel Zeit zum Nachdenken.

Sein Pferd war kräftig, und er kam gut voran. Kurz nach Sonnenaufgang des dritten Tages sah er das Haus vor sich liegen. Er schlug einen Bogen, um das Gebäude zu erreichen, denn er hatte nicht das Bedürfnis, jemandem zu begegnen, bevor er eine Erklärung von Belle gehört hatte.

Als Belle ein paar Stunden später in die Hütte zurückkehrte, traf sie auf ihren Mann, der auf sie wartete. Er beschuldigte sie in einem verletzten, eifersüchtigen Tonfall. »Du bist McGradys Hure geworden, nicht wahr?«

Belle hatte nicht damit gerechnet, dass Will davon erfahren würde. Schließlich sollte er einige Wochen unterwegs sein, und sie wusste genug über Männer, um davon auszugehen, dass McGrady ihrer überdrüssig sein würde, noch bevor Will zurückkehrte. Ihr erster Gedanke galt ihrer Sicherheit. Wills Zorn war nicht weniger zu fürchten als McGradys. Belle empfand keine Zuneigung für McGrady, obwohl ihr gefiel, was er alles mit ihr anstellte. Und sie bedauerte, dass sie Will verletzt hatte.

»Warum hast du das getan, Belle?«

»Der Boss hat mich gezwungen.«

Wills Wut wuchs weiter. »Hat er dich vergewaltigt?«

»Er hat mir gesagt, dass er schwarzen Samt liebt. Haut wie schwarzer Samt. Er sagt, dass er mich verprügelt, wenn ich nicht mit ihm ins Bett gehe.«

»Ist das die Wahrheit? Du bist nicht freiwillig zu ihm gegangen?«

»Nein, Will. Du bist der einzige Mann, den Belle haben will.« Sie konnte ihm ansehen, dass er nicht ganz überzeugt war. Sein Ärger war zu groß, um ihr die Geschichte einfach so abzukaufen. Belle hob ihren Rock und wandte ihrem Mann den Hintern zu, damit er die Striemen auf ihren Backen sehen konnte. »Er hat das getan, Will. So schlägt er mich, damit ich die Dinge tue, die er verlangt.«

Die Striemen hatte McGrady ihr tatsächlich zugefügt, aber Belle vergaß zu erwähnen, wie sehr sie es genoss, wenn McGrady seinen Schwanz tief in sie hineinstieß, während er ihr mit Birkenreisig den Po versohlte. Der brennende Schmerz trieb ihr Verlangen in immer neue Höhen, und ihre lauten Schreie erregten sie beide.

Sie ließ dann ihre Hüften kreisen und bog sich seinen Stößen entgegen, damit er so tief wie möglich in sie eindringen konnte. Selbst als sie jetzt daran dachte, spürte sie schon wieder die köstliche Erregung zwischen ihren Schenkeln. »Besorgst du es mir jetzt, Will? Machst du deine Belle wieder glücklich?«

Will war viel zu erzürnt, um Belles Notlüge zu durchschauen. McGrady würde dafür bezahlen, dass er ihr das angetan hatte. Will dachte keine Sekunde an die Unbesonnenheit seines Vorhabens und hastete aus der Hütte, um seinen Boss zu stellen.

McGrady, Miss Jane und ein paar Männer musterten gerade junge Kälber. McGradys Ehefrau stand am Zaun und schaute zu. Will bückte sich, schlüpfte durch die Zaunbretter und schritt auf die kleine Gruppe zu. »McGrady! Ich muss mit Ihnen sprechen!«

Jane und die Männer blickten in seine Richtung. McGrady drückte das glühende Eisen vorsichtig auf die Flanke des Kalbs, bevor er mit einem Blick hart wie Granit aufschaute. »Ich dachte, du führst das Vieh zum Markt, O'Leary. Wieso treibst du dich in Edenvale herum?«

»Weil ich Ihrem Spiel mit Belle ein Ende setzen will, McGrady!«

»Ha! Da hast du dir ein feines Flittchen angelacht«, sagte der Boss. »Sie ist wie eine läufige Hündin. Sie kann einfach nicht genug bekommen.«

»Sie Bastard!« Wütend sprang Will einen Schritt vor, offenbar in der Absicht, McGrady das Brandeisen zu entreißen und es ihm ins höhnisch grinsende Gesicht zu stoßen.

Für einen großen, schweren Mann war McGrady schnell auf den Beinen. Er wich im letzten Moment aus, stellte aber gleichzeitig einen Fuß so vor, dass Will darüber stürzte und im Staub landete.

»Kein Mann droht mir ungestraft. Du bist ein Narr, O'Leary. Du wirfst einen guten Job wegen einer Hure weg, die bei jedem harten Schwanz zu stöhnen anfängt. Es ist vorbei für dich. Setz nie wieder einen Fuß auf dieses Land.«

Will rappelte sich hoch. »Sie schulden mir meinen Lohn, McGrady. Ich gehe, wenn Sie mich bezahlt haben.«

McGrady wandte sich ab und ging hinüber zum Zaun, um seine Bullenpeitsche zu holen. »Hier hast du deine Bezahlung, O'Leary!«

»Nein!« Während Dita vor Entsetzen aufschrie, wirbelte die Peitsche durch die Luft und wickelte sich um Wills Bein, sodass dieser zu Boden stürzte. Als er versuchte aufzustehen, hinderte ihn der nächste Peitschenschlag daran. Auf diese erniedrigende Weise wurde er noch eine ganze Weile bestraft. McGradys Gesicht war vor Bosheit verzerrt.

Will war ihm vollkommen ausgeliefert. Wie ein Tier kroch er auf dem Boden herum, um den brennenden Peitschenschlägen zu entkommen.

Dita konnte sich das schreckliche Geschehen nicht länger ansehen. Sie wandte sich ab und schlug die Hände vors Gesicht. Keiner der Viehhüter traute sich einzugreifen. Schließlich war es Jane, die dem Treiben ein Ende machte. Ihre eigene Bullenpeitsche wirbelte durch die Luft und wickelte sich um McGradys Handgelenk, sodass ihm seine Peitsche aus der Hand glitt.

McGrady starrte sie wutentbrannt an. Jane hielt seinem Blick stand.

»Lass ihn gehen, Jas.«

Wer würde sich durchsetzen? Bruder oder Schwester? Jane gab nicht nach. In diesem Moment hasste sie ihren Bruder aufrichtig.

Will nutzte die Gelegenheit, rappelte sich auf und stolperte davon. Der Schmerz, der in seinem Körper brannte, war nichts, verglichen mit seinem verletzten Stolz.

Seine Zorn auf McGrady wuchs zu einem mörderischen Hass an. Will O'Leary war noch nicht fertig mit diesem Mann, und das nächste Mal würde er nicht als Verlierer vom Platz gehen.

In dem Augenblick, in dem Schweigen auf das hässliche Peitschenknallen folgte, floh Dita. Sie wollte so weit entfernt wie möglich von dem brutalen Kerl sein, mit dem sie verheiratet war. Sie dachte nicht an McGradys Drohung, sondern sattelte ihre Stute und galoppierte in Richtung Bach davon. Sie überquerte die Furt und trieb das Pferd dann auf die Hügel zu.

»Oh, verdammt!« Janes lauter Fluch ließ McGrady aufblicken. Er sah gerade noch, wie Dita unter den Bäumen verschwand.

»Was, zum Teufel, denkt sie sich denn dabei?«, sagte er.

»Ich reite ihr nach«, bot Jane an.

»Nein, das erledige ich. Du bleibst hier und musterst weiter.«

McGrady schwang sich auf sein Pferd. Wenn er seine Frau einholte, würde er auch ihr eine Lektion erteilen, die sie nicht so schnell vergessen würde.

Will sah, wie McGrady den Bach überquerte. In seinen Augen blitzte es triumphierend. Er hatte nicht geglaubt, dass er schon so schnell eine Chance kommen würde, sich zu rächen. Er sprang auf sein Pferd und setzte McGrady nach.

Es dauerte nicht lange, bis McGrady seine Frau eingeholt hatte. Ihr Versuch, ihm zu entfliehen, war von Anfang an zum Scheitern verurteilt gewesen. Er überholte sie und lenkte seinen Hengst vor ihre Stute, um sie zum Anhalten zu zwingen. Wut und Abscheu spiegelten sich in seinen Augen, und er atmete schwer.

Er konnte sich nicht daran erinnern, seine Frau jemals so zornig gesehen zu haben. Ihr Gesicht war gerötet. Er spürte, wie ihn der Anblick erregte. An dem Abend in ihrem Schlafzimmer, als sie sich gestritten hatten, war sie nicht so wütend gewesen wie jetzt. Damals hatte er sie genommen, und das würde er jetzt wieder tun.

Er wusste, dass sie sich mit allen Mitteln dagegen wehren, sich winden und rebellieren würde, wenn er sie mit kraftvollen Stößen auf dem Waldboden festnagelte. Doch McGrady hatte nicht vor, Erbarmen zu zeigen.

»Steig vom Pferd.«

»Nein.« Ihre Augen sprühten Funken.

»Steig ab, Frau, sonst zerre ich dich aus dem Sattel.«

»Bleiben Sie stehen, McGrady, und keine Bewegung!«

Weder McGrady noch Dita hatten bemerkt, dass sich ein weiterer Reiter genähert hatte. Will saß lässig auf seinem Pferd, das er mit den Knien kontrollierte. In jeder Hand hielt er einen Revolver.

An alles, was ab dann passierte, konnte sich Dita später nur noch wie in Zeitlupe erinnern, wie an einen unwirklichen, verschwommenen Traum. Dita sah, wie ihr Mann nach seinem Gewehr griff, und hörte gleichzeitig einen Revolverschuss. Sie hörte McGrady vor Schmerzen aufheulen, und sie sah das Blut, das von seiner getroffenen Hand auf den

Boden tropfte. In der Luft lag der scharfe Geruch von Schießpulver.

Will befahl ihnen mit kaltblütiger Stimme, von den Pferden zu steigen. Eine zweite Kugel traf McGrady zwischen die Beine. Dita hörte schreckliche Schreie. Kamen sie von McGrady oder von ihr selbst?

Wills Stimme blieb eiskalt. »Eigentlich sollte ich dich in deinem Schmerz liegen lassen, aber ich will sicher sein, dass du keinen mehr erniedrigen kannst.« Die dritte Kugel bohrte sich durch McGradys Herz.

Dita war wie erstarrt. Zitternd vor Angst sah sie zu Will und wartete auf die Kugel, die ihr Leben beenden würde.

Zwölftes Kapitel

Ihre Nerven waren zum Zerreißen gespannt. »Worauf wartest du?«, schrie Dita. »Wenn du mich erschießen willst, dann mach es sofort!«

Will steckte einen der Revolver ins Halfter. »Ich werde dich nicht töten. Mein Streit hatte nichts mit dir zu tun. Aber ich kann dich trotzdem nicht hier zurücklassen.« Er führte sein Pferd auf sie zu, beugte sich hinunter und hob sie vom Boden hoch. »Bis wir dein Pferd eingefangen haben, reitest du mit mir.«

Erst in diesem Moment wurde Dita bewusst, dass McGradys und ihr Pferd in Panik geflohen waren.

Die Schüsse waren bis zur Ranch zu hören.

»Hört sich so an, als hätte der Boss ein Wallaby oder zwei geschossen«, bemerkte einer der Männer.

»Ja, kann schon sein«, stimmte Jane zu. Aber sie konnte das zunehmende Unbehagen nicht abschütteln. Als eine weitere Stunde vergangen war, hatte sie die dunkle Befürchtung, dass es einen anderen Grund für die Schüsse gab. Sie glaubte nicht mehr an die Jagd auf ein oder zwei kleine Kängurus und ging zu Belle in die Waschküche.

»Wohin ist Will gegangen?«

Belle schniefte, wich ihrem Blick aus und hob stumm die Schultern.

»Du musst doch die Schüsse gehört haben, Belle. Ist Will meinem Bruder gefolgt?«

Belle blieb schweigend an der Wand stehen, bis Jane auf sie zuging, sie bei den Schultern nahm und durchschüttelte.

»Ja, Missus.«

»Oh, verdammt.« Jane drehte sich auf dem Absatz um und rannte zu den Ställen. Sie rief den Männern zu, sich zu beeilen. Eine Übelkeit erregende Ahnung beschlich sie.

»O mein Gott.« Hastig wandte sich Jane wenig später von ihrem toten Bruder ab. Dann drehte sie sich verzweifelt nach allen Seiten um und suchte nach Dita. Sie befürchtete, dass ihre Schwägerin dem Mörder als Geisel diente, und allein bei dem Gedanken daran kochte heiße Wut in ihr hoch. Musste Dita wegen der unbeherrschten Lust ihres Mannes jetzt doppelt leiden?

»Wir müssen einen Suchtrupp zusammenstellen!«, rief sie den anderen zu.

»Wir brauchen mehr Männer, Miss Jane.«

»Dann sucht welche. Begrabt meinen Bruder hier an Ort und Stelle, und wenn ihr damit fertig seid, soll jemand losreiten und in Erfahrung bringen, ob eine Polizeipatrouille in der Nähe unterwegs ist.«

Nachdem Jane ihre Anweisungen gegeben hatte, galoppierte sie zurück zum Haus. Sie war völlig aufgelöst und spürte gleichzeitig Trauer, Wut und Furcht. Sie sprang vom Pferd und rannte ins Haus, um Belle zu suchen. Mit dem Handrücken schlug sie dem Mädchen ins Gesicht, das quer durch den Raum geschleudert wurde und dann schluchzend auf dem Boden liegen blieb.

»Mein Bruder ist tot wegen dir, du herumhurendes kleines Flittchen. Will hat ihn erschossen und Dita mitgenommen. Wenn er sie verletzt, ziehe ich dir die Haut in Streifen vom

Hintern. Du hast Edenvale sofort zu verlassen. Ich will dich hier nicht mehr sehen, sonst bekommst du die Bullenpeitsche zu spüren.«

Belle hockte in einer Ecke und jammerte. »Ich kann doch nirgendwo hingehen.«

»Das ist mir egal!«, schrie Jane. »Geh mir einfach aus den Augen.«

Aufrecht schritt Jane aus dem Raum, weil sie den Anblick des Mädchens nicht länger ertragen konnte.

Belle hastete zu ihrer Hütte, wo sie auf dem Bett kauerte, weinte und sich vor und zurück wiegte. Sie hatte große Angst. Angst vor Janes Zorn, Angst um Will und Angst um sich selbst. Würde man sie in irgendeiner Weise für den Mord an McGrady verantwortlich machen können, wenn ihre kleinen Lügen bekannt wurden?

Die Polizei von Springsure befand sich nur einen halben Tagesritt von Edenvale entfernt auf Patrouille, als sich der Mord an McGrady ereignete. Als sie von dem Verbrechen hörten, ritten sie mit ihren Pferden die Nacht durch und erreichten die Ranch in den frühen Morgenstunden.

Jane lud die beiden Constables ein, sich mit ihr an den Frühstückstisch zu setzen. Der Trooper erhielt sein Frühstück in der Küche.

Belle schaute von ihrer Hütte aus zu. In den letzten Stunden hatte sie sich einen Plan zurechtgelegt. Ihr lag nicht viel an McGradys Schicksal und auch nicht an Dita. Ihre Sorge galt Will. Sie wollte, dass er der Polizei entkam und nicht vor Gericht gestellt wurde. Sie wusste, dass man ihn sonst hängen würde, und das hätte sich Belle niemals verzeihen können.

Der Trooper war jung und stolz auf seine Uniform. Als Belle nun über den Hof schritt und die Hüften schwenkte, setzte er sich kerzengerade hin, streckte sich und hoffte, dass die junge Frau erkannte, was für eine gute Figur er hatte. Tatsächlich fand Belle, dass er gut aussah. Aber es hätte auch keinen Unterschied gemacht, wenn er alt und hässlich gewesen wäre. Sie wusste, wie sie vorgehen musste, um Will zu retten.

Sie brauchte nicht mehr zu tun, als den Trooper scheu anzulächeln. Er wartete nur darauf, mit ihr ins Gespräch zu kommen. Sie unterhielten sich ein wenig, wobei Belle vermeintlich harmlos mit ihm flirtete.

Als sie auf den Anlass für den Besuch der Patrouille zu sprechen kamen, sprang der besorgte Trooper Belle sofort bei, als er sah, wie sich plötzlich ihr Gesicht vor Gram verzerrte. Sie jammerte vor sich hin, und als sie in Tränen aufgelöst zurück in ihre Hütte lief, war sie sicher, dass der Trooper ihr folgen würde.

Belle hatte sich aufs Bett geworfen. Verstört durch die herzzerreißenden Schluchzer beugte sich der Trooper über sie und wollte ihre Schulter streicheln, eine etwas tollpatschige Geste des Trostes.

Belle rollte sich auf den Rücken und sah hoch zu ihm. Sie achtete darauf, dass ihr Rock bei der Bewegung ein Stück nach oben rutschte, sodass der größte Teil ihrer Beine unbedeckt blieb. Der Trooper wich einen Schritt zurück. Belle begann wieder zu schluchzen, wobei sich ihre Beine leicht öffneten, damit er mehr von dem sehen konnte, was er sehen wollte. Seine Hose begann sich zu wölben.

Zwischen zwei tiefen Seufzern flüsterte Belle ihm ins Ohr: »Du bist ein guter Spurenleser. Du musst meinen Will finden. Sonst werden ihn die weißen Männer hängen.«

Sie fing wieder zu jammern an und wand sich scheinbar aus Sorge um ihren Will auf dem Bett. Sie wusste genau, dass der Trooper sich ausmalte, sie würde sich auf die gleiche Art an ihn schmiegen. Sie bot ihm ausreichend Gelegenheiten, die Stelle zu begutachten, in die er stoßen wollte. Als die Versuchung zu groß wurde, bewegte er sich auf sie zu. Belle tat erschrocken. Ihr Blick fiel auf den ausgebeulten Stoff seiner Hose.

»Nein, nein. Ihr Männer seid alle gleich. Ihr wollt nur mit eurer großen Rute in Belle hineinstoßen. Genau wie McGrady. Er war ein schlechter Mann.«

Der Trooper war entrüstet. Er war kein schlechter Mann. Er war stolz auf seine Position in der berittenen Polizei der Eingeborenen und auf seine Fähigkeiten als Spurenleser. Das erzählte er auch Belle und fügte hinzu, dass er sie für die begehrenswerteste Frau hielt, der er jemals begegnet war. Er bettelte sie an, ihn ihren wunderschönen Körper doch wenigstens sehen zu lassen.

Belle gab eine überzeugende Vorstellung und zierte sich ausgiebig, bevor sie sich dann doch ihr Kleid über den Kopf zog. Sie ließ sich zurück auf den Rücken sinken, die Hände unter dem Kopf, die Brüste nach oben gestreckt und die Beine gespreizt. Die lüsterne Bewunderung auf dem Gesicht des Troopers überraschte sie nicht. Belle sah ihn herausfordernd an. »Willst du mich anfassen?«

Sein eifriges Nicken ließ sie vergessen, dass sie ihm nur etwas vorspielen wollte. Er brauchte keine weitere Aufforderung und legte die Hände auf ihre Brüste. Er drückte sie ein wenig und strich mit den Daumen über ihre Nippel.

Die empfindsamen Knospen richteten sich auf und wurden unter seinen Berührungen härter. Belle fühlte es, und der Trooper fühlte es auch. Er verstärkte den Druck und massierte ihre Brüste. Dann zwirbelte er die Nippel und zog sie in die Länge, bis sie ein ganzes Stück von den dunklen Hügeln abstanden.

Belle war stolz auf ihre ungewöhnlich langen Nippel. Die Männer liebten es, mit ihnen zu spielen, und Belle liebte es auch, wenn sie dort verwöhnt wurde. Ihre empfindlichen Nippel schienen direkt mit jener anderen Stelle verbunden, die zwischen ihren Schenkeln lag. Je intensiver der Trooper mit ihren Brustwarzen spielte, desto nasser wurde sie dort unten, und sie spürte ein herrliches Prickeln.

Ja, es würde ihr Spaß machen, es mit dem jungen Polizisten zu treiben. Aber sie musste sich bemühen, Zurückhaltung zu üben. Sie durfte nicht zu eifrig sein.

Als seine Hand sich zu ihrem Delta bewegte, um ihre feuchte Spalte zu streicheln, schloss sie rasch die Beine und fing die Hand ab, bevor sie ihr Ziel erreichte. Erst als er sie anflehte, öffnete sie wieder langsam die Schenkel. Seine Finger schoben sich schnell zu ihrem Schlitz, drangen ein und fühlten die Nässe.

Belles Aufstöhnen war nicht gespielt. Seine Finger wanden sich in ihr hin und her, und Belle hatte das Gefühl, als würde sie von einem Dutzend winziger Speere gereizt. Sie drehte sich, bäumte sich auf und hob sich den wunderbar reibenden Fingern entgegen. Ihr Atem kam schwer, als müsste sie nach Luft schnappen, und zwischendurch stieß sie immer wieder hilflose Schreie der Lust aus, als sie sich dem Orgasmus näherte.

Der Trooper öffnete mit der freien Hand seine Hose, um seine Männlichkeit zu befreien. Als er die Hand zurückziehen und auf die junge Frau steigen wollte, griff Belle nach seinem Handgelenk.

Belle hielt es mit beiden Händen fest, und dem Trooper blieb nichts anderes übrig, als sie weiter zu reiben und zu massieren, während sie die Hüften kreisen ließ. Sie drängte sich immer stärker gegen seine Finger, bis ihr Stöhnen lauter wurde und sie schließlich auf dem Höhepunkt ihrer Lust zu explodieren schien.

Als sie in die Wirklichkeit zurückfand und die Hand des Troopers noch in ihr steckte, konnte sie ihm ansehen, dass er nicht allzu glücklich war. Belle lächelte zu ihm hoch. »Du hast es Belle gut besorgt. Belle ist glücklich.«

Der Mann ließ sie mit deutlichen Worten wissen, dass er nicht glücklich war. Er richtete sich auf und zog sich seine Hose ganz aus. Belle riss die Augen weit auf. Für einen so schlank gebauten Mann besaß er einen enormen Schwanz. Sie brauchte ihn nur anzuschauen, so geschwollen und hart, und fast wäre sie zum zweiten Mal gekommen.

Sie lechzte danach, ihn in sich zu spüren, und wollte, dass er sie mit seiner ganzen Länge und seinem immensen Umfang ausfüllte und weitete. Aber zuerst hatte sie noch etwas zu erledigen.

Belle setzte sich im Bett auf und griff nach der Rute des Troopers. Sie beugte sich vor und schloss die Lippen um seine Schwanzspitze. Sie neckte sie mit zartem Saugen, bis seine Atemgeräusche lauter wurden. Es würde nicht mehr lange dauern, bis er die Kontrolle über sich verlor.

Belle setzte sich zurück und schaute hoch in sein verzerrtes Gesicht. Sie lächelte ihn listig an. »Belle sieht, dass du einen wunderbaren Stab hast, wie gemacht fürs Vergnügen. Vielleicht zeigt Belle dir, was sie mit ihm alles anstellen kann. Es kann ja sein, dass du Wills Spur gar nicht findest.«

Sie wusste, dass sie ein Risiko einging, aber sie wusste auch, wie nahe der Trooper dem Orgasmus war. Seine Eier waren gespannt und geschwollen, und er würde Schmerzen leiden, wenn er nicht bald Erleichterung erfuhr.

Der Mann wusste sofort Bescheid und lächelte Belle an. »Vielleicht regnet es bald, dann sind alle Spuren verschwunden.« Während er sprach, zog er seine Uniformjacke aus. Er drückte Belle auf den Rücken und grätschte verkehrt herum über sie. Sein Gesicht befand sich zwischen ihren Schenkeln, als er ihr seine Rute präsentierte, damit sie sie weiter mit dem Mund verwöhnte.

Belle ließ sich nicht lange bitten, denn die Art, wie die Zunge des Mannes ihre empfindliche Perle bearbeitete, ließ sie vor Entzücken erbeben. Sie fuhr mit dem Mund an seinem Schaft auf und ab und schwenkte die Hüften, um seine und ihre Erregung noch zu erhöhen.

Ihre Münder bewegten sich immer heftiger und schneller, und die Lust breitete sich in ihnen aus wie ein Flächenbrand. Sie warfen sich ungeduldig hin und her und fielen dabei aus dem Bett. Belle landete auf ihm, und sie wollte gerade wieder mit dem Saugen beginnen, als er sie nach vorn schob, bis sie über ihm kniete.

Belle blickte über ihre Schulter und sah, wie er sich ein wenig aufrichtete. Der heiße Kopf seines Schafts drückte gegen den nassen Eingang ihrer Furche, dann glitt er mühelos in sie hinein. Er war dick und hart und nahm so kraftvoll von ihr Besitz, dass Belle laut aufstöhnte.

Sein Schwanz füllte sie vollständig aus und dehnte sie so herrlich, dass sie vor Wonne kaum noch Luft bekam. Als er dann mit seinen Daumen ihre prallen Pobacken teilte und über die enge hintere Passage rieb, hätte sie beinahe den Verstand verloren.

Belle quiekte und keuchte. Nichts zählte mehr, als seine Berührungen und ihr Verlangen. Sie rieb ihre Nippel an seinem Brustkorb und hatte das Gefühl zu verfließen, so strömten ihre Säfte. Der Schaft rammte unermüdlich in sie hinein, während sie die Hüften kreisen ließ. Doch was sie wirklich verrückt machte, war sein Daumen, der in die andere Öffnung drängte.

Sie spürte, wie die Hitze in ihr unerträglich wurde, und als das Feuer zu einem flammenden Inferno anschwoll, schrie sie ihre Ekstase laut heraus. Das Pochen seiner Rute hörte nicht auf. Er stieß pausenlos in sie hinein, bis sie völlig erschöpft und zutiefst befriedigt unter ihm lag. Als der Trooper dann zum finalen Stoß ansetzte, der ihn zum Höhepunkt brachte, wusste sie, dass Will in Sicherheit war. Der Trooper würde seine Spur nicht mehr finden.

Das Vogelzwitschern in der Dämmerung weckte Dita aus einem traumlosen Schlaf. Sie wandte den Kopf, um zu sehen, ob Will O'Leary noch neben ihr schlief. Als sie bemerkte, dass sie allein war, setzte sie sich auf und sah hinaus in den Busch, der sie umgab. Ihr blieb kaum Zeit, sich zu fragen, ob Will sie zurückgelassen hatte und sie einen Fluchtversuch wagen konnte, als Will unter den Bäumen zum Vorschein kam und sich ihr näherte.

Er trug nur seine Hose. Sein dunkles, krauses Haar war feucht, und die Wasserperlen auf seiner Brust ließen darauf schließen, dass er geschwommen war oder ein Bad genommen hatte. Dita wurde bewusst, dass seine Männlichkeit etwas Ursprüngliches und Wahrhaftiges an sich hatte, das sie erbeben ließ.

Will sah, dass sie wach war, und begrüßte sie mit einem »Guten Morgen«. Dita erwiderte den Gruß und verschwand nun ihrerseits in die Büsche.

Als sie zurückkehrte, hatte Will ein Feuer gemacht, damit sie Wasser für den Tee kochen und eine Dose mit Bohnen erhitzen konnten. Der Geruch der Bohnen weckte ihren Appetit, und sie fragte sich, was der unbekannte Farmer sagen würde, wenn er bei der Rückkehr in seine Hütte bemerkte, dass nicht nur Konservendosen fehlten, sondern auch einige Geräte. Will schien sich über den Diebstahl nicht mehr Gedanken zu machen als über den Mord an McGrady.

Wie so oft in den letzten zwanzig Stunden fragte sich Dita, welches Geheimnis ihr Kidnapper vor ihr verbarg. Seit er ihren Ehemann erschossen hatte, hatte er noch kein Wort gesprochen. Gleichzeitig hatte er ihr auch keinen Anlass zur Befürchtung gegeben, dass er ihr irgendeinen Schmerz zufügen wollte.

Die meiste Zeit schien er sich Gedanken über sich selbst zu machen. Manchmal erwischte Dita ihn dabei, wie er ihren Körper anstarrte. Dann versuchte er, sein Interesse zu überspielen, genau wie sie es tat, wenn er sie dabei ertappte, wie sie ihn beobachtete.

Ihr Frühstück bestand aus Bohnen, die sie mit schwarzem Tee hinunterspülten. Das Mahl verlief schweigend, und kurz darauf waren die Pferde schon wieder gesattelt. Nachdem sich Dita in den Sattel geschwungen hatte, beseitigte Will all ihre Spuren. Niemand sollte erkennen können, dass sie an dieser Stelle ihr Nachtlager aufgeschlagen hatten.

Er sprang auf sein Pferd und führte es den Bach entlang. So folgten ihre Pferde eine Zeit lang dem Wasserlauf, bevor sie ans andere Ufer wechselten.

Gegen Mittag, als die Reiter schon fast die Berge erreicht hatten, legten sie eine Pause ein. Dita streckte ihre schmerzenden Muskeln und wandte sich Will mit einer Frage zu, die ihr schon den ganzen Tag auf der Zunge gelegen hatte: »Wohin bringst du mich eigentlich?«

Will schaute sie an, und nichts an seinem Ausdruck verriet

ihr seine Absichten. »Wir reiten in die Berge. Da gibt es zahlreiche Stellen, an denen ich mich verstecken kann. Ich will nämlich nicht, dass sie mich hängen für das, was ich getan habe.«

»Mörder müssen damit rechnen, dass sie gehängt werden.«

»Mord! Ich finde eher, dass es sich um einen Fall von gerechtfertigter Vergeltung handelt. Dein Mann war ein grausamer, boshafter Mensch.«

»Ja, das war er. In diesem Punkt gebe ich dir absolut recht. Wenn nicht du, dann hätte ihn irgendwann ein anderer getötet. Es war nur eine Frage der Zeit.«

»Dir ist es egal, dass er tot ist?«

»Ich wollte frei von ihm sein. Ich hatte ihm gesagt, dass ich Edenvale verlassen würde.«

»Aber du bist gerade erst angekommen. Warum sollte eine Frau ihr Glück aufgeben, wenn sie erst wenige Wochen verheiratet ist?«

»Weil die Natur des Ehemanns ihr fremd ist und nicht ihren Erwartungen entspricht. Ich hatte mich in ihm getäuscht und war schrecklich enttäuscht. McGrady war ein brutaler Kerl. Er kam mit niemandem wirklich gut aus. Ihm ging es nur darum, sich durchzusetzen. Als du im Wald zu uns gestoßen bist, hatte er mich gerade aufgefordert, aus dem Sattel zu steigen. Er war wütend auf mich, weil ich weggeritten bin. Ich hatte Angst, dass er mich auch auspeitscht. Ich muss gestehen, dass ich dich nicht wirklich verachten kann, denn was du getan hast, hat mich vor seiner Grausamkeit bewahrt.«

»Glaubst du dich denn jetzt in Sicherheit? Schließlich bist du meine Geisel.«

»Ich glaube nicht, dass du mir wehtun willst. Oder irre ich mich da?«

»Ich werde dir nichts tun. Ich brauche dich. Falls die Polizei uns schnappen sollte, werde ich dein Leben gegen meine Freiheit setzen. Komm, wir müssen weiter. Vor Einbruch der Dunkelheit will ich in den Bergen sein.«

Einige Passagen waren so holperig, zerklüftet oder zugewachsen, dass sie hintereinandergehen und ihre Pferde führen mussten. Doch wenn sie nebeneinanderreiten konnten, suchte Dita das Gespräch mit Will. Sie war neugierig auf diesen Mann und wollte wissen, wie er wirklich war. Ihr erster Eindruck war der eines selbstbewussten Mannes mit einem guten Charakter gewesen.

Doch Jane hatte auf sein aufbrausendes Wesen hingewiesen, und Dita hatte ihn als kaltblütigen Mörder erlebt. Er zeigte sich berechnend, als er sie als seine Lebensversicherung bezeichnete. Dann wieder offenbarte er seine freundliche Seite und kümmerte sich um ihr Wohlergehen. Gleichzeitig brütete er viele Stunden schweigend vor sich hin.

Als sie ihr Lager für die zweite Nacht aufschlugen, bemerkte Dita, dass Will sie nicht aus den Augen ließ. Wenn er sie bewundernd anschaute, wurde ihr bewusst, dass sie als Mann und Frau ganz allein unterwegs waren.

Will war ein gesunder, junger Mann, der mit Sicherheit normale Triebe hatte. Wenn er versuchen sollte, diese mit ihr auszuleben, wusste Dita, dass sie sich nicht sträuben würde. Vom ersten Anblick an war sie von seiner sexuellen Aura fasziniert gewesen. Dita war eine viel zu sinnliche Frau, um sich davon nicht angesprochen zu fühlen.

Als Will ihr eine gute Nacht wünschte und sich neben ihr hinlegte, war sie versucht, die Hand auszustrecken und ihn zu berühren. Doch sie wusste, dass schon der winzigste Kontakt genügen konnte, und ihre Sehnsucht nach körperlicher

Intimität würde alle Bedenken auslöschen. Und so schloss sie stattdessen die Augen, als würde sie schlafen.

In der Nacht zuvor war sie sofort eingeschlafen, aber in dieser Nacht gab es zu viele Dinge, die ihr durch den Kopf gingen. Da war vor allem ihr schwieriges Verhältnis zu Männern. Zuerst Jonathan, dann Matt, McGrady und wieder Matt. Und jetzt Will. Würde er der Letzte sein? Wie lange hatte Will vor, sie als Geisel festzuhalten? Bis zum Ende ihres Lebens?

Am Nachmittag des folgenden Tages stießen sie auf eine baufällige Behausung aus Blech, Holz und Zeltplanen.

»Das sind Goldsucher«, stellte Will fest.

»Halten wir an?«

»Ja, das wird wohl das Beste sein. Wir könnten einige Vorräte gebrauchen, und ich glaube nicht, dass man uns hier Ärger macht«, meinte Will.

»Cu-hu!« Er gab einen lauten Signalruf von sich, bevor sie langsam auf das Camp zuritten. Zwei Männer traten aus dem Schatten hinter der Hütte hervor, standen schweigend da und schauten zu, wie die Besucher sich ohne Hast näherten.

Dita und Will musterten die beiden aufmerksam. Ein Mann war mittleren Alters, der andere mochte gerade in den Zwanzigern sein. Ihr schmuddeliges Aussehen und die lumpigen Kleider mochten Zeugnis eines harten Lebens sein, aber die Sprache der beiden Männer war abstoßend und ließ auf einen niederen Charakter schließen. Will hätte wetten wollen, dass die beiden schon mit dem Gesetz in Konflikt geraten waren.

Die blutunterlaufenen Augen der Männer leuchteten lüstern auf, als Dita sich aus dem Sattel schwang. Sie fühlte sich unbehaglich, sah zu Will und fragte sich, ob er die gierigen Blicke auch wahrgenommen hatte. Sein Gesichtsausdruck verriet nichts. Er akzeptierte die Einladung der Männer, sich zu ihnen zu gesellen. Das appetitliche Aroma des Wallabys, das zerlegt in einem Eisentopf garte, vertrieb Ditas spontanen Impuls, sofort weiterzureiten.

Ob die Goldgräber Wills Geschichte glaubten, dass er und Dita vor Ditas Ehemann davonrannten, ließen sie sich nicht anmerken. Jedenfalls schienen sie die Erklärung zu akzeptieren. Sie erzählten, dass sie schon einige Monate in den Bergen hausten. Die meiste Zeit waren sie allein, aber gelegentlich erhielten sie Besuch von einer kleinen Gruppe friedlicher Aborigines. Diese boten ihnen Essbares aus dem Busch an, und die Goldgräber revanchierten sich mit selbst gebranntem Alkohol.

Die Männer gluckten lüstern, als sie schilderten, wie geil die Frauen wurden, wenn sie auch nur ein bisschen von dem Zeug getrunken hatten. Angeblich fielen sie dann über die beiden Männer her und beruhigten sich erst, wenn deren Ruten nichts mehr hergaben.

Dita sah die lüsternen Augen der Männer und senkte rasch den Blick auf ihren Teller. Ganz offensichtlich fragten sich ihre Gastgeber, ob Dita ebenso reagieren würde, wenn sie an dem Gebräu nippte. Ihre Vermutung bestätigte sich, als der jüngere Mann wenig später aufstand und eine Flasche holte. »Es gibt nichts Besseres als einen Schnaps nach dem Essen«, sagte er zu Will.

Will sah die Flasche in der Hand des Mannes an, dann blickte er in die Gesichter der Männer, ehe er Dita anschaute, die immer noch den Kopf gesenkt hielt. Er wusste, dass die Kerle ihn betrunken machen wollten, um leichtes Spiel mit Dita zu haben. Gleichzeitig war er sicher, dass Dita von diesen verdreckten Typen nicht angefasst werden wollte, und ihm selbst gefiel diese Vorstellung auch nicht. Er lehnte den

Schluck aus der Flasche ab, stand abrupt auf und zog Dita auf die Füße.

»Danke für eure Gastfreundschaft, aber wir müssen weiter.« Die Proteste und Bitten der Goldsucher fanden kein Gehör. Will hatte Mühe, sich seine aufsteigende Verärgerung nicht anmerken zu lassen, bis sie aufgesessen und das Camp verlassen hatten.

»Was ist mit den Vorräten, die wir mitnehmen wollten?«, fragte Dita, als von den Glücksrittern nichts mehr zu sehen war.

»Es wäre nicht klug gewesen, noch länger bei ihnen zu bleiben. Ich mag sie nicht, und ich traue ihnen nicht über den Weg.«

»Ich auch nicht.«

»Keine Sorge, wir werden nicht verhungern. Aber du musst deinen Speiseplan vielleicht ein wenig umstellen.«

Als sie eine Stelle erreichten, an der ein überhängender Felsen einen natürlichen Schutz bot, beschloss Will, dass sie dort die Nacht verbringen würden, auch wenn es noch ein paar Stunden bis zum Einbruch der Dunkelheit dauerte.

»Hier können wir es gut aushalten, falls die schwarzen Wolken da hinten aufbrechen«, sagte er. Beim Absteigen bemerkte er, wie sie den Rücken beugte. »Du bist müde. Ich breite die Decke für dich aus, dann kannst du dich etwas ausruhen, während ich Holz für ein Feuer sammle.«

Dita ging ein paar Schritte um den Felsen herum, um einen Platz zu finden, an dem sie niemand störte. Auf dem Rückweg sah sie plötzlich eine große schwarze Schlange, die sich direkt vor ihr zusammenrollte. Dita blieb wie erstarrt stehen und stieß einen Schrei aus. Es gab nichts, was sie mehr hasste als Schlangen.

Wie gelähmt starrte sie auf das Reptil, das sich schnell ins

Gestrüpp verzog. Dann sah sie Will, der in ihre Richtung rannte, und rief laut seinen Namen. Er fing sie in den Armen auf, und sie klammerte sich zitternd an ihn. Will drückte sie fest an sich und streichelte beruhigend über ihr Haar.

»Du bist in Sicherheit«, sagte er. »Was hat dir solche Angst eingejagt?«

»Eine Schlange. Sie war riesig.« Dita schüttelte sich.

Will hielt sie ein wenig auf Abstand und sah besorgt in ihr Gesicht. »Hat sie dich gebissen?«

»Nein, sie ist dahinten im Gestrüpp verschwunden.«

Sie zitterte immer noch, und er drückte sie wieder an sich. »Du hast sie genauso erschreckt, wie sie dich erschreckt hat. Sie hat wahrscheinlich noch nie eine weiße Frau gesehen. Erst recht keine, die so hübsch ist.«

Sein Versuch, die Situation mit einem Scherz aufzulockern, endete mit Schweigen. Als ihr Zittern nachließ, spürte Dita, wie etwas gegen ihren Unterleib drückte. Es dauerte einen Moment, bis sie begriff, dass es Wills Männlichkeit war, die gegen ihren Leib drängte. Sie hob das Gesicht und sah ihn fragend an.

Im nächsten Moment drückte Will seinen Mund auf ihren. Seine Lippen kosteten von ihrer Weichheit. Die sanfte Berührung schickte ein so starkes Verlangen durch ihren Körper, dass sie wieder zu zittern begann, wenn diesmal auch aus völlig anderen Gründen.

Will nahm sie auf seine Arme und trug sie zu ihrem Unterstand, wo er sie absetzte und ihren Mund wieder mit einem fordernden Kuss in Besitz nahm.

Ditas Hände fanden die Knöpfe seines Hemds und öffneten sie, um über seine Brust zu streicheln. Sie fühlte, wie er erschauerte und sie fest an sich zog. Jetzt konnte sie seine harte Erregung spüren.

»Willst du das wirklich?«, fragte er mit heiserer Stimme.

»Oh ja, ja.«

»Dann lass mich deinen Körper betrachten. Ich will deine Schönheit bewundern.«

»Dann will ich dich aber auch nackt sehen.«

Will zog sein Hemd aus. Sein muskulöser Oberkörper war glatt und braun und so geschmeidig wie der einer Katze. Dita beugte den Kopf und drückte einen Kuss auf seine warme Haut. Während ihre Lippen über seine Brust strichen, fuhren ihre Hände über seine starken Schultern und seinen Rücken.

Er schmeckte salzig, und sie sog sein männliches Aroma in sich auf. Endlich konnte sie ihn so liebkosen und erregen, wie sie es schon bei ihrer ersten Begegnung hatte tun wollen.

Als er sie sanft von sich schob, sah er das weiche, geheimnisvolle Lächeln auf ihrem Gesicht. Sie hielt seinem Blick stand, während sie ihre Bluse öffnete und sie zu Boden gleiten ließ. Als sie sich langsam ihr Hemdchen über den Kopf zog und dabei die Arme hob, drückte sie ihre Brüste weit vor.

Sie dachte, dass Will sofort seine Hände auf ihr weiches Fleisch legen wollte, aber er blieb vor ihr stehen und sagte: »Ich will alles von dir sehen.«

Dita öffnete ihren Rock und ließ ihn auf die Füße fallen. Mit zwei Schritten trat sie aus ihm heraus und öffnete den Verschluss der Pantalons. In diesem Stadium zögerte sie und sah ihn an, einladend und herausfordernd zugleich.

Will schüttelte den Kopf, und Dita übernahm die Aufgabe selbst. Sie neckte ihn absichtlich, indem sie das Wäschestück ganz langsam und lasziv über die Hüfte nach unten schob, erst das eine Bein hob und dann das andere. Schließlich stand sie völlig nackt vor ihm, die Hände an den Seiten.

Wills Augen glänzten vor feuriger Bewunderung. »Du bist eine wunderschöne Frau. Noch bezaubernder, als ich es mir vorgestellt habe.« Er ging langsam um sie herum, um sie aus jedem Winkel betrachten zu können. »Ich will dich. Ich will dich ganz, und ich will jeden Teil deines Körpers preisen.«

Er streifte seine Hose ab und stand dann schweigend vor ihr. Seine Proportionen waren perfekt. Er hatte eine schlanke Figur mit langen Muskeln. Ditas Blick verharrte bei seiner Männlichkeit, und es dauerte eine Weile, ehe sie ihm wieder ins Gesicht schaute. »Auch du bist schön, Will.«

Er trat auf sie zu und zog sie in seine Arme. Die sinnliche Berührung von Haut auf Haut war exquisit. Er küsste sie zärtlich, ohne zu versuchen, jetzt schon ihre Leidenschaft anzustacheln. Als er sie hochhob, schlang Dita ihre Arme um seinen Nacken und suchte seinen Kuss. Er hielt sie fest umschlungen, ließ sich dann auf die Knie nieder und legte sie behutsam auf die Decke.

Er kniete über ihr und nahm erst eine Brust, dann die andere in den Mund und saugte an ihnen mit einem Geschick, das köstliche Schauer von Ditas Nippeln bis in ihre Zehen schickte. Seine Finger suchten die Weichheit ihrer Weiblichkeit und strichen an ihrer Spalte entlang. Es war eine zärtliche und zugleich unglaublich erotische Berührung.

»Willst du mich da unten spüren?«

»Oh ja, bitte, bitte.«

Will drehte sich herum. Schon beim ersten Kontakt mit seiner Zunge begann Dita zu stöhnen. Sie griff nach seiner Rute, um sie zu massieren, während er ihre zarte Perle neckte.

Die delikaten Striche seiner Zunge ließen sie ganz weich und nachgiebig werden und sie leise seufzend nach Luft schnappen. Das erotische Necken war wie eine subtile, wunderbare Folter, die ihre Seele in eine andere Umlaufbahn schoss.

Dita schob ihre Hand etwas tiefer, um Wills Eier zu erreichen. Sie streichelte und spielte mit ihnen, bis Will ihre Hand zurück zu seinem Schwanz führte.

Er leckte nun stärker über ihre Klitoris, bis sich Dita wand und ihr Oberkörper nach vorn schnellte. Im gleichen Moment gab sie einen lauten Schrei von sich. Will hielt ihre Oberschenkel so fest umschlungen, dass es ihr wahrscheinlich blaue Flecken bescheren würde, aber jetzt spürte sie es nicht, denn Will leckte sie bis zur Erschöpfung.

Nach einer Weile schob Dita seinen Kopf weg, denn sie konnte seine intensive Berührung kaum mehr ertragen und sehnte sich danach, dass er in sie eindrang. Schon im nächsten Augenblick stieß er mit aller Kraft in sie hinein und hielt dann für einen langen Moment inne.

Dita fuhr ihm mit den Händen über den Rücken, während sie die Hüften anhob, um seinen Stößen zu begegnen. Sie fanden zu einem gemeinsamen, wilden Rhythmus. Dita schlang die Beine um Wills Hüften, um sich für seine Stöße so weit wie möglich zu öffnen und ihn noch tiefer in sich zu spüren.

Seine Rute füllte sie nun ganz aus, und sie fühlte das Herannahen eines zweiten Höhepunkts. Will kam gleichzeitig mit ihr, nachdem seine letzten drei Stöße besonders langsam und tief gewesen waren.

Danach lag er schwer auf ihr, während sich sein Schwanz langsam in ihr entspannte. Durchdrungen von einem wunderbaren Gefühl des Friedens hielt Dita ihn weiter mit Armen und Beinen umklammert. Will küsste sie mit einer Leidenschaft, in der Zärtlichkeit und Verehrung lagen.

»Du warst einmalig, meine Liebe. Ich habe dich schon begehrt, als ich dich damals das erste Mal auf Edenvale gesehen habe.«

Dita bedachte ihn mit einem neckenden Lächeln. »Und

woher wusstest du, dass ich dich beobachtet habe und nicht die anderen Männer?«

Will lachte nur und wollte sich aus ihr zurückziehen, aber Dita verstärkte den Druck ihrer Beine, um ihn an Ort und Stelle zu halten. »Deshalb weiß ich es.« Er ließ seinen Schwanz einige Male in ihr kreisen. Dita rotierte mit den Hüften in die entgegengesetzte Richtung und war entzückt, als sie spürte, dass er wieder hart wurde.

Sie streichelten sich sanft und zärtlich, um schließlich noch einmal die Freuden der körperlichen Lust zu genießen.

Einige Zeit später lag Dita im Halbschlaf in seinen Armen. Sie ahnte, dass er schweren Gedanken nachhing. Sie rührte sich leicht, und er verstärkte den Griff um ihre Schulter. Er zog Dita näher an sich heran, als fürchtete er, sie könnte weggehen.

»Du müsstest mich hassen, weil ich deinen Ehemann getötet habe.«

Dita schlug die Augen auf und sah, dass er den Blick auf den überhängenden Fels gerichtet hatte. »Nein, das tue ich nicht. Das habe ich dir doch schon gesagt.«

Er schwieg eine Weile, doch dann hörte Dita, die wieder eingedöst war, plötzlich seine Stimme. »Ich kann nicht verstehen, wie eine so schöne und leidenschaftliche Frau wie du einen Mann wie ihn heiraten konnte.«

»Ich habe einen Fehler gemacht.«

»Wird das hier auch mal ein Fehler für dich sein? Wirst du bereuen, dass wir es getan haben?«

Dita stützte sich auf den Ellbogen. Mit der freien Hand schob sie eine Locke aus seiner Stirn, dann sah sie ihm tief in seine faszinierenden Augen. Mitternachtsblau und darum ein dunkles Braun. Ein Anblick zum Verlieben. »Warum sollte ich etwas bereuen? Habe ich dir nicht gezeigt, wie viel du mir bedeutest?«

»Ja, aber du bleibst meine Geisel, mein Schutz, um nicht gefangen genommen zu werden. Willst du das? Hast du nichts dagegen?«

Dita senkte den Kopf und strich mit den Lippen über seinen Mund. »Ich will, dass du wieder Liebe mit mir machst. Sonst nichts.«

Belle hatte keine Schwierigkeiten, der Route zu folgen, die Will und Dita genommen hatten. Nachdem sie gesehen hatte, wohin die Polizei geritten war, machte sie sich auf den Weg in die entgegengesetzte Richtung. Sie hatte den Vorteil, dass sie ahnte, wohin Will unterwegs war. Auch am Bachlauf, wo sie die Spur erst verlor, ließ sie sich nicht in die Irre führen. Sie folgte ihrem Mann bis zu der Stelle, an der die Pferde aus dem Wasser geführt worden waren.

Am Bach hatte sie ihr Kleid abgelegt. Ihren Rock riss sie mittendurch, um ein Stück Stoff zu haben, das ihre Hüften bedeckte. Ohne einengenden Stoff konnte sie sich besser auf dem Pferd bewegen, und so erreichte sie das Lager der Goldgräber nur zwei Tage nach Will und Dita.

Intuitive Vorsicht veranlasste sie, sich versteckt zu halten und das Geschehen im Camp aus dem Verborgenen zu verfolgen. Erst als sie schon einiges über die Männer herausgefunden hatte, machte sie sich auf den Weg zur Hütte.

Die geilen Blicke, mit denen die Männer ihre Ankunft bestaunten, scherten sie nicht. Belle wollte Informationen über Will. Wenn es erforderlich sein sollte, war sie bereit, dafür mit ihrem Körper zu bezahlen. Sex konnte nun mal ein Mittel zum Zweck sein. Bevor einer der Männer eine dreiste Bemerkung machen konnte, erklärte sie, was sie hergeführt hatte und was sie wissen wollte.

»Ja«, sagte der jüngere Mann. »Er war vor ein paar Tagen mit einer Frau hier.« Er sah die Überraschung in Belles Augen und gluckste gehässig. »Hast du nicht gewusst, dass er sich ein weißes Vögelchen angelacht hat?«

Belle zog einen Schmollmund. Nachdenklich grub sie mit dem dicken Zeh im Dreck herum. »Er wird sie umbringen, wie er auch schon ihren Mann umgebracht hat.«

»Er hat ihren Alten kaltgemacht? Mann, dann muss er ganz schön verrückt nach ihr sein.«

»Will ist nicht verrückt nach ihr. Will liebt nur Belle.«

»Da hast du was nicht begriffen, meine Schöne. Er ist verknallt in sie, das hat man daran gesehen, wie er sie angestarrt hat. Und sie hat ihn auch angehimmelt, das kannst du mir glauben.«

Der Mann wartete einen Moment, bevor er weitersprach. »Du verschwendest deine Zeit, wenn du ihm hinterherjagst. Du magst mal seine Frau gewesen sein, aber jetzt bist du es nicht mehr. Warum bleibst du nicht hier bei uns? Wir könnten ein bisschen Gesellschaft brauchen. Ich schätze, du könntest uns beim Kochen helfen und auch bei einigen anderen Dingen.« Der ältere Mann fiel in sein lüsternes Kichern ein.

Belle schaute von ihren Zehen hoch. Der Mann, der geredet hatte, war jung und muskulös. Sein bulliger Freund hatte auch kräftige Muskeln. Belle liebte starke Männer, besonders Männer mit starken Lenden.

Sie war nicht der Typ Frau, der sinnlosen Hoffnungen nachhing. »Was meinst du denn mit diesen anderen Dingen?«

»Als ob du das nicht wüsstest, so eine schöne Frau wie du.«

Belle sah ihn listig an. »Du magst auch schwarzen Samt, eh? Belle lässt sich gern von einer kräftigen Rute nehmen.

Wenn du stark genug bist für Belle, überlegt sie sich, ob sie bleiben wird.«

Der junge Mann knöpfte sich rasch die Hose auf. »Ich habe hier was für dich, meine Schöne. Und mein Kumpan hier hat auch so ein Ding. Was hältst du davon?«

Zwischen Belles Schenkeln wurde es feucht, als sie sah, wie prachtvoll die beiden Männer ausgestattet waren. Sie wusste, dass es ihr hier im Lager gefallen würde.

Dreizehntes Kapitel

Die Bar war ungewöhnlich gut besucht. Matt saß allein an einem Tisch und sah sich flüchtig die anderen Gäste an. Zugleich überlegte er, ob er die unausgesprochene Einladung der Barkellnerin annehmen sollte. Aber das würde ihn etwas kosten. Das Mädchen war eine Prostituierte und würde ihm nichts schenken, wofür sie normalerweise bezahlt wurde.

Matt hatte noch nie für Sex bezahlt. Offenbar fühlten sich die Frauen auch so von seiner Aura des Abenteurers und seinem Charme angezogen. Doch in einer Stadt wie dieser waren Huren die einzigen Frauen, die zur Verfügung standen. Matt spürte einen zunehmenden Druck in der Lenden, denn seit jener Nacht mit Jane McGrady hatte er keinen Sex mehr gehabt. Himmel, was für eine Frau! Seine Eier pochten noch immer, wenn er an sie dachte. Was für eine Nacht! Ein Feuerwerk der körperlichen Lust und Schwelgen in schamlosen Wonnen.

So sollte Sex immer sein, dachte Matt. Seit dem Verrat seiner scheinbar so unschuldigen Verlobten hatte er sich eine Menge Frauen genommen und nur zu seinem eigenen Vergnügen verwöhnt. So hatte es auch mit Dita begonnen. Doch irgendwann und irgendwie hatte sich das verändert. Nun war sie wie ein Krebsgeschwür und ebenso tödlich für seinen Seelenfrieden.

Wie oft würde er sich noch zum Narren machen, sich ihren Reizen erst aussetzen und ihnen dann erliegen? Eines Tages würde er nicht mehr die Kraft haben, einfach davonzugehen. Dann würde er für immer verloren sein, nicht mehr sein eigener Herr, versklavt von der Schönheit einer Frau. Sie würde sein Herz rauben und es in tausend Stücke zerbrechen, wann immer ein anderer Mann ihr bewundernde Blicke zuwarf.

Die Erwähnung des Namens McGrady ließ ihn deshalb doppelt aufhorchen, und er schaute neugierig hinüber zu den Männern, die unweit von ihm an einem Tisch saßen. Er schnappte das Wort »Mord« auf, das sofort in seinem Bauch rumorte. Er streckte sich auf seinem Stuhl und lehnte sich hinüber zu der Gruppe.

»Entschuldigt, Leute. Ich habe gerade den Namen McGrady gehört. Stimmt es, dass er ermordet wurde?«

»Ja, richtig. Hast du ihn gekannt?«

»Ich habe ihn kennengelernt. Vergangene Woche hat er noch gelebt.«

»Aber nicht mehr lange. Er ist vor einer Woche erschossen worden. Von einem eifersüchtigen Ehemann.«

»Wer soll das gewesen sein?«

»Ein Stockman namens Will O'Leary. Die Polizei sucht ihn noch. Er ist ein Halbblut und lebt mit einer schwarzen Schönheit zusammen, die sich Belle nennt. Wie man hört, war McGrady scharf auf sie, und das hat O'Leary nicht gefallen. Er hat dafür gesorgt, dass McGrady genau wusste, warum er ihn umlegt. Er hat ihm zwischen die Beine geschossen und gab ihm den Rest mit einer Kugel ins Herz.«

»Oh, verdammt.«

»Aber das ist noch nicht alles. Er hat sich zusätzlich gerächt, indem er McGradys Frau als Geisel genommen hat.«

»Was?« Matt sprang so entsetzt auf, dass alle in der Bar aufblickten und ihn anstarrten.

»Ja, das stimmt«, bestätigte ein anderer Mann. »McGradys

Frau war bei ihm, als die Schießerei begann. Da sie danach niemand mehr gesehen hat, geht die Polizei davon aus, dass O'Leary sie noch immer in seiner Gewalt hat. Es sei denn, er hat sie auch erschossen und ihre Leiche irgendwo abgelegt.«

Matt war so schnell aus der Bar, wie er sich an den Schultern der Trinker vorbeidrücken konnte. Ein Entsetzen, wie es ihn noch nie gepackt hatte, ließ Übelkeit in ihm hochsteigen. Wenn ein Mann fähig war, einen anderen Mann aus Eifersucht auf eine so schreckliche Weise zu töten, was mochte er dann der Frau seines Feindes antun?

Die Angst um Dita war wie ein Dämon, der seine Gedanken beherrschte. Er kannte Will O'Leary nicht, und er konnte nur davon ausgehen, dass dieser Kerl eine Ausgeburt des Bösen war. Er wusste nicht, ob der Mann alt oder jung war, nur dass er ein Mörder war und Dita in seiner Gewalt hatte.

Schon einmal hatte Matt gebetet, Dita lebend wiederzufinden. Diesmal war seine Sorge um sie mit fast unerträglichen Seelenqualen verbunden. Auf der Insel hatte er um die Frau gebangt, die seine Begierde geweckt hatte. Jetzt bangte er um die Frau, der sein Herz gehörte. Erst jetzt, da er sie vielleicht für immer verloren hatte, erkannte Matt seine wahren Gefühle für sie. Dita war viel mehr für ihn als ein Lustobjekt. Sie war sein Leben, seine Seelengefährtin. Und wenn sie noch lebte und er sie fand, würde er sie nie wieder loslassen.

Jane zeigte sich nicht überrascht, als er auf Edenvale eintraf. Sie wartete, bis er abgestiegen war, dann sagte sie: »Du hast also davon gehört.«

»Gibt es etwas Neues?« Matt hoffte, dass es gute Nachrichten sein würden.

Jane schüttelte den Kopf. »Wir sind ziemlich sicher, dass er sie mit in die Berge genommen hat. Das da oben ist ein wildes Land. Gut möglich, dass sie nie gefunden werden.«

»Glaubst du, dass Dita noch lebt?«

»Da bin ich mir sicher.«

»Wieso?«

Jane hob die Schultern. »Komm herein«, sagte sie nur. »Dann werde ich dir alle Einzelheiten erzählen.«

Matt konnte seine Ungeduld kaum zügeln. Er winkte ab, als Jane ihm eine Erfrischung anbieten wollte. »Später. Sag mir, was du weißt.«

»Also gut.« Sie bot ihm Platz an, dann setzte sie sich ihm gegenüber. »Du hast meinen Bruder nur kurz kennengelernt. In diesen wenigen Stunden hast du nichts darüber erfahren, wie er wirklich war. Selbst mich hat er herumgestoßen, bis ich gelernt hatte, für mich selbst einzustehen. Leider hatten die meisten Leute nur selten die Chance, sich gegen ihn zu behaupten. Deshalb gab es wenig Grund für ihn, sein skrupelloses Verhalten zu ändern. Er nahm sich, was er wollte, und wehe, jemand stellte sich ihm in den Weg.«

»Er hat sich also dieses Mädchen genommen. Belle. Wo war ihr Mann, dieser O'Leary?«

»Er sollte eine Herde zum Markt treiben. Aus irgendeinem Grund ist er zurück nach Edenvale gekommen, bevor die Herde am Ziel war.« Jane hielt mit nichts zurück und schilderte genau, wie Will von ihrem Bruder ausgepeitscht worden war.

Matt sah sie verdutzt an. »Ich hatte erwartet, dich als trauernde Schwester vorzufinden, hasserfüllt auf den Mörder. Aber du scheinst sehr gefasst zu sein.«

»Es gab nicht viel Zuneigung zwischen meinem Bruder und mir. Ich habe Wut und Gram empfunden, aber ich kann

Will verstehen. Es ist, als sei es meinem Bruder vorbestimmt gewesen, eines gewaltsamen Todes zu sterben.«

»Noch etwas muss ich dich fragen. Du sprichst von O'Leary mit dem Vornamen. Das klingt beinahe so, als hättest du dich gut mit ihm verstanden.«

»Ja, ich mochte ihn. Er war ein guter Mann, der im Leben erfolgreich hätte sein können, wenn er nicht auf meinen Bruder und seine sexuelle Gier getroffen wäre.«

»Sind deine Gefühle für diesen Mann auch der Grund dafür, dass du glaubst, dass Dita noch lebt? Trotz des kaltblütigen Mordes an deinem Bruder?«

»Will braust schnell auf, aber er ist kein gewalttätiger Mann. Man kann von keinem Mann erwarten, dass er einfach so hinnimmt, was mein Bruder getan hat.«

»Das mag ja stimmen. Doch wer weiß, welche Qualen Dita bei ihm leidet?«

»Vielleicht leidet sie überhaupt nicht. Will ist ein junger Mann. Ein sehr gut aussehender junger Mann.«

Ein nervöses Zucken zeigte sich um Matts Mundwinkel. »Was willst du damit andeuten?«

Jane hob die Schultern. »Lass deine Fantasie spielen. Ein junger Mann, eine junge Frau, ganz allein in der Wildnis.«

»Willst du, dass ich mich noch schlechter fühle?«

»Ich nenne dir nur die Fakten. Du bist in aller Eile hierhergekommen, getrieben von der Sorge um Dita und entschlossen, sie zu retten. Aber vielleicht will sie gar nicht gerettet werden.«

»Das kann ich nicht glauben. Nicht, nachdem sie mich zuletzt angefleht hat, sie mitzunehmen.«

Jane riss die Augen weit auf. »Das hat sie mir nicht erzählt. Also war mein erster Eindruck von euch beiden doch richtig?«

»Was für ein Eindruck?«

»Dass es ein besonderes Band zwischen euch gibt. Ja, ich begann mich sogar zu fragen, warum Dita meinen Bruder so plötzlich geheiratet hat.«

»Wenn ich nicht so stur gewesen und mir meine Freiheit nicht über alles gegangen wäre, wäre es wohl nie zu dieser Heirat gekommen. Deshalb muss ich ihr jetzt auch folgen, egal, was du über sie und Will vermutest. Ich habe sie schon zweimal im Stich gelassen, nein, sogar dreimal. Wenn ich sie jetzt finde, werde ich sie nicht wieder gehen lassen.«

»Aber diese Nacht bleibst du hier.« Jane legte den Kopf zur Seite und schürzte die Lippen. Ihre Augen funkelten. »Ist es zu viel erwartet, wenn ich deine Gesellschaft noch einmal genießen möchte?«

Matt fiel ein, dass er sein unerfülltes Verlangen, über das er in der Hotelbar nachgedacht hatte, komplett vergessen hatte. Wer wusste, wie viele lange, harte Tage vor ihm lagen? Eine Mahlzeit und guter Sex, um die Nerven zu entspannen, danach ein paar Stunden tiefer Schlaf, und bis zum Morgen wäre er in bester Verfassung, um sich auf die Suche nach Dita zu machen.

»Willst du mich wieder verschnüren?«, fragte er grinsend.

Jane lächelte. »Nur, wenn du zustimmst. Ich würde dir nie etwas aufzwingen, was du nicht willst.«

Matt lachte. »Ich habe nicht von Zwang gesprochen. Aber ich denke, du kennst dich mit verschiedensten Praktiken aus.«

»Das stimmt«, gab Jane zu. »Aber ich werde nichts gegen deinen Willen tun. Einverstanden?«

Jane hielt sich an ihr Versprechen, aber sie forderte Matt bis zum Limit. Sie erregte ihn so sehr, dass er den Schmerz kaum noch ertragen konnte. Im Gegenzug besorgte er es ihr erbarmungslos. Jane genoss jede Minute mit ihm und feuerte ihn immer wieder an. Sie wusste, dass es vielleicht ihr letztes Mal mit Matt war, und hatte vor, das meiste aus dieser Begegnung herauszuholen.

Sie neidete Dita nicht, dass Matt sie liebte, und sie gönnte der Freundin auch die herrlichen Freuden seines wundervollen Schwanzes. Doch in dieser Nacht wollte sie nicht auf Matt verzichten. Eines Tages würde irgendwo ein anderer Mann ihren Weg kreuzen, der ihr all das geben würde, was er ihr in diesen Stunden gab.

Jedes Mal, wenn sie sich geliebt hatten, verfiel Will in düsteres Grübeln. Dann lag er da und starrte an die Decke der Höhle, die ihr Zuhause geworden war. Dita fragte ihn nicht, was ihn quälte. Doch dann nahm er sie eines Tages auf eine fast mechanische Weise. Und nachdem er fertig war, rollte er sich von ihr, bevor sie eine Chance hatte, selbst zu kommen.

Einige Minuten lang lagen sie schweigend da, Seite an Seite, Will mit den Händen unter dem Kopf. Dita konnte die angespannte Atmosphäre nicht länger ertragen, rollte sich auf die Seite und schob einen Arm über seine Brust. Sie kuschelte den Kopf an seine Schulter und fühlte, wie er sich versteifte.

»Was ist los mit dir, Will? Willst du mich nicht mehr?«

Will legte einen Arm um ihre Schultern. »Ich liebe dich so sehr, aber ich habe kein Recht dazu«, sagte er.

»Wie meinst du das?«

»Als ich dich gezwungen habe, mit mir zu kommen, habe ich nur an mich gedacht. Du solltest mir meine Freiheit sichern. Ich habe nicht weiter darüber nachgedacht. Jetzt weiß ich, dass es nicht recht ist, dich auf diese Weise bei mir zu halten. Ich bin nur ein Verbrecher auf der Flucht, der zu überleben versucht.«

»Aber ich habe mich nicht beklagt. Entbehrungen sind mir nicht fremd, und sie haben mir bisher nicht geschadet.«

»Du kannst nicht immer so leben. Ich habe meine Entscheidung getroffen. Morgen werde ich dich zur nächsten Ansiedlung bringen.«

»Das kannst du nicht riskieren! Sie könnten dich gefangen nehmen!«

»Das Risiko muss ich eingehen. Es ist mir wichtig, dich in Sicherheit zu wissen.«

»Und was ist, wenn ich nicht gehen will?«

»Warum solltest du nicht gehen wollen?«

»Das fragst du, nachdem wir schon so oft Liebe gemacht haben? Oder war es auch für dich nur Sex?«

Will schien ihre Betonung des Wörtchens ›auch‹ nicht zu bemerken, ebenso wenig die Verbitterung, die darin klang.

»Nein, meine Liebe, es war nicht nur Sex. Aber gerade weil du mir viel bedeutest, muss ich dich zurückbringen. Es kann keine gemeinsame Zukunft für uns geben. Der Tag wird kommen, an dem ich mich dem Gesetz nicht mehr entziehen kann. Dann könntest du in eine verdammt unangenehme Situation kommen.«

»Ist das nicht etwas, was ich selbst entscheiden sollte? Es wäre nicht das erste Mal, dass die Leute über mich den Kopf schütteln.« Als er nicht antwortete, drückte sie ihm einen Kuss auf die Schulter. »Lass mich noch ein bisschen länger bei dir bleiben, Will. Begreifst du denn nicht, dass ich dabei bin, mich in dich zu verlieben?«

Will antwortete mit einem Stöhnen, dann zog er sie fest in seine Arme. Sie lagen da, hielten sich umschlungen, und jeder hing den Gedanken nach, was die Zukunft ihnen bringen würde.

Matt erkannte Belle sofort, als sie aus der Hütte kam und sich zu den beiden Männern stellte. Die Kerle begrüßten ihn gut gelaunt mit der Bemerkung, dass ihre Unterkunft inzwischen zu einer populären Anlaufstelle geworden wäre.

Matt war nicht nach Späßen zumute. Er wollte wissen, ob sie den Mörder Will und seine Geisel Dita gesehen hatten. Es war der jüngere Mann, der ihm antwortete.

»Ja, wir haben sie gesehen. Auch Belle hat ihre Spuren verfolgt, bis wir ihr erklärt haben, dass sie ihre Zeit vergeudet.«

»Wieso?« Das Wort kam knallend wie ein Gewehrschuss. Die Furcht, dass er zu spät gekommen war, um Ditas Leben zu retten, ließ ihn erstarren.

»Die Lady war keine Gefangene. Ich weiß, wenn ein Mann und eine Frau wild aufeinander sind, und dieses Paar war so heiß wie ein Ofen.«

Zorn vernebelte Matts Blick. Belle mochte ja zufrieden damit sein, Will O'Leary zu vergessen und sich den beiden Goldschürfern anzuschließen, doch Matt war keineswegs bereit, Dita so schnell aufzugeben.

Obwohl die Männer Janes Vermutung bestätigten, konnte Matt nicht glauben, dass Dita tatsächlich außer Gefahr war und nicht auf die eine oder andere Art leiden musste. Sich vorzustellen, dass sie sich glücklich dem Mörder ihres Mannes angeschlossen hatte, ließ in seiner Brust die Hunde der Eifersucht von der Leine. Seine Entschlossenheit, sie zurückzuholen, wurde nur noch größer. Er würde sie finden, und wenn er den Rest seines Lebens damit verbrachte.

Doch am Ende dauerte seine Suche nur zwei weitere Tage.

Er saß auf einem Felsen und suchte die zerklüftete Gegend ab. Plötzlich sah er eine Bewegung zu seiner Rechten. Etwas Helles durchbrach das Braun der Felsen und das Grün der Büsche. Matt hob sein Fernrohr und schaute hindurch. Er wollte wissen, was oder wer sich dort bewegt hatte. Dann sah er es in aller Klarheit.

Dita lag neben einem Wasserloch und war völlig nackt. Sie hatte gebadet und ließ ihren Körper und ihre langen Haare nun von der Sonne trocknen. Nach der ersten Freude darüber, dass er sie gefunden hatte, ließ er seinen Blick über ihre Schönheit wandern. Das vertraute Ziehen in seinen Lenden machte sich wieder bemerkbar.

Am liebsten wäre er zu ihr gelaufen, hätte mit den Händen ihre seidige Haut berührt, ihren Körper von oben bis unten gestreichelt und danach ihre intimsten Stellen geküsst. Erinnerungen stiegen in ihm hoch, und fast hätte er sich von ihnen davontragen lassen.

Dann bemerkte er eine Bewegung im Wasser.

Der Schwimmer hatte das Ufer erreicht und zog sich auf einen kleinen Felsen hoch, neben dem Dita stand.

Matt spürte den scharfen Stich der Eifersucht, als die Hand des Mannes über Ditas Bein strich und auf der Innenseite des Schenkels verweilte. Matt wusste genau, dass die Finger des Mannes Ditas Juwel gefunden hatten. Dita schob ihre Hüften ein wenig vor.

Matt ließ das Fernrohr sinken und schaute weg. Er wusste, dass es ihn zerreißen würde, wenn sie sich vor seinen Augen liebten. Als er dennoch wieder hinschaute, waren die beiden aus seinem Blickfeld verschwunden.

Sie spielten Nachlaufen wie die Kinder. Dita duckte sich lachend und rannte von Will weg. Dann blieb sie stehen, neckte ihn, ließ ihn herankommen, bis er sie fast berühren konnte, und entkam wieder. Doch schließlich schnappte er sie, schlang die Arme um ihre Taille und zog sie fest an sich heran. Dita spürte seinen Schwanz, der sich den Weg in ihre Spalte suchte. Sie kicherte entzückt und rieb sich an Will, während sie seine Hände löste und wieder vor ihm floh.

Sie erreichte die Höhle zuerst, drehte sich um und lachte, als sie sah, dass er ihr folgte. Er verlangsamte seine Schritte und ging zielstrebig auf sie zu. Ein Glänzen trat in seine Augen, und lachend ließ er seine weißen Zähne sehen.

»Du willst mich reizen, was?«

Dita gluckste und wich vor ihm zurück, und als Will dicht vor ihr stand, duckte sie sich wieder und versuchte, ihm erneut zu entkommen. Doch er war schnell. Er griff sie an Bein und Arm und hob Dita vom Boden hoch. »Lass mich runter«, sagte sie schmollend, weil ihr diese Position nicht gefiel. Mit der freien Hand schlug sie gegen sein Bein. »Das ist nicht fair.«

»Ich werde dir schon noch beibringen, dass du damit aufhörst, mich so entsetzlich zu reizen«, drohte Will lachend. Er lockerte seinen Griff. Doch schon im nächsten Moment hielt Will sie an den Beinen fest.

Dann fühlte sie, wie Wills Zunge über ihre Klitoris strich. Es war, als würden Hunderte köstliche kleine Nadelstiche auf ihrer Haut prickeln, und sie war dem Gefühl hilflos ausgeliefert.

Sie fühlte sich so verletzlich, als würde sie ihm ihre geheimen Reize das erste Mal zeigen. Ihre feuchte, weiche Grotte pochte sehnsüchtig, denn Dita wollte seine Zunge auch dort spüren. Immer wieder stöhnte Dita Wills Namen. Sie war völlig aufgelöst und schluchzte unter der exquisiten Folter, der er sie aussetzte.

»Wirst du mich noch einmal reizen?«, fragte Will, als er kurz den Kopf hob.

»Nein! Nein!«

»Versprochen?«

»Ich verspreche es.«

Will ließ sie los. Dann hockte er sich zwischen ihre Knie und hob ihre Hüften an, damit er ihre pochende Pflaume an seinen Mund bringen konnte. Diesmal strich er in die Spalte hinein und schmeckte das delikate Fleisch dazwischen. Er lutschte sie so zart, dass es sie fast um den Verstand brachte. Will versuchte nicht, ihr einen Orgasmus zu verschaffen. Das hatte Zeit. Ihre Lust überschwemmte sie auch so.

Da war ein Leuchten in seinen Augen, als er ihre Hüften auf den Boden sinken ließ. Er griff nach ihren Händen, dann zog er sie hoch, während er vor ihr kniete.

Dita ging in die Hocke und senkte ihre seidige, feuchte Spalte auf seinen heißen, sprungbereiten Schaft, bis er sie ganz ausfüllte. Sie hielt sich an Wills Schultern fest, und während sie sich nach hinten bog, stützte er sich mit den Händen auf dem Boden ab. In dieser Position konnte seine Rute noch tiefer in ihren willigen Körper eindringen.

Dita spielte mit ihm, sie reizte ihn und sich, indem sie sich so bewegte, dass nur noch ihre intimen Lippen seine brennende Schwanzspitze berührten. Sie kreiste mit den Hüften, damit die geschwollene, harte Perle über seine Eichel rieb. Doch dann hielt sie es nicht länger aus.

Wieder ließ sie sich auf ihn gleiten, bis er ganz in ihr verschwunden war. Aber sie wollte nicht, dass er schon kam, und auch sie wollte den Höhepunkt noch länger hinauszögern. Deshalb veränderte sie ihre Position und ließ sich auf Hände und Knie nieder.

Seine Hand strich über ihre wunderbare Nässe und verteilte ihren Liebessaft über ihren ganzen Schoß und Hintern. Dann kniete er sich hinter sie und schob seinen Stab in ihre Spalte. Als er sich über sie beugte, um ihre Brüste zu massieren, und dann mit einer Hand zwischen ihre Schenkel fuhr, um über die harte Perle zu reiben, stöhnte Dita ihre Lust hinaus.

»Willst du kommen?«, fragte er und rieb weiter über ihre Klitoris.

»Nei... nein ... Ich will ... no... noch nicht ... auf ... hö...ren ...«

»Ich auch nicht.«

Noch einige Male wechselten sie die Stellung, um sich gegenseitig auf immer andere Art zu verwöhnen. Immer wieder zögerten sie den Höhepunkt hinaus.

Dann war es so weit. Endlich ließen sie sich fallen und gaben sich ihrem Verlangen hin. Seine Liebkosungen waren so exquisit, dass Dita, die ohnehin in Flammen stand, die Kontrolle über sich verlor. Will wusste, dass sie bereit war, und im entscheidenden Augenblick stieß er hart und tief in sie hinein. Er spürte, wie ihre Säfte ihn umspülten, während ihre inneren Muskeln seinen Schaft molken, bis er zu einem grandiosen Orgasmus kam.

Obwohl er sie durch das Fernrohr gesehen hatte, brauchte Matt fast eine Stunde, ehe er sie schließlich aufgespürt hatte. Das Wasserloch befand sich am Fuß einer steil aufragenden Felsformation. Dunkel hoben sich die Eingänge zu den Höhlen ab. Matt wusste, dass einige von ihnen nur ein oder zwei

Meter tief und andere zu schmal waren, um als Unterschlupf zu dienen.

Irgendwo in dieser Felslandschaft mussten sie sich versteckt haben. Als er die Anzahl der infrage kommenden Höhlen auf drei reduziert hatte, verließ er seinen Aussichtspunkt und machte sich auf die Suche.

Er ritt mit seinem Pferd bis an das Wasserloch, und dort band er es hinter dichten Sträuchern fest. Die Pferde der Flüchtigen mussten auch irgendwo in der Nähe sein. Er hoffte, dass ihn kein Wiehern verraten würde. Der scharfe Geruch von Rauch wies ihm den Weg.

Ein grimmiges Grinsen umspielte Matts Mund. O'Leary hatte sich seinen Unterschlupf gut ausgesucht. Er lag versteckt hinter einigen größeren Felsen, und selbst aus der Nähe war der Eingang kaum zu erkennen. Matt wählte eine Position, von der aus er den Eingang im Auge behalten konnte, während er selbst nicht zu sehen war, wenn jemand aus der Höhle kam.

Er dachte über die Möglichkeit nach, dass sein Vorgehen Dita in Gefahr bringen könnte, doch er entschied, dass er dieses Risiko eingehen musste. Er hatte den Eingang zur Höhle im Blick, und er konnte sich auf seine Treffsicherheit verlassen. Er hoffte, O'Leary sauber in den Kopf schießen zu können. Er hielt sein Gewehr im Anschlag, und der geladene Revolver lag griffbereit zu seiner Rechten.

»O'Leary!«, rief Matt. »Du bist umstellt! Gib auf und komm heraus!«

Will und Dita standen wie erstarrt da. Auf Ditas Gesicht spiegelten sich Entsetzen und die Angst um Wills Leben. Wills Ausdruck zeigte Härte und Entschlossenheit.

»O'Leary!«, rief Matt wieder. »Schick die Frau heraus, und folge ihr mit erhobenen Händen!«

Ditas Stimme wurde ein Schluchzen. »Oh, Will, Will, Will.«

Will nahm sie in die Arme und drückte einen Kuss auf ihren Mund.

»Ich lasse mich nicht festnehmen. Verschaff mir nur noch ein bisschen Zeit, um irgendwie von hier zu verschwinden.«

Er bewegte sich rasch in den hinteren Teil der Höhle, und dann bemerkte Dita das Aufflackern eines Streichholzes. Gleich danach sah sie die größere Flamme einer Kerze. Es war kaum damit zu rechnen, dass die Polizei den zweiten Ausgang der Höhle kannte, zu dem es steil nach oben bis zum Rand einer schroffen Klippe ging.

Die Pferde hatten sie in einer natürlichen Senke auf dem Plateau über ihnen versteckt. Will hatte die Höhle ausgewählt, weil es diesen zweiten Ausgang gab, und er hatte dort ein Seil befestigt, das ihm in einem Fall wie diesem die Flucht ermöglichen sollte. Dita musste nun alles tun, um ihm Zeit zu verschaffen.

Als die Stimme vor der Höhle sie wieder zur Aufgabe aufforderte, glaubte Dita, in ihr einen vertrauten Klang zu erkennen. Plötzlich wurde ihr kalt, und ihr Herz pochte schmerzend in ihrer Brust. Warum sollte Matt die Polizei begleiten? Dita bewegte sich zum Höhlenausgang, wagte sich aber nur ein Stückchen hinaus.

»Dita!«

Dita wandte den Kopf in Richtung des Aufschreis. »Matt? Wo bist du? Wo ist die Polizei?«

»Komm ganz aus der Höhle heraus, Dita. Ich will nicht riskieren, dich zu treffen.«

Dita sah sich um. Nirgends bewegte sich etwas, und es war nur Matts Stimme zu hören. »Du bist allein, nicht wahr?«, rief sie ihm zu.

Matt ignorierte ihre Frage. »O'Leary!«

»Es hat keinen Sinn, nach ihm zu rufen.« Triumph schwang in Ditas Stimme mit. »Er ist nicht hier. Er ist fortgeritten.« Wahrscheinlich stimmt das sogar, dachte sie. In der Zwischenzeit musste Will schon bei den Pferden sein.

Sie hörte Matt fluchen. »Du lügst. Du ...«

Das laute Poltern eines hinunterfallenden Felsbrockens ließ Matt verstummen. Ditas ängstlicher Blick wanderte nach oben. Matt schaute ebenfalls hoch.

Aus dem Augenwinkel heraus sah Dita, wie sich das Sonnenlicht auf Matts Gewehrlauf brach, als er die Waffe anhob. Dita rannte aus der Höhle und sah Will, der sich flach auf den Rand des Plateaus gelegt hatte.

Matts Gewehr krachte. Die folgenden Sekunden schienen eine Ewigkeit zu dauern. Dann glitten Wills Füße seitwärts über den Rand. Sein Körper folgte, fiel herunter und schlug dabei gegen die Felswand. Im nächsten Moment war er nicht mehr zu sehen.

»Nein!« Ditas Schrei wurde von den Bergen als Echo zurückgeworfen. Sie hatte gerade noch sehen können, wie Wills Körper in die Schlucht gestürzt war. Im nächsten Moment spürte sie Matts Hand auf ihrer Schulter. Mit Tränen in den Augen riss sie sich von ihm los und starrte ihn zornig an.

»Du Bastard!«, schrie sie. »Du hättest ihn nicht umbringen müssen!«

»Er war ein Mörder. Er hatte es verdient zu sterben.«

»Ausgerechnet du nennst ihn einen Mörder! Will hatte einen Grund für das, was er getan hat. Welchen Grund hattest du? Bringst du Leute zum Spaß um? Machst du einen Sport daraus?«

Der Schmerz in ihrem tränenüberströmten Gesicht und die verbitterte Verachtung in ihren Worten trafen Matt wie Messerstiche mitten ins Herz. Seine Stimme klang hart vor Eifersucht. »Man könnte denken, dass dir dieser Schurke etwas bedeutet hat.«

Dita unterdrückte einen Schluchzer. »Ja, ich habe ihn gemocht, und sein Schicksal ist mir nicht egal. Er war ein guter Mann.«

»Was? Du meinst wohl, dass er dich gut gevögelt hat. Liegt dir deshalb an seinem Schicksal?«

Aus Ditas Gesicht war alle Farbe gewichen, und sie blinzelte die Tränen weg. »Ja, du Bastard. Er hat es mir gut besorgt, und ich bin ihm dankbar dafür«, sagte sie voller Bitterkeit.

»Ich wüsste gern, ob es dir auch noch gefällt, wie ich es dir besorge.« Er packte sie an den Schultern, während Dita mit den Fäusten gegen seine Brust trommelte.

»Untersteh dich! Lass mich los!«

»Ich denke nicht daran. Ich will meinen Lohn dafür, dass ich den weiten Weg zurückgelegt habe, um dich zu retten.«

Mit einer Hand hielt er ihr die Arme auf dem Rücken fest, mit der anderen Hand zerriss er ihre Kleider. Er sah ihre Brüste und drückte sie derb. Dita wehrte sich, aber sie wusste, dass sie nichts gegen seine Stärke ausrichten konnte. In diesem Moment hasste sie Matt ebenso sehr, wie sie ihn einmal begehrt hatte. »Ich wollte nicht gerettet werden. Ich habe Will geliebt.«

»Was weißt du denn schon von Liebe? Du kennst doch nur Sex. Deine Nippel sind schon wieder hart.«

Er stieß sie auf den Boden und ließ sich auf sie fallen. Er hielt ihren Körper fest, während er seine Hose öffnete. Im nächsten Moment stieß er seine Rute in sie hinein und kam sich wie ein Racheengel vor, von unkontrollierbaren Mächten getrieben.

Sein Gesichtsausdruck war hart und wütend, seine Bewegungen waren mechanisch. Sie lag mit den Schultern auf dem

Boden. Ihre Hüften waren angehoben. Obwohl ihr bei jedem Stoß die Luft aus den Lungen gepresst wurde, fuhr Dita fort, ihm jede Beleidigung an den Kopf zu werfen, die ihr einfiel.

Doch dann verriet ihr Körper sie, als er auf Matts stoßenden Schaft reagierte. »Oh!«, rief sie keuchend. »Ich hasse dich, Matt Warrender.«

Matt verzog die Lippen zu einem spöttischen Grinsen. »Du kannst mich so sehr hassen, wie du willst. Aber du kannst deinen Körper nicht hindern, dies hier zu genießen. Du magst es, wenn ich es dir so richtig besorge, was?«

Die Kraft seiner Stöße ließ nach und wurde durch ein erotisches Kreisen seiner Hüften ersetzt, wodurch er jede einzelne Nervenzelle in ihrem erregten Schoß zum Glühen brachte. Dita konnte nicht verhindern, dass ihr Tränen über die Wangen rannen, während sie zuckend zum Orgasmus kam und sich ihre inneren Muskeln um seinen Schaft zusammenzogen.

»Sex, Dita.« Er keuchte, während er weiter in sie pumpte. »Nicht Liebe. Nur Sex, Sex, Sex.«

Wütend setzte er zum finalen Stoß an, bevor er sich in ihr ergoss. Sein höhnischer Gesichtsausdruck schien Dita zu verspotten. Sie starrte Matt an, während er noch in ihr verharrte. Doch dann löste er sich von ihr, stand auf und knöpfte sich die Hose zu.

Dita brachte ihre Kleidung in Ordnung und kam langsam auf die Füße. Sie stellte sich vor ihn und sah ihn mit dem ganzen Stolz an, der ihr geblieben war.

»Ich nehme an, dass du jetzt zufrieden bist. Eines hast du jedenfalls bewiesen: Dass Will der bessere Mann war. Ich werde dir diesen Tag nie verzeihen. Schließlich hast du den Vater meines ungeborenen Kindes ermordet. Bist du nun zufrieden?«

Matt sah sie so entsetzt an, wie sie es erwartet hatte. Ungläubig starrte er sie an, und Dita hielt seinem Blick stand.

»Du wirst O'Learys Bastard austragen?«

»Ich erwarte das Kind eines guten Mannes. Das solltest du nicht vergessen, Matt Warrender.«

Vierzehntes Kapitel

Jane hielt sich draußen bei den Koppeln auf, als sie die nahenden Reiter sah. Sie hob eine Hand, um die Augen vor der Sonne zu schützen, und ihr Herz hüpfte aufgeregt, als sie Matt und Dita erkannte. Sie gab den Männern, mit denen sie gearbeitet hatte, ein paar Anweisungen, dann ließ sie sie allein und lief den Reitern entgegen.

Seit Matt aufgebrochen war, sorgte sie sich um ihn und Dita, und hatte inständig für die baldige Rückkehr der beiden gebetet. Doch ihre Hoffnung, ein glücklich versöhntes Paar begrüßen zu können, zerschlug sich schnell. Noch bevor Jane ihre Gesichter erkennen konnte, spürte sie, dass etwas nicht stimmte.

Doch dies war nicht der richtige Moment für Fragen. Jane lief auf Dita zu, um ihr beim Absteigen zu helfen, und drückte sie fest an sich. »Gott sei Dank, dass du in Sicherheit bist.«

»Bin ich das?«, fragte Dita und warf Matt einen bitteren Seitenblick zu.

Jane sah auch zu Matt, und ihre fragenden Augen schienen ihn zu durchbohren. Dieses angespannte, teilnahmslose Wesen mit den dunklen Schatten unter den Augen war nicht die Dita, die er hatte zurückbringen sollen.

»Was ist passiert?«, fragte sie Matt. »Wo ist Will?«

»Er ist tot.«

»Ja«, sagte Dita. »Dafür hat Matt gesorgt. Entschuldige mich. Ich bin sehr müde. Ich gehe auf mein Zimmer.«

Jane schaute ihr nach und kam sich unendlich hilflos vor. Die Sorge stand ihr ins Gesicht geschrieben, und auf ihrer Stirn hatte sich eine steile Falte gebildet, als sie wieder zu Matt blickte. »Was ist los, Matt? Ich dachte, ihr würdet bei eurer Rückkehr vor Glück strahlen.«

Matts Mundwinkel zeigten höhnisch nach unten, als er antwortete: »Warum sollten wir? Du selbst hast mich gewarnt, was passieren könnte. Deine Schwägerin wollte gar nicht gerettet werden. Und sie hat mir auch nicht gedankt, dass ich O'Leary erledigt habe. Sie sagt, dass sie ein Kind von ihm erwartet.«

Jane riss den Mund auf. »Ist das wahr?«

»Ja.«

»Himmel, was für ein Durcheinander!« Ihre forschen Augen musterten Matts Gesicht. »Und das ist es, was du ihr nicht verzeihen kannst?«

»Nicht weniger als ihren Vorwurf, dass ich die Schuld an O'Learys Tod trage.«

»Oh, Matt. Ihr tut mir beide so leid. Als du von hier aufgebrochen bist, warst du dir so sicher über deine Gefühle für Dita. Hast du das alles vergessen?«

»Ich habe nicht vor, den Bastard eines Mörders großzuziehen. Ich werde nicht bleiben, Jane. Sobald sich die Pferde ausgeruht haben, mache ich mich auf den Weg. Ich habe nicht die Absicht, unnötig Zeit in Ditas Gesellschaft zu verschwenden, und sie selbst wird mich auch nicht länger sehen wollen.«

Jane unternahm keinen Versuch, ihn umzustimmen. Kurz nachdem er abgereist war, klopfte sie an Ditas Tür und trat ins Zimmer, bevor sie dazu aufgefordert wurde. Dita lag auf dem Bett. Sie trug einen Überwurf, den sie mit einem Gürtel fest um ihren Bauch gebunden hatte. Ihre zerrissene und schmutzige Kleidung hatte sie in eine Zimmerecke geworfen, wie Jane mit einem schnellen Blick bemerkte.

»Ist er weg?«, fragte Dita.

»Ja.« Jane ging hinüber zum Bett und schaute auf ihre Schwägerin, die ihr so sehr ans Herz gewachsen war. »Willst du darüber reden?«

»Du hast doch bestimmt schon alles gehört.«

Jane setzte sich auf den Rand des Bettes, nahm Ditas Hand und drückte sie leicht. »Ich weiß nur, dass Will erschossen wurde. Stimmt es, dass du nicht gerettet werden wolltest? Und bist du wirklich schwanger von Will?«

»Das hat er dir erzählt, was?« Ditas Gesicht wurde hart vor Verbitterung, dann wandte sie sich ab. Aber Jane ließ nicht locker.

»Bist du schwanger?«

»Ich glaube schon.«

»Du bist nicht sicher?«

Dita sah zu Jane. »Ich bin mir so sicher, wie ich es sein kann«, sagte sie mit Bestimmtheit.

»Aber wie kannst du sicher sein, dass es Wills Kind ist?«

»Es kann nur seins sein.«

»Verstehe.« Jane seufzte tief. »Und was wirst du jetzt tun?«

»Ich möchte auf Edenvale bleiben. Es sei denn, du hast etwas dagegen.«

»Nein, überhaupt nicht. Edenvale ist dein Zuhause, solange du willst. Ich möchte, dass du bleibst. Aber hast du auch an das Kind gedacht, das gerade in deinem Körper heranwächst?«

»Ich habe sehr viel darüber nachgedacht. Mein Ehemann hat sich einen Erben gewünscht. Nun wird er diesen Erben doch noch bekommen, wenn auch nach seinem Tod.«

Jane konnte ihre Überraschung nicht verbergen. »Wie willst du denn mit dieser Täuschung durchkommen?«

»Das wird leicht sein. Wills relativ helle Hautfarbe unterschied sich gar nicht so sehr vom dunklen Teint deines Bruders.«

Dann schwieg Dita, doch ihr Blick schien Jane geradezu aufzufordern, gegen ihren Plan zu argumentieren. Schließlich zuckte ein Lächeln um Janes Mundwinkel.

»Jas hat einige Kinder mit Aborigine-Frauen gezeugt, die er alle nicht anerkannt hat. Wenn du einen Sohn zur Welt bringst, Dita, dann wird er der Erbe von Edenvale sein. Das nenne ich Ironie des Schicksals. Heißt es nicht, dass man Rache kalt genießen soll, Dita?«

Der Hauch eines Lächelns umspielte Ditas Mund. »Ich dachte, es wäre dir nicht recht. Schließlich hat Will deinen Bruder umgebracht, obwohl ich ihm das wirklich nicht verdenken kann. Nicht, nachdem Jas ihn mit Füßen getreten hat.«

»Es wird dich vielleicht überraschen, Dita, aber auch ich kann Wills Tat verstehen. Natürlich war ich entsetzt und wütend, als wir hörten, was geschehen war. Doch als am nächsten Morgen die Polizei kam, konnte ich die Dinge schon objektiver sehen. Ich habe der Polizei gesagt, dass Will auf eine Art provoziert worden sein muss, die kein Mann hinnehmen kann.«

»Will war kein gewalttätiger Mann, Jane. In der Zeit, in der wir zusammen waren, habe ich ihn gut kennengelernt, und damit meine ich nicht das Körperliche. Wir haben uns über alle möglichen Dinge unterhalten. Er wollte ein Haus für mich bauen. Ich hatte mich entschieden, bei ihm zu bleiben.«

»Aber es hätte keine Zukunft für euch geben können«, wandte Jane ein.

»Das weiß ich. Ich glaube, ich wusste es die ganze Zeit über. Aber trotzdem hätte Matt ihn nicht töten dürfen.«

Jane nickte nur. Sie blieb noch einen Moment an Ditas Seite sitzen, dann richtete sie sich auf, beugte sich zu ihr vor und gab ihr einen Kuss auf die Stirn. »Ruh dich aus, so lange du willst. Wenn du ein paar Tage im Bett bleiben möchtest, ist es mir auch recht.«

Es war nicht Ditas Art, länger als unbedingt nötig untätig zu bleiben. Am anderen Morgen war sie wieder auf den Beinen und übernahm die Aufgaben im Haus, für die sie verantwortlich war, und half Jane außerdem bei der Arbeit im Freien.

Sie sprachen nicht mehr über Ditas Zeit mit Will und auch nicht über Matt. Bis zu dem Tag, an dem Dita die Stille im Wohnzimmer brach, um Jane eine Mitteilung zu machen.

»Ich bin nicht schwanger.«

Jane blickte von dem Sattel auf, den sie gerade einölte, und studierte das Gesicht ihrer Schwägerin. Doch es sah ebenso ausdruckslos aus, wie ihre Stimme tonlos war. »Bist du enttäuscht?«

»Ja.« Einen Moment lang drohte Dita, die Fassung zu verlieren. »Mit einem Kind wäre mir ein Teil von Will für immer geblieben.«

»Hast du ihn in der kurzen Zeit wirklich so sehr lieben gelernt?«

»Manchmal frage ich mich, ob ich überhaupt weiß, was Liebe ist. Zweimal schon habe ich gedacht, ich hätte mich verliebt. Was ich für Will empfunden habe, war wieder etwas anderes.«

»Man sagt, dass es möglich ist, mehr als nur einen Mann im Leben wahrhaft zu lieben«, sagte Jane. »Und jede Liebe ist einzigartig.«

»Aber man wechselt nicht in so kurzer Zeit von einer Liebe zur nächsten. Wenn ich Will geliebt habe, dann war es mit den anderen nur Lust.«

»Verurteile die Lust nicht so schnell. Starke körperliche Anziehungskraft ist nicht immer reine Fleischeslust. Nenne sie Leidenschaft, und schon wird sie zu einer Form von Liebe.« Jane sah, dass Dita noch nicht überzeugt war, und fügte mit leiser Stimme hinzu: »Du wärst nicht die erste Frau, die zwei Männer zur gleichen Zeit geliebt hat.«

Dita reagierte heftig auf das, was Jane ihr unterstellte. »Du irrst dich ganz gewaltig, Jane. Was immer ich einmal für Matt Warrender empfunden haben mag, ist spätestens mit Will gestorben.«

Sie arbeiteten eine Weile schweigend weiter, und Jane fiel auf, wie nervös und fahrig Dita war. »Du hast eine schlimme Zeit hinter dir, Dita. Warum gehst du nicht nach Sydney zurück, um etwas Abstand zu bekommen?«

»Willst du mich so schnell los sein?«

»Du weißt, dass das nicht stimmt. Edenvale ist dein rechtmäßiges Zuhause, und ich freue mich aufrichtig über deine Gesellschaft. Aber seit du hier eingetroffen bist, sind eine Menge schmerzlicher Dinge geschehen, deshalb glaube ich, dass ein Urlaub in Sydney dir guttun würde.«

Schließlich stimmte Dita zu.

Als Dita im Haus ihres Onkels und ihrer Tante in Sydney eintraf, wartete dort schon ihre geliebte Cousine Melanie auf sie.

»Melanie!«

»Dita!«

Überrascht fielen sie sich in die Arme.

»Was tust du denn hier?«, fragte Dita.

»Das wollte ich dich auch gerade fragen.«

»Hat sich der Tod meines Mannes noch nicht bis nach Sydney herumgesprochen?«

»Doch, die Zeitungen haben darüber berichtet.«

»Ich nehme an, dass sich die neugierigen Reporter auch darüber ausgelassen haben, dass mich der Täter als Geisel genommen hat.«

»Du warst seine Geisel?« Melanies erstaunte Reaktion beantwortete Ditas Frage. Dahinter musste Jane stecken. Wenn ihre kluge Schwägerin es für richtig hielt, diese Information zurückzuhalten, würde sie ihre Gründe dafür haben.

»War es schlimm?«, fragte Melanie.

»Es war überhaupt nicht schlimm. Jedenfalls nicht so, wie du glaubst. Ich werde dir später alles darüber erzählen, aber zuerst will ich hören, was dich nach Sydney verschlagen hat. Ich hatte geglaubt, dass du inzwischen die lieben Verwandten von Mr. Wilberforce in England schockierst.«

Zu Ditas großer Verwunderung brach Melanie in Tränen aus. »Liebe Cousine, ich bin auch Witwe.«

»Oh, Melanie, das tut mir leid. Deshalb also dein schwarzes Kleid. Was ist geschehen? Nein, warte. Es scheint, dass wir beide uns viel zu erzählen haben. Vielleicht sollten wir damit warten, bis wir ungestört sind und es uns bequem gemacht haben.«

Die Cousinen hatten den ganzen restlichen Tag über keine Gelegenheit zu einer privaten Unterhaltung. Die Möglichkeit bot sich erst, als sich die Familie zur Nacht zurückgezogen hatte. Im Laufe des Abends waren die beiden Todesfälle nur kurz erwähnt worden, ansonsten hatte sich die Unterhaltung um unverfängliche Themen gedreht. Allen war das taktvolle Bemühen anzumerken, den Cousinen keinen unnötigen Schmerz zuzufügen.

Wie so viele Male zuvor machte es sich Melanie dann später an Ditas Bettende gemütlich, während Dita im Bett saß und die Arme um die angezogenen Knie geschlungen hatte.

»Du zuerst«, sagte sie zu Melanie. »Meine Geschichte könnte länger dauern.«

»Meine ist nicht so lang. Unser Schiff befand sich in Kapstadt, als mein lieber Mr. Wilberforce einen tödlichen Schlag erlitt. Oh, liebe Cousine, ich bin ja so froh, dass du hier bist. Du kannst dir nicht vorstellen, wie sehr ich mich nach unseren Gesprächen gesehnt habe. Ich glaube, ich werde mir nie verzeihen können, was passiert ist.«

»Was kannst du dir nicht verzeihen? Du trägst doch keine Schuld an seinem Schlaganfall?«

»Nein, aber ich war nicht bei ihm, als er starb. Das ist es, was mich so bedrückt.«

»Wir können nicht immer dort sein, wo wir gerade gebraucht werden«, sagte Dita. »Das Schicksal bietet uns nicht immer diese Gelegenheit.«

»Aber das ist es doch gerade, Dita. Das Schicksal hatte nichts damit zu tun. Es lag nur an meiner üblichen zügellosen Art. Du musst nämlich wissen, dass ich mit einigen Leuten in Kapstadt an Land gegangen bin. Mein Mann und ich hatten uns an Bord mit diesen Leuten angefreundet. Sie luden uns ein, sie zu ihren Freunden zu begleiten, die in Kapstadt wohnen. Mr. Wilberforce sagte, dass er sich zu müde fühlte, deshalb blieb er an Bord, während ich mit den Leuten an Land ging.«

»Was ist so schlimm daran?«

»Nicht viel, nehme ich an. Wenn das alles wäre, was ich getan hätte! Ooohh …« Melanies Ausruf wurde von einem heftigen Kopfschütteln begleitet. Sie schien entsetzt über sich selbst zu sein. »Er sah aus wie ein griechischer Gott.«

»Jetzt begreife ich. Wer war er denn?«

»Ein Freund dieser Bekannten vom Schiff. Seither hatte ich mit keinem Mann mehr Sex. Als wollte ich mich selbst strafen. Trotz meiner Sprüche, dass ich Mr. Wilberforce wegen seines Geldes heiraten würde, war er mir sehr ans Herz gewachsen. Du kannst dir nicht ausmalen, welche Schuldgefühle mich plagen, weil ich meine sexuelle Befriedigung mit einem Fremden suchte, während mein Mann im Sterben lag.«

»Du bist zu hart gegen dich selbst, Melanie. Ich weiß, dass du ein viel zu gutes Herz hast, um deinen Ehemann bewusst zu verletzen. Es waren unglückliche Umstände. Das wirst du eines Tages einsehen, und dann kannst du das Leben auch wieder genießen.«

»Ja, das hoffe ich sehr. Aber jetzt erzähl von dir. Trauerst du auch so sehr?«

»Nicht um meinen Mann.«

»Liebe Cousine, jetzt spann mich nicht länger auf die Folter.« Melanie war sofort von ihren melancholischen Gedanken abgelenkt. »Du musst mir alles erzählen. Alles von dem Tag an, als du beschlossen hast zu heiraten. Denn als ich Sydney verließ, war davon noch nicht die Rede.«

Melanie lauschte aufmerksam, während Dita ihre Geschichte erzählte. Nur ab und zu warf sie eine Frage oder einen Ausruf ein, wenn die Geschichte eine überraschende Wendung nahm.

»Ich trauere aufrichtig um Will. Während einer kurzen Zeitspanne in unserem Leben haben wir eine ganz besondere Liebe geteilt, auch wenn wir nie eine gemeinsame Zukunft gehabt hätten. Ich glaube, dass wir tief in uns beide wussten, wie wenig Zeit uns blieb. Deshalb haben wir sie so intensiv genutzt. Und dieses Wissen hat auch unsere Liebe noch stärker gemacht. Inzwischen ist es mir gelungen, Wills Tod als Tatsache zu begreifen. Ich wünschte mir nur, es wäre nicht Matt gewesen, der ihn getötet hat. Wenn es die Polizei gewesen wäre, hätte ich es leichter akzeptieren können. Die Männer hätten nur ihren Job getan. Aber Matt werde ich seine Tat nie verzeihen können.«

»Starke Worte, liebe Cousine.«

»Nicht stärker als das, was ich fühle.«

Melanie schüttelte den Kopf, ohne dass Dita wusste, worauf sich diese Reaktion genau bezog.

»Du führst ein ereignisreiches Leben, nicht wahr? Ich habe immer gedacht, dass ich die Abenteurerin bin, aber im Vergleich zu dir scheint mein Leben in äußerst ruhigen Bahnen zu verlaufen. Du hast eine Schiffskatastrophe hinter dir, hast geheiratet, bist entführt worden und nun Witwe. Jetzt frage ich mich, was als Nächstes passiert.«

»Nichts allzu Außergewöhnliches mehr, hoffe ich. Aber du hast recht, Melanie. Seltsam, wenn man bedenkt, dass beinahe alles anders gekommen wäre. Wäre die *Pericles* nicht gesunken, hätte ich Jonathan geheiratet und würde längst ein langweiliges, standesgemäßes Leben führen.«

»Ich werde dem Schicksal immer dankbar sein, dass die Schiffskatastrophe dich vor diesem Schicksal bewahrt hat. Weißt du, dass ich die skandalösesten Gerüchte über deinen früheren Verlobten gehört habe? Irgendwie ist es Emily Baxter gelungen, Mrs. Jonathan Grimshaw zu werden.«

»Emily Baxter?«, rief Dita ungläubig.

»Ich sehe, dass du erstaunt bist. Ich war es auch, als ich davon hörte. Besonders wenn ich an den Grund denke, aus dem er seine Verlobung mit dir gelöst hat. Deine sexuellen Eskapaden sind wie Kinderspiele, wenn du sie mit denen der Baxter vergleichst. An jedem Abend finden Partys bei den

Grimshaws statt. Den Gerüchten zufolge handelt es sich um Orgien der wüstesten Art. Ich habe sogar gehört, dass Emily in der Hochzeitsnacht neben Jonathan noch zwei weitere Männer im Bett gehabt haben soll.«

»Jonathan hatte vermutlich seinen Spaß daran.«

»Aber weniger als Emily, schätze ich.«

»Lass uns einfach davon ausgehen, dass sie sich gegenseitig verdient haben.«

Dita genoss Melanies Gesellschaft ungemein und freute sich, dass sie nach Sydney gekommen war. Da sie wieder etwas zur Ruhe gekommen war, konzentrierte sie ihre Energie darauf, Melanies Stimmung zu heben. Regelmäßig unternahmen die beiden ausgedehnte Einkaufstouren.

An einem besonders schönen Morgen hatten sie bereits eine ganze Stange Geld ausgegeben. Ausgelassen und erschöpft steuerten sie ein elegantes Restaurant an und bestellten sich etwas zu essen. Eineinhalb Stunden später hatten sie sich wieder erholt und wollten aufbrechen.

Dita wollte gerade die Rechnung begleichen und blickte verdutzt auf, als Melanie einen gedämpften Überraschungsschrei ausstieß. Dita folgte Melanies Blick zur Tür, und ihr war, als wollte ihr Herz aussetzen. Das Essen, das so köstlich geschmeckt hatte, lag ihr plötzlich schwer wie Blei im Magen.

Matt blieb verblüfft in der Eingangstür des Restaurants stehen und starrte sie an, als würde er seinen Augen nicht trauen. Er schien einen Moment zu zögern, ehe er eine Entscheidung getroffen hatte und direkt auf den Tisch der beiden Frauen zuging.

»Guten Tag, Melanie, guten Tag, Dita. Ich wusste nicht, dass du in Sydney bist.«

»Es gibt auch keinen Grund, warum du das wissen solltest. Hätte ich gewusst, dass du in der Stadt bist, wäre ich auf Edenvale geblieben«, sagte Dita schroff.

Matts Mundwinkel zuckten. Er atmete einmal tief durch. »Wir müssen reden.«

»Es gibt nichts zu bereden. Entschuldige uns jetzt, wir wollten gerade gehen.«

Dita erhob sich und schritt schnell an ihm vorbei, ohne ein weiteres Wort zu verlieren.

Melanie sah sich gezwungen, ihrer Cousine zu folgen, aber sie sagte Matt noch kurz, dass er sich später am Nachmittag bei ihnen melden sollte.

»Wenn du mit Dita sprechen willst, werde ich das irgendwie arrangieren«, versprach sie, als Matt als erste Reaktion den Kopf schüttelte. Je länger sie darüber nachdachte – und sie hatte oft darüber nachgedacht, seit sie Ditas Geschichte gehört hatte –, desto überzeugter war sie, dass Matt der richtige Mann für ihre Cousine war. Melanie hatte nichts dagegen, Amor zu spielen.

Dita hatte keine Ahnung von diesen Plänen, bis sie sich mit Matt allein im Sommerhaus wiederfand. Nach dem ersten Schock wollte sie sich ohne ein Wort abwenden, weil sie seine Gegenwart einfach nicht ertrug. Doch Matt hielt ihr Handgelenk fest umklammert. »Wir müssen reden.«

»Warum willst du unbedingt mit mir reden? Wenn wir uns nicht zufällig hier in Sydney begegnet wären, wärst du auch nicht auf die Idee gekommen.«

»Das stimmt nicht. Ich wollte schon länger mit dir reden und hatte sogar vor, nach Edenvale zurückzukehren.«

»Das glaube ich dir nicht.«

»Aber es ist trotzdem wahr.«

»Du hättest mit dem Ritt nur deine Zeit vergeudet. Ich habe

dir bereits gesagt, dass ich dich nie wiedersehen will. Daran hat sich nichts geändert.«

»Du hast mir auch gesagt, dass du schwanger bist. Du siehst aber nicht so aus, als wärst du in anderen Umständen.«

»Man kann noch nichts sehen.«

»Bist du schwanger, Dita?«

Sie zögerte und nagte an ihrer Unterlippe. »Nein, ich bin nicht schwanger.«

»Dann war das also auch gelogen.«

»Ich habe keine Ahnung, was du mit diesem *auch* meinst. Ich habe nicht gelogen. Ich dachte wirklich, ich wäre schwanger, und habe gehofft, Wills Kind auf die Welt zu bringen.«

Sie sah, wie sich Matts Gesichtsausdruck verfinsterte, als er Wills Namen hörte. Seine Augen sahen plötzlich traurig und müde aus. »Du wolltest das Kind haben?«

»Ich habe ihn geliebt. Natürlich wollte ich sein Kind haben.«

»Hättest du mein Kind haben wollen, wenn ich dich geschwängert hätte?«

Dita wollte ihm nicht antworten. Die Frage war unfair, denn sie rührte an Gefühle und Erinnerungen, die sie vergessen wollte. Matt wiederholte seine Frage, wobei er sie ein wenig anders formulierte.

»Würdest du mein Kind haben wollen, Dita?«

»Diese Möglichkeit wird sich nicht ergeben.«

»Vielleicht doch.«

Dita starrte ihn mit all der Verachtung an, die sie aufbringen konnte. Höhnisch fragte sie: »Willst du mich wieder mit Gewalt nehmen?«

»Das letzte Mal war ich wütend. Ich brauche keine Gewalt, Dita. Ich weiß, wie perfekt unsere Körper zueinanderpassen. Soll ich es dir zeigen?«

»Lass mich los.«

»Das kann ich nicht. Ich muss dich haben, Dita. Ich will dich, und ich werde dich sagen hören, wie sehr auch du mich willst.«

Während er redete, hatte er den Griff um ihr Handgelenk ein wenig gelockert und zeichnete mit dem Daumen sinnliche kleine Kreise über ihren Puls. Dita hätte sich nun leicht befreien können, aber sie rührte sich nicht von der Stelle.

Die Art, wie er sie anschaute, brachte die Erinnerung an den Tag zurück, an dem sie sich das erste Mal begegnet waren. Sie dachte, was sie auch damals gedacht hatte: Wie konnte es möglich sein, dass diese kühlen Augen sie so wärmten? Und das auch an jener Stelle, an der eine Frau besonders intensiv empfindet.

Als er sie an sich zog, wehrte sie sich nicht. Seine Lippen waren warm. Sein Mund lag auf ihrem, und er schien auf ihre Reaktion zu warten.

Ditas Lippen blieben passiv und fühlten sich wie eine geschlossene Knospe an. Matt verstärkte den Druck seines Mundes und strich mit den Lippen über ihre, bis ihr Mund schließlich nachgab und sich öffnete. Seine Zunge neckte sie mit zärtlichen Liebkosungen, bis Dita sich nicht länger zurückhalten konnte.

Immer leidenschaftlicher küssten sie sich, während er sie fest in seinen Armen hielt.

Matt spürte, wie sie zu zittern begann und ihre Beine nachzugeben drohten. Sie war ihm und seiner unbezwingbaren Männlichkeit hilflos ausgeliefert und konnte ihr nicht länger widerstehen, selbst wenn sie es gewollt hätte. Matt machte sich an ihren Knöpfen zu schaffen, und plötzlich war sie froh, dass sie nur einen schlichten Rock und eine leichte Bluse trug. Schnell hatte er ihre Brüste befreit, die sich ihm entgegenhoben, bereit für seine sinnliche Berührung.

Sanft strich er mit den Daumen über ihre steifen Nippel und sandte damit ein wunderbar erotisches Prickeln durch ihren ganzen Körper.

Matt senkte den Kopf und saugte an ihren Brüsten, während er ihr den Rock und die Unterröcke öffnete und über die Hüften nach unten schob. Sie fielen ihr auf die Füße. Dann kniete er sich vor sie und löste das Band ihrer Pantalons. Er presste seine Lippen gegen ihren Unterleib und hinterließ eine Spur von Küssen, während er zugleich die Pantalons mit beiden Händen über die Beine nach unten schob.

Die ganze Zeit stand Dita bebend vor ihm. Alle Überlegungen, sich Matt zu widersetzen, waren längst verflogen. Sie hatte sich ganz in der erotischen Reise seiner Lippen verloren. Er strich mit den Daumen an den Innenseiten ihrer Schenkel hinauf, bis sich Mund und Daumen an der Blume ihrer Weiblichkeit begegneten.

Dita schrie leise auf. Sie vergrub die Finger in Matts Haaren, und fast hätte sie das Gleichgewicht verloren.

Seine Zunge neckte ihre empfindliche Perle, und Dita hatte das Gefühl, als würde er ihr alle Kraft aussaugen. Was für eine köstliche Schwäche. Was für wunderbare kleine Flammen, die in ihr loderten und schnell zu einer alles verzehrenden Feuersbrunst wurden. Dann richtete sich Matt auf.

Seine Lippen huschten leicht über ihre, und für einen Augenblick konnte sie sich selbst schmecken.

»Du bist dran«, sagte er grinsend. »Ich will, dass du mich ausziehst.«

Sie begann mit seinem Hemd. Während sie sich auf die Knöpfe konzentrierte, spürte sie, wie er die Nadeln aus ihrem Haar zog. Er hielt nur kurz inne, damit sie ihm das Hemd von Schultern und Armen ziehen konnte. Die letzten Haarnadeln legte Matt zur Seite, während sie seine Hose öffnete. Die

Haare fielen ihr nun offen über die Schultern. Sie schaute zu ihm hoch, und sein Blick hielt sie gefangen.

»So werde ich mich immer an dich erinnern«, sagte er. »Du stehst nackt vor mir, und deine Haare fallen wie ein Vorhang aus Seide über deinen wunderschönen Körper.«

Sie konnten den Blick nicht voneinander lassen, verbunden in der Intimität des Augenblicks. Matt lächelte sie an. »Du bist noch nicht fertig.«

Dita senkte den Blick. Sie spürte ein köstliches Ziehen in ihrem unteren Bauch, und noch etwas tiefer ein dunkles Pochen. Um ihre Aufgabe rasch zu Ende zu bringen, kniete sie sich hin, wie Matt es getan hatte, und schob ihm Hose und Unterhose über die Beine.

Als sie den Kopf hob, befand sich die purpurne Krone seines Schafts nur wenige Zentimeter von ihrem Gesicht entfernt. Sie blickte auf die winzige Öffnung mit dem Sehnsuchtstropfen und war versucht, den Tropfen mit der Zunge abzulecken.

Matt drängte sie, der Verlockung nachzugeben. »Schmecke mich, Dita. So wie ich dich geschmeckt habe.«

Aber Dita wollte ihm diese Genugtuung nicht gönnen. Sie wollte ihn nicht verwöhnen, auch wenn sie ihr Verlangen kaum noch zügeln konnte. Sie setzte sich auf ihre Fersen und schüttelte den Kopf.

Als sich Matt mit einem wehmütigen Lächeln neben sie sinken ließ, legte sie sich zurück und öffnete ihre Schenkel, um die Liebkosungen seiner Hand zu empfangen.

Was für eine großartige Berührung! Seine Finger trieben sie an den Rand des Wahnsinns, und sie war nur noch Gefühl und Genuss. Er brachte sie fast zum Orgasmus, aber sie wollte noch nicht kommen. Nicht so. Dita warf den Kopf von einer Seite zur anderen und stöhnte protestierend.

»Was willst du, Dita?«

»Ich will dich da unten spüren.«

»Willst du mich so sehr, Dita? Bittest du mich mit jeder Faser deines Körpers, es dir zu besorgen?«

»Oh, bitte, ja, ja, Matt. Ich bin fast so weit.«

Matt zögerte nicht. Schon legte er sich zwischen ihre Schenkel und schloss den Mund um ihre heiße Muschi. Es war keine Sekunde zu früh, denn schon verlor sich Dita in einem gleißenden Höhepunkt und murmelte dabei immer wieder Matts Namen.

Als ihr Orgasmus abgeklungen war, schob er sich höher und drang, von seinem eigenen Verlangen getrieben, in sie ein. Ditas Lust war kaum geringer als seine. Sie wollte, dass er sie füllte, sie brauchte ihn ganz tief in sich. Sie hob die Beine in die Luft und spreizte sie weit. Dann schob sie die Hände unter ihren Po und hob sich ihm entgegen, damit er noch tiefer in sie eindringen konnte. Sie hob das Becken an und begegnete seinen immer heftiger werdenden Stößen.

Ihre Bewegungen wurden wilder und unbeherrschter, je heißer ihre Leidenschaft brannte. Dita spürte, dass Matt kurz vor dem Orgasmus stand, und sie fühlte, wie auch ihre eigenen Säfte wieder zu fließen begannen.

Sie kamen gleichzeitig, als Matt sich mit einem letzten Stoß in ihr versenkte. Dita schlang ihre Beine um seine Taille und hielt seinen Schwanz tief in sich fest.

So verharrten sie eine ganze Weile, bevor sie sich langsam wieder voneinander lösten. Matt küsste sie mit einer Zärtlichkeit, die ihr den Atem raubte. Fast wäre es ihr lieber gewesen, wenn er irgendeine zynische Bemerkung über ihre sexuelle Gier fallen gelassen hätte. Das hätte zu dem Matt gepasst, den sie hassen konnte.

Sie schob ihn von sich und stand auf, um sich anzuziehen.

»Du hast dir bewiesen, dass du recht hattest. Jetzt kannst du zufrieden sein, und ich hoffe, dass du mich nicht noch einmal belästigst.«

Matt reagierte nicht so, wie sie erwartet hatte. »Was für ein stures, kleines Ding du bist«, sagte er, aber in seiner Stimme klang keine Verärgerung.

Er nahm ihre Hand. »Du musst zugeben, dass es schön war, Dita. Genau wie immer zwischen uns. Wenn wir uns lieben, ist es nie weniger als perfekt.«

»Sex hat nichts mit Liebe zu tun.«

»Ah, aber natürlich hat es das. Jedenfalls bei uns, das habe ich endlich begriffen. Wir gehören zusammen, Dita. Ich weiß, dass wir schlimme Dinge miteinander erlebt haben. Aber das gehört der Vergangenheit an. Nichts kann uns jetzt noch trennen.«

»Es gibt schon zu viel, was uns trennt.«

»Aber das liegt hinter uns. Ich bereue nicht, dass ich auf O'Leary geschossen habe, aber ich bereue, dass ich dir dadurch Schmerz zugefügt habe. Wenn es dir ein Trost ist: Ich glaube, dass ihm meine Kugel lieber war, als durch den Strick zu sterben.«

Dita wusste, dass Matt recht hatte. Aber sie würde ihm trotzdem nicht verzeihen. Wills Tod nicht und auch nicht all die Male, wenn er ihren Körper genommen und ihr Herz beleidigt hatte.

»Mein ganzes Leben lang habe ich noch keine Frau um irgendetwas gebeten. Doch jetzt bitte ich dich, meine geliebte Dita. Lass alles, was zwischen uns gewesen ist, hinter dir, und sei für immer mein.«

Ditas Herz tat einen Sprung. Schließlich bot Matts demütige Haltung ihr die Gelegenheit, ihm all die Verletzungen zurückzuzahlen, die er ihr zugefügt hatte.

»Du hast mir einmal gesagt, dass das einzige Gefühl, das du für mich empfindest, zwischen deinen Beinen liegt. Nun, das trifft auch auf mich zu. Alles, was ich je von dir wollte, ist deine Rute zwischen meinen Schenkeln. Du bist gut, Matt, aber du bist nicht der einzige Mann, der zu sexuellen Hochleistungen fähig ist. Es gibt andere Männer, die es genauso gut verstehen, eine Frau zu befriedigen. Du hast mir nichts zu bieten, was mich auch nur in Versuchung führen konnte, bei dir zu bleiben. Ich kann dir Wills Tod einfach nicht verzeihen.«

»Dita!« Er sprach ihren Namen wie ein verzweifeltes Flehen aus, aber Dita hörte kaum zu. Sie schritt davon, ohne sich noch einmal nach Matt umzudrehen.

Melanie war aufgebracht. »Ich kann dich nicht verstehen. Da liegt dir ein Mann wie Matt Warrender zu Füßen, und du weist ihn ab. Liebe Cousine, du musst verrückt sein.«

»Bin ich auch, aber anders als du denkst. Ich bin verrückt vor Wut. Er hat mich immer nur gewollt, wenn es ihm gerade in den Kram passte.«

»Verstehst du denn nicht? Indem er dich verletzt hat, hat er versucht, seine wahren Gefühle für dich zu leugnen. Er ist dir doch nach Edenvale gefolgt, oder nicht?«

»Ja, und dort hat er mich in den Klauen McGradys zurückgelassen, obwohl er wusste, was für ein gemeiner Kerl der Mann war, den ich unglücklicherweise geheiratet hatte.«

»Aber er ist dir nachgeeilt, als er erfuhr, dass du dich in Gefahr befindest.«

»Um mich dann von dem Mann wegzuholen, den ich geliebt habe.«

»Wirst du ihm dein ganzes Leben lang gram sein, weil er die Schuld an Wills Tod trägt?«

»Melanie.« Ein Schluchzen drang aus Ditas Kehle. »Ich kann ihm nicht verzeihen. Ich kann einfach nicht.«

Melanie betrachtete sie für einen langen Augenblick. »Liebe Cousine, ist es Matt, dem du nicht vergeben kannst, oder bist du es selbst, weil du ihn immer noch begehrst?«

»Du irrst dich, Melanie. Bitte«, sagte sie rasch, als Melanie sie unterbrechen wollte, »ich möchte nicht weiter darüber reden. Ich habe entschieden, dass ich sofort nach Edenvale zurückkehre. Aber ich sorge mich um dich.«

»Mir wird es bald wieder besser gehen. Früher oder später werde ich meine Schuldgefühle überwunden haben und vermutlich eine lustige Witwe werden.«

»Warum kommst du nicht mit mir nach Edenvale?«

»Das Leben im Outback ist nichts für mich, meine Liebe«, sagte Melanie lächelnd. »Warum bleibst du nicht wenigstens noch ein Weilchen in Sydney?«

»Das kann ich nicht. Jetzt nicht mehr.«

Du rennst also davon, dachte Melanie bei sich. Meine liebe süße Cousine, warum gibst du nicht zu, was dich in deinem Herzen bewegt? Sie fragte sich, ob sie Matt verraten sollte, was Dita wirklich fühlte.

Als sie kaum einen halben Tag zurück in Edenvale war, hatte Dita das Gefühl, dass Jane irgendetwas bedrückte. Sie fing einige ihrer Blicke auf, die verunsichert wirkten.

»Was ist los?«, fragte Dita schließlich. »Du verheimlichst mir doch etwas. Hat es mit mir zu tun, und du willst es mir deshalb nicht erzählen?«

»Ich bin mir über deine Gefühle nicht sicher. Deshalb weiß ich auch nicht, ob dich eine bestimmte Neuigkeit hoffen oder bangen lässt.«

»Was für eine Neuigkeit?«

»Ich habe Gerüchte gehört, dass Will noch lebt.«

»Er lebt? Wie kann das sein? Ich habe gesehen, wie er in die Schlucht gestürzt ist!«

Jane fiel ihr ins Wort. »Du hast ihn beim Sturz in die Schlucht gesehen? Zuerst hast du gesagt, du hättest gesehen, wie Matt ihn erschossen hat.«

»Er hat *auf* ihn geschossen.« Das war eine berichtigte Version ihrer ursprünglichen Aussage. »Ob Will getroffen wurde oder nicht, bevor er abstürzte, kann ich nicht sagen. Aber was ist mit diesen Gerüchten? Gibt es denn Beweise, dass Will lebt?«

»Von den Berichten, die mir zu Ohren gekommen sind, klingen einige plausibler, als das bei Gerüchten üblich ist. Will wurde von einem Mann gesehen, der ihn gut kennt. Und dieser Mann hat mir persönlich von dieser Begegnung erzählt.«

»Weiß die Polizei davon?«

»Ich glaube nicht. Ich habe ihr nichts erzählt, denn es ist nichts gewonnen, wenn die ganze Sache wieder aufgewirbelt wird. Natürlich war es unrecht, was er meinem Bruder angetan hat, aber Will wurde auf brutalste Weise provoziert. Jetzt will ich, dass mein Bruder seinen Frieden findet. Und Will muss selbst sehen, wie er mit der Situation zurechtkommt.«

Sie brach ab, als sie bemerkte, dass auf Ditas Wimpern Tränen zitterten. »Wirst du versuchen, Will zu finden?«

Dita schüttelte den Kopf. »Nein, Jane. Wir waren nie füreinander bestimmt. Aber ich bin erleichtert, weil viel dafür spricht, dass er tatsächlich noch lebt, und das allein zählt.«

»Ich hatte befürchtet, dass du ihn suchen willst, und ich bin froh, dass du zu vernünftig dafür bist.«

»Ich glaube, ich bin in letzter Zeit oft genug töricht gewesen.«

Dita verließ das Wohnzimmer, bevor Jane nachhaken konnte, von welchen Gelegenheiten sie genau sprach. Die Nachricht, dass Will lebte, hatte sie in ihren Grundfesten erschüttert. Also hatte Matt ihn nicht umgebracht. Aber was hatte sie Matt dann nur angetan – und sich selbst auch? Eine Frau sollte stolz auf die Liebe eines solchen Mannes sein. Er hatte sie angefleht, und sie hatte ihn verschmäht. Jetzt musste sie mit ihrem Schmerz leben.

Um sich von ihren quälenden Gedanken abzulenken und ihr trauriges Herz zu trösten, stürzte sich Dita mit aller Kraft in die Arbeit und half Jane, den Besitz instandzuhalten und zu verwalten. In ihren Gesprächen wurden Will und Matt nicht mehr erwähnt. Aber es gab trotzdem Zeiten, in denen sie sich in Ditas Gedanken drängten, so sehr sich die junge Frau auch abzulenken versuchte.

In solchen Zeiten nahm sie ihr Pferd und ritt so lange über das weite Land, bis sie die Dämonen des Bedauerns abgeschüttelt hatte, die sie verfolgten.

An diesem Tag war es besonders schlimm. Ihr Verlangen, in Matts Armen zu liegen, schmerzte wie eine offene Wunde. Sie wollte sich ihm für immer unterwerfen, ihm und seiner prächtigen Männlichkeit. Hätte sie doch nur schon vor ihrer Reise nach Sydney gewusst, dass Will noch lebte.

Dita zügelte ihr Pferd und schaute zurück zum Haus. Ein Reiter kam ihr entgegen. Sie nahm an, dass es Jane war, und war ein wenig verärgert, denn sie wollte keine Gesellschaft. Doch auch wenn sie weiterritt, würde Jane sie bald eingeholt haben, deshalb konnte sie auch gleich auf sie warten.

Der Reiter war aus ihrem Blickfeld verschwunden, weil er den Hügel hinaufritt, auf dem Dita wartete. Sie hörte das Pferd wiehern, als es das letzte steile Stück überwinden musste. Dann waren Pferd und Reiter wieder zu sehen.

Dita sprang aus dem Sattel und stand neben ihrer Stute. Ihr Herz schlug gefährlich schnell, und jede Faser ihres Körpers schien vor Glück und Verlangen zu jubilieren. Sie wusste nicht, was sie sagen sollte.

Ein sinnliches Lächeln vertrieb den letzten Rest von Unsicherheit in ihrem Gesicht. Dita wusste, dass Worte überflüssig sein würden. Sie begann, sich die Kleider abzustreifen, während Matt sein Pferd in einem scharfen Galopp auf sie zu trieb.

Ende